かくも甘き果実

THE SWEETEST FRUITS

モニク・トゥルン

MONIQUE TRUONG

吉田恭子＝訳

集英社

かくも甘き果実　目次

文中の割注〔　〕は訳者注。

ビスランドの章については、著者トゥルンによる注は［ ］、トゥルンによる中略は……、ビスランドによる中略は……《ママ》で表した。

かくも甘き果実

ダミヤンに

真実を余すことなく語れ、されど斜めに語れ――

～エミリ・ディキンスン

エリザベス・ビスランド（1861-1929）

1906年、ニューヨーク

ラフカディオ・ハーンは一八五〇年六月二十七日に生まれた。イオニア諸島の出身で、生誕地はサンタマウラ島、現代のギリシャでは、レヴカス、レフカダと一般に呼ばれ、サッフォーの投身地として有名なレウカディアの古名の転訛《てんか》である。……今日に至るまで、深い森に覆われ、僅かな住民は、疎《まば》らな葡萄畑やオリーヴ園が真っ青なイオニア海を見下ろす山々の急な斜面に張り付いて暮らしている。……ギリシャの海と空の、半ば熱帯的な青の中を泳ぐこの野趣に富んだ風景に、少年は物心ついて初めて人生の朧気な輪郭を認めたのだが、この風景は後生彼のあらゆる記憶と偏愛の背景となったらしく、その後の放浪でいかに暗く惨めな光景に遭遇しようとも、心は常に聳え立つ山々とあの青色の夢と憧れに満ちていたのだ……。

〜エリザベス・ビスランド著『ラフカディオ・ハーンの生涯と書簡』全二巻（一九〇六年）より

ローザ・アントニア・カシマチ（1823-1882）

1854年、アイリッシュ海

パトリシオ・ラフカディオ・ハーンはお腹を空かせて生まれてきました。お乳を吸う様子からわかりました。あの子のお口がはじめて乳首を探し当てたときから、離すのを嫌がって、目を開けてまばたきもせず、引き剝がすならやってみろと言わんばかりにこちらをじっと見つめるのです。ややごはみな空っぽのお腹で生まれてくるものですが、みながこれほど物欲しげな目をして生まれてくるわけではありません。

あの子のお兄さんのジョルジオ、わたしの最初の授かりもののときは、なだめすかして胸元に引き寄せたものでした。あの子が最初に薔薇の蕾《つぼみ》のようなお口に入れたのは、蜂蜜に浸したわたしの小指。それからわたしは辛抱強く、蜂蜜と乳が混じりあう乳房へ誘いこむのです。こうして坊やをなだめるのですが、それだけでは足りませんでした。ジョルジオがパトリシオとお乳を分けあったのはふた月にも満たなかったでしょうか。

あの子らをジョージ、パトリックと呼ばないでください、後生ですから。それはあの子らの名前ではないのだから。あの子らの父親の言葉は、わたしの言葉ではないのです。

ふたり目の授かりものが宿ったとはっきりわかる前から、どんどん旺盛になるパトリシオの食欲には苦労しました。パトリシオが欲しがったのは小さな海のものです。サンタマウラ島でも、わたしが生まれたチェリゴ島〔キティラ島のイタリア語表記〕でも、海岸の小石のように手ずから拾って集められるバイ貝なぞ誰も買いはせぬので、売ってはおりません。うちの通りで子どもがいない女はイオタばあさんだけなので、朝のうちに上の子をばあさんにあずけ、頭がクラクラするか、かごが一杯になるまで、濡れた砂に身をかがめたものです。バイ貝を茹でて螺旋状の身をひとつひとつ取り出したものを、パトリシオは欲しがりました。オリーヴ油とレモン汁は大丈夫でしたが、お酢は断固受けつけません。

これは確かに授かりものが宿ったのだとわかり、バイ貝を集めるのも大儀になった頃、パトリシオはトリ貝を欲しがるようになりました。トリ貝は岸から離れた砂州で採れるのですが、砂州にはまるで神様の手のように潮が押し寄せるので、これは採って売ってくれる人がおりました。

たかだかトリ貝のために命を落とすのは、海ほど太古からの災いですけれど、お前の周りにそのような災いが降りかかりませぬように。

父親と同じで、パトリシオはニンニクが嫌いでした。どんな食べものも、好物のトリ貝でも、ニンニクの匂いがするとわたしを無理やり吐かせるのです。ニンニクを大きくなったお腹の近くに持っていって、この小さい粒はね、陸《おか》の真珠なのよ、と囁き、匂いに慣れさせようとしたのですが、聞き入れてはくれません。吐かされて、また吐かされて、飢え死にしそうでした。もうニンニクはあきらめて、かわりにエシャロットのかけらを入れてトリ貝を蒸すことにしました。この潮の味のする貝をパトリシオはいくらでも食べたがりました。ふたりとも満腹になるまで何杯もおかわりをしました。

わたしたちが一身だった最後の幾月か、パトリシオは卵黄のようなウニの身を厚切りのパンに掻き出したものだけを食べたがるようになりました。わたしがしっかり食べられるようにと、イオタばあさんが毎日四人の童《わらべ》どもに金をやり、引き潮のときに浅瀬に入って、頭上を飛ぶかもめが落とす影のように水面を暗くする棘だらけの丸い玉を、採ってもらうのです。朝から晩までウニ料理で肥え太り、寝台から数歩しか動けず、わたしは杭に繋がれた家畜のようでした。

チャールズ――ジョルジオにパトリシオ、それから御心にかなえば三人目の授かりものとなります子の父チャールズは、そのときはもう、どれほど離れているのか判らぬほどはるか遠くの海の別の島におりました。船が発つ前、サンタマウラ島とドミニカ島の間の距離を海里で教えてくれたのですが、わたしにとって並んでいる数字は文字に等しく詮ないことでした。

わたしは口を開けば、ふたつの言葉、ヴェネツィア語とアテネ語のどちらも話せますけれど、紙の上ではどちらも読み解くことができません。若い頃、兄たちと一緒に手ほどきを受けさせてもらえるように父にせがんだのですが、許してもらえませんでした。わたしがこの家を出るのは、神の家に入るか、夫の家に入るときだけだと申すのです。どちらへ入るにせよ、そこには男がいて、何が書かれていて、何をわきまえておくべきか告げてくれるから、文字はいらぬと申すのです。

わたしの将来の運命を告げる父の念頭には、アイルランドという島からやって来るチャールズ・ブッシュ・ハーンという男のことなぞありませんでした。父は自分でものを考えるような男ではなかった。他の男、おおむね父と同じような下級貴族の男の口から出たことを、繰り返すような男でした。わたしのふたりの兄にもそうするように教えたのです。三人とも、そんな鸚鵡返しで賢くなれる、わたしよりもはるかに賢くなれると信じていたのです。

娘として生まれるのも海ほど太古からの災いだと、わたしは生まれたときからずっと耳にしてまいりました。

ジョルジオが生まれて七ヶ月、パトリシオがお腹に宿って五ヶ月目、イオタばあさんに世話を任せてチャールズはわたしたちを、サンタマウラ島のレフカダの町に置き去りにしたのです。イオタにはじめて会った時、実はそれほど年をとっていないのだとわかりました。うちの数軒隣に住んでいる女でした。言葉を交わすことはそれまでなかったのです。神様に懺悔《ざんげ》いたしますと、最初の子ジョルジオが銀梅花《マートル》の葉の屍衣《しい》にくるまれてうちを出るまでは、あの通りのどの女とも言葉を交わすことはありませんでした。聖者のようなあの子、影の薄かった坊やが一歳わずかで召されて、兄たちがチャールズとわたしに投げつけた罵り言葉をそのままありったけ神様にぶつけてなじりたかったけれど、やめておきました。神様にはパトリシオをお守りしてもらわねばならなかったからです。

わたしの罪のせいでジョルジオは洗礼の機密〔東方正教の儀式を指す〕を禁じられていました。正教会は生まれたときに坊やの魂を拒み、亡くなったときにも坊やの魂を拒みました。ジョルジオには、イコンと香炉と蜜蠟燭《みつろうそく》に囲まれたお葬式はなかったのです。〈聖なる神、聖なる勇毅《ゆうき》、聖なる常生《じょうせい》なるものよ、我等を憐めよ〉と三次詠唱することもなかったのです。最初に授かったあの子のことをみごとに言い当てた言葉〈道に玷《きず》なきものは福なり〉もありませんでした。〈ハリストスや、なんじが僕《しもべ》の霊を、諸聖人と共に、病いも悲しみも嘆きもなく、終りなき生命のあるところに安んぜしめたまえ〉もありませんでした。

あの日照り雨の朝、眠っているジョルジオを起こすことができなかったとき、おのれのなしたことの重大さに身も心も砕けました。役立たずのわが身を道の敷石に千々《ちぢ》に投げ出して通り過ぎる人の靴の踵《かかと》で粉々に擦り砕いてもらわんばかりの思いでしたが、パトリシオのためにしっかりしなければ。息子をふたりともしくじるわけにはいきません。そのときはまだ三人目に恵まれることはわかっておりませんでしたが、御心に叶えばこの子もきっと男の子でしょう。

墓の傍で、眠っているパトリシオをきつく抱きしめていたので、赤子が息をできるようにと、イオタばあさんはわたしの腕をパトリシオから引き剝がさねばならぬほどでした。その日の昼下がり、出向いたのはわたしたち三人だけ。農夫が自分のマルメロ園に小さなくぼみを掘ってくれたのですが、そこか海にしか場所はないとわかっているので途方もない額を要求してきて、家に隠れてさえいれば神様におのれの欲深さは見えまいとでもいわんばかりに、埋葬に参列することを拒んできました。陽の光が注ぐ中、わたしの息子を見捨てたのは神様ではないことを心の中ではわかっていました。見捨てたのは男たちです。もしかすると、さような思いもまたわたしの犯した罪かもしれません。もしかすると、〈聖なる神、聖なる勇毅、聖なる常生なるものよ、我等を憐めよ〉と三度唱えることも、わたしが重ねた罪のひとつだったのかもしれません。

このお祈りがわたしの口から出たのを聞いて、イオタばあさんは息を呑んでいました。葬式ではそれは司祭の口からしか出てはならぬと、ふたりともわかっていたから。でも司祭もいない沈黙の中でわたしにどうしろと？　ジョルジオはわたしの子であり、神様の子。そのどちらも偽りありません。その日、わが心の臓に耳を傾ければ、それはひたすら怒りを撃ちつける拳でした。その心臓がわたしの口を開かせたのです。詮ないとわかっていても、わが子ジョルジオのために願いすがらずにはおれなかった。

わたしの両腕に抱かれてパトリシオは眠っていました。農夫がついに家の中から出てきて、ジョルジオに土を、農夫よりよほど清潔な土をかけはじめたところで、わたしの全身が震えるのをパトリシオは感じたはずです。夏の土が銀梅花《マートル》の葉に当たって砕け小さな木の箱を打つ音を、あの子は聞いたはずです。それは突然土砂降りになるときの音で、わたしは思わず空を見上げたほどでした。ジョルジオの命日は一八五〇年八月十七日、しっかと記憶に刻み込みましたが、わが子を奪われて、あの子とわたしの体を永遠が分かつことになった瞬間の印は、雨のように降ってくるこの土の音でした。文字や数字ではとても代わりにはなりません。

うちの通りの母親どもは、以前は口をつぐみ非難がましく目を細めて見ておりましたが、それがわたしを憐れむようになりました。二人、三人と連れ立って、殻入りのクルミやハシバミやアーモンドを手にうちの玄関にやって来ました。レフカダの町では、死《し》に人《びと》の罪が赦《ゆる》されるようにと捧《ささ》げ物《もの》をするのです。わたしもよく知る習わしでしたが、風変わりな捧げ物ではありました。毎晩、わたしはそのクルミ、ハシバミ、アーモンドを野菜くずと一緒に投げ捨てます。それを毎朝イオタばあさんが拾って、殻をきれいに拭き清潔な布袋に入れてとっておくのでした。最初の一週間で菓子をひと月焼き続けられるほどたまりました。ばあさんはわたしと違ってしっかり者でした。

この母親どもが――わたしは「母親ども」とは言わずに「ばばあども」と言ったのですが――イオタがその場にいない時に彼女のことをどんなふうに言っているか知っているのかと、イオタばあさんに訊ねました。

ナスの皮を剝きトマトの種を探り出す手元から目を上げずに、イオタばあさんは問い返すのでした。クルミとハシバミとアーモンドはジョルジオの罪ではなくお前さんの罪のためだとわかっているかい、と。「サンタマウラ島ではね、赤ん坊が亡くなったら、ばばあは砂糖がけアーモンドを持ってくるんだよ」

女たちがわたしにこっそり囁くさまは、まるでイオタばあさんはおのれの人生の細々を知らず、本人が知らないことを漏れ聞かれて知られては困るとでもいわんばかりでした。イオナ、十六歳の当時はそう呼ばれていた男やもめのひとり娘が、レフカダの町からラバに乗って丸一日かかる百姓一家の長男に嫁にやられてからの話を、女たちは囁くのです。

イオナが夫にはじめて出会ったのは婚配機密を授かる日のことでした。オリーヴの海の真ん中の家でイオナは六年の間に五人の男の子を生んだけれども、みなひと月以内に心臓が止まってしまったというのです。最後のややごは一日も持ちませんでした。

貰った砂糖がけアーモンドを捨てて、でもまた次も同じことなのだと、いったい何度目にしてイオナは悟ったのでしょう。近所の農家の母親どもはそれでも捧げ物をやめません——正教会の風習とはいえ、実はもっと深く、古く、現実的な根っこがあるのです。母親どもは仕事で荒れた手を差し出して、また自分たちの仲間になるようにと、イオナを引き寄せようとしていたのです。砂糖がけアーモンドの半分はお前が食べるんだよ、舌の上で甘みが広がるのを味わいなさい——そして残りはお前の指でだんなさんに食べさせてやるのさ。それを聞いてイオナは真っ赤になりました。「またすぐにややごに恵まれるよ」と母親どもは言うのです。母親どもはイオナに期待する獣《けだもの》のような行いの名を隠して「恵み」などと言い、そしてイオナは言われたとおりにしたのでした。

イオナの最後の子は目が開くやいなや死んでしまい、洗礼を受ける間もありませんでした。イオナの亭主は、イオナとこの赤子の亡骸《なきがら》を実家の軒先に置き去りにしたのです——他の四人の坊やたちは天の御国で一緒なのに、この子だけはひとりぼっちでとり残されたのです。わたしが木立の中にジョルジオの小さな墓を作ったマルメロ園の農夫に、イオナが出会ったのはその時でした。

二十二歳にもなってイオナは身ひとつでした。レフカダの町に戻ると、町内の人々が新しい名前と新しい歳を授けたのです。頬は窪み、乳は垂れ、髪は白髪交じり。未亡人の黒装束が慣《ならい》となり、イオタばあさんという名になったのです。

チャールズがイオタばあさんを雇った時、ばあさんは二十八歳で、わたしは二十六歳でした。

イオタをじっと見るたびに十六歳のイオナに思いを凝らしました。寝皺のついた敷布のような額や、節くれだって骨ばった両手を探るように眺め、この女も亭主の「恵み」を感じることはあったのか、砂糖菓子の甘みが舌から広がり体中がとろけることはあったのだろうか、という思いにふけるのでした。イオタもまた昔は獣であったと思い描くにつけ、わたしもチャールズが恋しくなり身も焦がれるのは、心がそうさせるのではないとわかっていました。

　そういうおのれの思いをわが夫に書いて伝えることはできませんから、聖パラスケヴィ教会での痛悔機密用に取っておくのです。わたしが思いの丈を言葉にすると、耳を傾けている司祭様が感極まって悶《もだ》えるような唸り声を思わず漏らすのが聞こえました。

　そのあとで痛悔の祈りを唱えます。最後のくだり〈爾《なんじ》を欲しかつ歓《よろこび》を極める術《すべ》をお示しください〉は心からの願いでした。そうして目を閉じ待ち受けます。暗闇の中で見えてくる体はチャールズのものでもなければ、当然、長いあごひげがよだれ掛けになってしまい、堅焼パンのくずや赤葡萄酒の雫がこぼれている司祭様のものでもありません。見えてくるのは神の御子の御体、手足が金箔で光り、長い髪は女のようで、恥じらいもなく傷口をさらす御姿でした。ハリストスさまの釘打たれた足元で小娘の頃からお祈りしてきたわたしにとって、この御方の体こそはじめて目にした殿方の体だったのです。磔刑の像なしには、殿方のたくましい太腿、引き締まった下腹、腰布に覆われた聖域を知ることなぞなかったでしょう。

　エレサ、お前「下腹」のところでためらいましたね。お母さまに――お母さまの魂に平安あれ――ヴェネツィア語でこの言葉を教わらなかったの？　なんなら英語で書いてもらってもかまわないのよ。パトリシオもいつの日かその意味がわかるでしょう。パトリシオなら読んで赤らむこともないでしょう。神様だってそうです。神様は天の御国にわたしを拒むとお思い？　まだ話は始まったばかりよ。だってあなた、わたしが神様に拒まれそうなわけは他にもあるもの。

　ペンをお取りなさい。アイリッシュ海〔アイルランドとイングランドの間の海域〕もずいぶん遠くまで来たから、いまさら気が変わっても無理というものです。約束は約束です。

　お願いしたとおり、ペン先と墨はしっかり足りるだけ持ってきましたね？　決してひと言ももらさず書き留めること。いつの日かパトリシオがわたしを探し求めることはわかっていますから、どこから始めればよいのか知らせておきたいのです。

チャールズとわたしが婚配機密を授かったのは、狭くて窓もない聖パラスケヴィ教会で、ジョルジオが生まれてから四ヶ月後のことでした。あそこで婚配の蠟燭を灯したのです。司祭様がふたりの手を取り結びました。あそこで切りたての銀梅花《マートル》の葉の冠をふたりの頭上に授かったのでした。司祭様は背《せい》の低い方でしたから、チャールズは冠を授かるのにひざまずかねばなりませんでした。その姿に口元がほころんでしまいましたよ。付添人は大家と肉屋でした。

レフカダは教会に恵まれています。町の中央広場に面して高い丸窓のあるアギオス・スピリドン教会か、窓ひとつひとつに蔓草《つるくさ》のようなあえかな鉄細工があるパントクラトラス教会がよかったのだけれど、聖パラスケヴィの司祭様しか引き受けてくださらなかったので、チャールズはそこに決めたのです。司祭様が目をつぶってくださった差し障りの中には、まずチャールズの信仰のことがありました。アイルランド国教会だから、お前のお父さまと同じね、エレサ──お父さまの魂に平安あれ。それからジョルジオ──あの子はあの日はイオタばあさんの腕に抱かれて家で眠っておりました。そしてふたり目の授かりものが、実はあの昼下がりわたしたちと一緒に教会にいたなんて、わたしは知るよしもありませんでした。パトリシオ、お前はお母さんのお腹の中にいたに違いないのだよ、だって、もうそのときには海のものが食べたくて仕方なかったから。

司祭様は耳が遠いのか目が悪いのかですね──チャールズが結婚の段取りを告げた時、わたしはそう言ったのです。司祭様の弱みは貧乏と聖体礼儀の葡萄酒への愛着だけさ、とチャールズは応えました。水で薄めていないためにサンタマウラ島では一番とされる赤葡萄酒ケファリアコを、チャールズはひと樽、またひと樽、さらにひと樽と、司祭様が首を縦に振るまで贈っていたのです。

早めの夕食はスティファド〔小ぶりの玉ねぎに肉を加えたギリシャの煮込み料理〕で、料理してくれたイオタばあさんは気を利かせていつものニンニクを抜きにして、肉屋から結婚祝いにいただいた牛肉が入っていつもより重めでしたが——そのあとチャールズはいつもの晩と同じく、士官兵舎に戻ってしまいました。家はジョルジオとわたしのために借りていたのです。赤子が夜遅くに目を覚ました時、お乳をあげる胸が痛みました。そのまま抱えて台所へ行くと、銀梅花《マートル》の冠がふたつ、目に入りました——緑の葉の端が巻いてきています。ふたつとも重ねて自分の頭に載せました。「わたしは自分と結婚しているの」と声を出して言ってみました。その声にびっくりしました。その考えにはもっとびっくりしました。そんなことを人が口にするのを聞いたことはなかったですが、わたしには真《まこと》らしく聞こえました。にっこりしたのは、その日二度目のことでした。

ジョルジオは乳首に唇をあてたまま、唇はくちづけの終わりのように緩み、また寝入っていました。乳首の痛みはそのままだったので、薔薇が花咲く日々がふたたび戻ってくる徴《しるし》のはずでした。でもそうではなかったのです、だって、パトリシオ、お前が生まれることになっていたのだからね。「薔薇が花咲く」というのはイオタばあさんの言い方です。最初にばあさんがそうつぶやくのを聞いたときは笑ってしまいました。亭主どころか五人も息子を——ややごらの魂に平安あれ——息子を五人も生んだのに、まだ生娘のような話しぶりなのですもの。

おや、顔色がスモモのようね、エレサ。気分が悪いの？

背をもたれておすわりなさいな。今は甲板には行かないほうがいい。船旅のはじめの日々は、反《へ》吐《ど》で足が滑ってしまうことになるからね。不慣れ者の過ちには気をつけて。甲板で「外の空気を吸う」というのは、甲板で「夕飯を戻す」の別の言い方ね。しばらくしたら、呼び鈴を鳴らして客室係を呼びなさい、エレサ。ポットのお茶とショートブレッドひと皿でわたしたちどちらもお腹がおさまるでしょうけど、今はもう少し続けましょう。

最初に薔薇が花咲いたのは十七歳のときだったと、わたしはイオタばあさんに告げました。のっけから、スカートの中に蛾が捕まって羽をひらひらさせているような感じでした。イオタばあさんに、お前も同じだったのと訊いたことがありますが、両掌で顔を覆うばかりです。わたしには女親がおりませんでしたから、これで自分は死んでしまうんだと思っていました。そのまま死なずに花咲き続けるにつれ、男親の娘への無関心は、どういうわけか、嫌悪や恥辱に変わりました。まもなくその変化がわたしの人生に影を落とすのです——鳥籠に掛ける布みたいに。

父はまず兄たちに学校の友達がうちに集まるのを禁ずるようになり、夕暮れ前に中庭の日陰で学校の宿題をすることさえ許しませんでした。父はひと息置いてさらに敷居を上げました。「カシマチ邸の玄関に近寄ることも許さん」と言い放ちます。父は自宅を「邸宅」と呼ぶようにときつく言いつけ、近隣の本当のお屋敷と区別をつけるために、わが住処《すみか》もまたおのれの息子とばかりに苗字で呼ぶのでした。兄ふたりは頭をそろえて頷きました。反対なぞしません、だって、他所《よそ》に行く理由ができたのですから。兄の友達の他にうちにやって来るものはあまりおりませんでした。兄の顔よりもその友達の顔が見られずに寂しい思いをしたほどです。

つづいて、父は月や星のような弱い光もわたしから奪いました。わたしの寝室の窓は昼も夜も鎧戸を閉めることになったのです。「特に夜だ」と父は繰り返します。兄たちは互いの脇腹を肘でつつきます。あの荒っぽい仕草はわたしの脇腹に突き刺さるようでした。またもや、わたしが知らされていない事情に兄たちは密かに通じているという証《あか》しでした。この家でどれほどわたしがひとりぼっちなのかという証しでした。

父はそれから、カシマチ邸から決して出てはならぬ、カプサリの中心街にある市場へ料理女のカネラについて行くのさえ適《かな》わぬと命じました。「でもカネラが何を買えばいいかわからないでしょう?」とわたしは食い下がりました。

「あそこには何も目新しいものはない」と父は言いました。「あそこ」とは市場のことでしたが、それはカプサリの町、あるいはチェリゴ島全体の話をしているようなものでした。「カネラはいつも買っているものを買う。いつも作っている料理を作る。うちはいつも食べている料理を食べる」本のページから一度たりとも目を離さずに父が言います——その本もいつも同じ本だということは、わたしにさえわかっていました。父は鸚鵡返しでなければ、ヘビが尻尾を呑み込むように堂々巡りで話すのです。

それから八年間、カシマチ邸と要塞《フォルテッツァ》の教会をのぞいて、どこへ行くことも父に禁じられました。教会には目をつむっても歩いて行けた。でも、日曜と聖日と過越《すぎこ》しの祭りの日に父か兄が一緒でなければ行けません。

わたしが生まれた家、橙色の筏葛《イカダカズラ》と伸び放題の無花果《イチジク》の葉が、太陽を砕いて無数の黄金の煌《きら》めきに変える中庭でさえも、蔑むようになってしまった。とりわけ恨めしかったのは、無花果が熟すと木に集まる鳥たち。いちばん高い枝になっている、太陽にいちばん近い無花果がいちばん熟れているのですが、カネラは気に留めもしません。「これ以上いらぬから」顔の前で手を前後に振って言い張るのです。「鳥に食べさせておやりなせ」

カネラは田舎の出で、田舎の人は皆、こんなふうに他のために取っておくことを大切にしていました。木になる果実であろうと、蔓になる果実であろうと、父や兄が百姓と呼ぶ人たちは、鳥への捧げ物としていつも収穫を少し残しておくのでした。そのお返しにと鳥たちが集い、ついばみ、ひもじさと感謝でカアカアと鳴くのです。ほどなくして、中庭は鳥の抜け羽とべっとりとした肉で覆われるのですが、肉はよくよく見直してみると、熟れた無花果がくちばしや鉤爪で引き裂かれたピンクの果肉なのでした。そうして鳥たちは舞い上がり、黒々とした肩掛け《ショール》が風に吹かれるように、消えていくのです。

　わたしは鳥たちを眺めては泣いたものでした。最初の一年が過ぎ、鳥は自由で、自分はそうではないとわかり、鳥の羽を集めるようになりました。たくさん集めれば、自分の服に縫いつけ、靴に貼りつけられるかも。十八にして空を飛ぶことを夢見るほど、愚かで呑みこみの悪い娘だったのです。望むことといえば、いちばん甘い果実を争って負けた鳥として、くすんだ羽の衣装を着て横たわり死ぬことだけでした。

　女はみな血を流すということをそのときのわたしは知らなかった。

エレサ、ここは書かないでちょうだい。

いや、やはり書いておいて。

パトリシオは、神様が女たちに賜った体のことを知っておかねば。

カネラは知っていたけれども、わたしには教えてくれなかった。布をくれましたけどね。すっかり染みてしまうと洗濯に出してくれた。服の後ろに薔薇の花が出ると、いつもカネラに寝室に追い払われる。毎日の散歩でカミツレの花を摘んできては乾燥させて、痛みで体を曲げているわたしのためにお茶を作ってくれた。でも何よりも大切なことをしてくれなかった。父の家はわたしの牢獄じゃないとカネラは教えてくれなかった。神様が賜った体こそがわたしの牢獄で、でもその体の中には錠と鍵とどちらもがあると。カネラは知っていたのに。

　わたしの二十五度目の聖名日〔洗礼名をいただいた聖人の祝日。誕生日と一致することもある〕の朝のこと、今日から要塞《フォルテツツア》の教会の奉神礼〔東方正教会の礼拝式〕に毎日出てもよい、ポンテオ・ピラトがハリストス様に磔刑の判決を下した朝九時の三時課〔正教会の昼夜奉事のひとつ〕に出なさい、とカネラが伝えてきました。言われたことに戸惑いました。父と兄が午前中家にいることはなく、そのことはカネラももちろん知っていたからです。

「でも誰が付き添ってくれるの？」と訊ねました。

「自分で歩いて行ってもよろしい」とカネラの答え。「お父さまがお許しくだすった」

父の家の扉が開き、自分の体が、ひとりっきりで、すべり出ていく様子を思うと、カネラの前で口を開けて立ち尽くしてしまいました。

わたしを見るカネラの顔は空っぽの皿のようでした。

あの頃カネラのことはほとんどわかっていなかった。わたしのことは何でもお見通しだなんて思いもよらなかった。カネラはばあさんじゃなかったし、オリーヴ油みたいに滑らかな頬をして醜女《しこめ》でもなかった。彼女が作ってくれるふだんの惣菜は舌にのせると美味しく、とりわけ父の好みに合った。こういうことはわかっていたくせに、それをまとめるといったいどういうことなのかわたしはわかっていなかった。

父の言いつけどおりに、わたしは父の家から神の家への道行きを始めたのです。ごくごく近所で、邸宅の並ぶ通りを抜ければ、りんごを四口齧っている間にたどり着くほどなのに、このひとり旅の間に目にしたもの、匂ったもの、耳にしたものは、鳥の羽と、それが落ちてくるのを待ちわびる暮らしから、わたしを解き放ってくれた。

朝も半ばになると、邸宅通りには、カネラの台所から立ち上るのと同じ匂いが、濡れた洗濯物が晒《さら》されるようにいっぱいに広がりました。玉ねぎにオリーヴ油。正午になる頃、島中がとろける甘い玉ねぎでいっぱいのフライパンになる。イオタばあさんにこの話をすると、玉ねぎと油のおかげでチェリゴ島がより本物らしく思えると言ってくれました。わたしが生まれた島の話をするとばあさんが目をみはることがよくあってね。羨ましげな眼差しも向けられましたね。わたしが船に乗り、家族の元、一族の亡骸が眠る岩だらけの地を離れたのは度胸があると思っていたようです。わたしがチェリゴ島を出ていかねばならぬ理由をばあさんは承知していたのに。それでも度胸がある、と言ってやみません。自分がそれほど遠くまで旅をしたことがなかったから。出ていくのがどれだけたやすいことか、出ていくのはいつも臆病者だということをわかってくれなかった。

邸宅通りには玉ねぎと油に続く匂いも立ち込めます。カネラの台所の麝香草《タイム》と月桂葉、ラザレッティ邸のトマト、ヴェニエーリ邸の葡萄酒。それから仔羊や魚に牛肉。貴族のお屋敷ではたとえ下級であろうと誰もひもじい思いをすることがありません。

「わが一族はヴェネツィア共和国まで血統がたどれるのだ」父は、兄たちがアテネ語交じりで話すのを耳にするたびに繰り返します。アテネ語は田舎の言葉、内陸の言葉、玉ねぎと油の匂いが染みついて、鍋には他に何も足すものがない連中の言葉だと。「ご父祖さまの言葉を話すのだ」と父は命じ、兄たちは従っていました。

カネラはヴェネツィア語もわかりましたが、たいていアテネ語を話していました。小さい頃にふたつの言葉を身につけたとき、わたしはそれが別々の言葉だとは知らなかった。ようやくわたしの中で別々のものになったとき、それが金持ちの言葉と貧乏人の言葉になった。わたしが両方で育ったのは、カネラが面倒を見てくれたからです。兄たちによると、母が生きていた頃はうちには大勢召使いがいたそうです。ひとりまたひとりと辞めさせられて、とうとうカネラひとりになってしまった。料理女と、息子たちと娘のわたしの他は、若妻とその賑やかな家庭を思い出させる人間を、カシマチ邸からことごとく追い出してしまったのです。なべて男は死を悼むものですが、父の場合、死は先立った者にだけでなく、後に残された者への怒りをも引き起こしたのでした。兄たちはとりわけ残酷な気分のときには、母親が死んだのは熱病のせいだが、お前が生まれたせいで弱っていたからだ、とわたしに言うのでした。

兄たちがまだおねしょをしていた頃、ときどき母のことを話すときがありました。後々、互いに本を読んでみせるようになったときと同じ調子で、わたしが仲間に入れないのをわかっていて、わざと見せびらかすように話すのです。母についてはこんなことを言っていました——「うちの」母親というとき、それは兄ふたりの母という意味でした。長い黒髪。きれいだった。悲しげだった。よく抱きしめてくれたけれど、たまにわけもなく力まかせにひっぱたかれる。寝入るまで毎晩同じ子守唄を歌ってくれたけれど、歌の調子も歌詞もまるで思い出せない。わたしが見る限り、兄たちは互いに嘘を騙《かた》り合っていたのだと思います。

わたしが知りたかったのは母の髪の香りです。こめかみがズキズキするときに鎮めてくれるラヴエンダー水の香りだったらいいのに、と思ったものでした。瞳の色を知りたかった。わたしと同じように、緑がかった縁のある焦茶色だったらいいのに。母の声を、吐息の音色を聞きたかった。

ふたり目の授かりものは、何かわたしのことを覚えていてくれるでしょうか?

パトリシオ、もしお前がこれを読んでいるとしたら、お前は鳥に違いない。

もし三人目の授かりものも男の子なら、神様、お願いですから、海の上ではなくて、この子のお兄さんたちが生まれたサンタマウラ島に着くまで、この子に待ってもらってください——この子もきっと鳥に違いない。子どもたちのために、飛んでいる様子を思い描かねば。

うちの中にこもっている間、わたしは何かを思い描くようなことはしませんでした——目を覚まし、食べて、眠る——そうしてわたしの言葉は鈍り、色あせていったのです。言葉を取り戻したときは、その意味をはじめて教わるかのようでした。葉や花びらに遮られることのない「日光」の喜び。父の家と要塞の教会との間に差す光線は尖った針で、わたしの服の布に、ボンネットの麦わらに突き刺さりました。わたし自身の「呼吸」、わたし自身の「足並」、わたし自身の「体」の喜び。教会で鳴り始める「鐘」に続いて、カプサリの町中の教会が一息遅れて追唱するのを耳にする喜び。父の家の厚い壁は鐘の音さえも鈍らせてきたのです。鳴り響く鐘の音をふたたび全身で感じられるようになると、まるでゆらゆら揺れる海に囲まれているみたいでした。

まだ小さかった頃、だれかの両手がわたしをイオニアの海に浸し、手を離し、また引き上げてくれた。おそらく何度も繰り返されたこの動きを忘れません。岩場に向かって漂うがままにされたのを覚えています。いつだって岩場まであと少しの距離だった。泳ぎ方を教えてもらっていたのだと自分に言い聞かせます。海に投げ出されたのではないのだ、と。実のところ、流れの力とそれに抗う両手の力しかはっきり覚えていません。これがきっと母の思い出です。兄たちに話せばその思い出までも取り上げられてしまうだろうから、決して口にはしませんでした。あの両手は海よりも強かったので、本当の記憶だと信じています。

パトリシオ、お前もイオニアの海に浸してあげたかった。ジョルジオが神様に召されてから、お前を岸に連れて行こうと思っていたけれど、イオタばあさんが心配してね。まだそんな力がないかと思われたのね。「泣き暮れた両腕で、海流と力比べだって?」と鼻で笑われたよ。ばあさんの言うとおりだった。わたしは弱かった。お前を乳首から離すのさえやっとだったもの。起きてしまったことは仕方ないし、起こらなかったこともやり直しはきかない。お前がいちども触れていない海がお前を待っているのよ、パトリシオ、お前が海を待ちわびているように。

こういう話をする時はわたしもまるで父のようね。尻尾を呑み込むヘビになってしまったみたい。要塞の教会で三時課に出ることを許されたのは二十五歳のことでしたが、わたしは十七の少女のまま、最初に閉じ込められた時のまま、何も知らなかった。

エレサ、しかめっ面をしないでちょうだい。お前の年はわかっているけれど、お前は十七とはいえもの知らずじゃない。だって読み書きができる。最近の不遇があったけれど、恵まれていますよ。文字があれば羽が生えて飛べるから。そう、にっこりなさいな。飛ぶことを思うと微笑みが湧くでしょう。

わたしは何も知らなかったけれど、まったく変わらなかったわけではありませんでした。わたしの体は子どもっぽいドレスの縫い目を弾けさせた。裾を下ろし、ダーツやスモッキングのひだをほどき、布切れやリボンを足して袖を伸ばして、襟元を緩めてもらった。カネラが、父の許可を得たから追加で衣装を誂《あつら》えてもらえると知らせてくれなければ、この当座しのぎのお直しが続いたでしょう。カネラはそうとは口にしなかったけれども、わたしは神様のために盛装させられているのだとわかっていました。カシマチ邸に縫い子らがやって来て採寸し、普段着のドレス三着と、高い襟に淡い灰色のレースの縁取りがついた聖日と過越しの祭りの日のための四着目のドレスを作ってもらいました。それから、コルセットとペチコートが六着、シュミーズが五着。麦わらのボンネットも注文に加わりました。

うちに最初にやって来た縫い子はわたしを見るなりむせび泣いていました。女が泣き出すのを見て、わたしばかりか、カネラも驚きました。「カシマチ嬢さま……まるで……まるでお母さまの生き写しです」息を呑み、涙を呑む合間に縫い子がようよう口にします。女を裏口に連れていきながら、カネラが、しーっ、と言うのが聞こえました。カネラが戻ってくるとわたしは中庭の無花果の木の下の幹のところに蛆《うじ》のように丸く横たわっていました。兄以外の人が母のことを口にするのをはじめて耳にしたのです。今に至るまで、わたしは母の名前を知りもしないのですよ。

エレサ、お前の肩、誰かが紐で吊り上げたみたいになっているわね。この話をした時イオタばあさんもそうだったけど、口を挟みたいのでしょう。

イオタばあさんが知りたがったのは「お母さまの一族はどこ」ということでした。母方の親戚についての質問すべてにたいして、わたしの答えはただひとつ。「マルタ」。母が生まれた島の名前で、親戚もまだそこにいるとわかっていました。それ以上はあまり知らなかった。わたしが「マルタ」と言うさまは、他の人が「死」を口にするさまと同じだった。どちらも断絶を指しているから。イオタばあさんは「マルタ」と耳にするたび、呪いから身を守ろうとでもするかのように十字を三度切ったものです。

イオタばあさんはそれから、息子らが亡くなるたびに、自分も亭主の畑の木々の間に丸まっていたのだと教えてくれました。オリーヴの木が古いほど、幹に節があるほど、痩せた大地を長く生き残った木ほど、幹の周りに空っぽになって痩せ細った体を巻きつけたいと感じたそうです。

エレサ、この船旅が終わる前にマルタを見られるそうだよ。アイリッシュ海を渡れば、リバプール港にしばらく停泊する。それから船はずっと南下して、マルタの港にまた停泊するそうです。

行きがけの船旅では——パトリシオ、お前はたった二歳だったから忘れてしまったでしょうけど——ダブリン行きの船では、乗客は金になる積荷ではないと教わりました。赤葡萄酒と干し葡萄の樽の方が金になるのだそうです。ダブリンやリバプールからの帰りの便にはどんな品物が載っているのでしょうね。ライフル銃に日傘に革磨き石鹸というところかしら。

マルタの後は、風向きによっては、サンタマウラ島までわずか二、三日の距離。

エレサ、お前がサンタマウラのことはまったく覚えてないことは知っているけれど、水平線に目にした途端にきっとそれだとわかるでしょう。お前のお母さまがあそこで生まれたのだから、その島影を、どんな地図よりもはっきりと、お前の血や骨が認めるはず。パトリシオもいつの日かここを訪れて南へ向かえば、同じ思いをするはずです。「チェリゴだ」と声に出すでしょう。「母さまだ」と言うのと同じ気持ちで。

まだこの先何週間もあります。心の準備は充分にできますよ、エレサ。わたしたちふたりとも時間はあり余るほどあるのだから。

わたしはまずイオタばあさんを探すでしょう。パトリシオが一緒でないとわかれば、ばあさんはさめざめと泣くでしょう。上の子と同じく神様に召されたと思うに違いない。生きていると証明するために坊やのカロタイプ肖像〔十九世紀の紙ネガによる写真法〕を見せてあげるの。最初は紙切れに写る似姿が何のことだかわからないかもしれないね。パトリシオの大おばに別れの品として渡されたときはわたしもわからなかったぐらいだから。でもイオタばあさんは、その似姿をあるがままに受け止めるようになれるはず。父親の大きな丸い目とげじげじ眉に、母親の波打つ黒髪で、四歳なのにがっしり立ってまっすぐ前を見据えるあの子の姿は、「人生よ、さあ来い」と言わんばかりだから。

イオタばあさんを探すのはたやすいでしょう。レフカダの町ではみんなばあさんのことや経緯《いきさつ》を知っている。どこへ行くにも双子のように悲しみが一緒。ばあさんの手を握って離さない。それが首にしがみついているから背中が曲がってしまっている。こんなだから、絶対ひとりきりにはさせてもらえない。悲嘆、喪失、悲劇、屈辱——女の体にはそんな連れがつきまとう。男だったら遠くへ旅して異国の土地でそれらを絞め殺し、深い海に沈めて振り払うことができるけれど。

チェリゴ島からサンタマウラ島への船で、チャールズに「ゴシップ」という英単語を教わりました。ふたりが一緒に暮らすに当たっては、わたしはゴシップを無視して何があってもゴシップを人々と交換しないこと。後々になって、ゴシップというのはこの連れの双子のことだとわかりました。わたしの島やサンタマウラ島の人々がゴシップにふけるさまといったら、お菓子に目がない女児みたいだとあの人は言うのです。「それの重みでひとり残らず沈みます」としゃちほこばった、たいていは何を言っているのかわからないヴェネツィア語で、あの人は宣言していました。

チャールズは宣言するのが好きでした。彼もまた鸚鵡返しの男だったのかもしれません。ヘビに化けたことだけは確かです。

兄たちはパドヴァの大学から戻ってくると、イギリス人を「占領者」と呼ぶようになりました。英国陸軍の士官で医官だったチャールズのことは、もっとひどい名で呼んでいました。

イオタばあさんが父方の親戚について知りたがったとき、わたしは、父の心と同じくらいちっぽけな一族だと言ってやりました。三人の孫が生まれるよりずっと前に父の父母が亡くなったのは、神様の思し召しというものです。ひとり息子だった父は、カプサリの町を見下ろす家、島の内陸の農地を、そこから食べていけるだけ、母そして母亡きあとはカネラを養っていけるだけのなにがしかを相続しました。

カネラはとても料理がうまいだけでなく、父の承諾を取りつける仲立ちにかけてはさらに上手《うわて》だということが、徐々にわかってきました。わたしがうちに閉じ込められるよりもずっと前に、カネラの家事は台所周りだけに減っていました。それでも毎朝市場に歩いていき、そして荷運び人夫を連れて帰ってきます。食材はさして重くなかった。カネラはもうロバやラバのように働くことはなくなっていたのです。それから以前は彼女がやっていた掃除洗濯やほかの雑用をこなす女がふたり、毎朝やって来ました。この女たちはアテネ語しか話せず、カネラとしか口を利きませんでしたが、家にやって来るのは父がカプサリの町でいわゆるカシマチ農園の管理業務にかかずらわっている間のことでした。「農園」なんて、「邸宅」や「貴族階級」と同じく、大げさな言い回しだとわかって

おればよかったのに。土地が数区画あったのですが、出費を賄うために売って年々縮んでいってお
り、当時のわたしには出費の仔細もぼんやりとしかわかっていなかったのです。たとえば、パドヴ
アはどこにあるのか、大学とは何なのか、そして兄たちはこういった場所から戻ってくると装いも
振る舞いもすっかり変わってしまっているのに、前にもまして父そっくりになっているのはいった
いどうしたことなのか？

チャールズに出会って、「チャールズ・ブッシュ・ハーン軍医補」と自己紹介した彼に出会って、
彼がかような疑問や、ほかいろいろの疑問に答えてくれたのです。自分の家族や自分の島の日々の
謎を明かす彼の知識にわたしは感心してしまいました。よく見慣れたものごとに聞き慣れない言葉
を当てはめます。「イオニア諸島合衆国」なんてあの人に出会う前は聞いたこともなかった。「それ
はどこなの？」と訊ねたほどです。見上げたことに、あの人はわたしの無知を嘲笑《あざわら》ったりはしませ
んでした。そうなったのはのちのことです。

「どこってここですよ、カシマチ嬢」両腕を広げて彼は答えます。「お嬢さん《シオレータ》、あなたは、イギリ
ス連合王国の友好保護下にあるイオニア諸島の島民なんです」と付け加え、わたしにお辞儀をしま
した。彼がゆっくりとひとつひとつ島の名を挙げてくれるさまは、島の名前がぴったりかどうかい
ちいち吟味するかのようでした。筆頭のチェリゴ島は他の島から離れていて、いちばん南にあると
のことでした。

コルフ島
パクシ島
ケファァロニア島

ザキントス島
イタカ島
サンタマウラ島

彼方の星の名前を挙げているかのよう。まさしくその瞬間まで、あの人が息吹を与え存在を立ち上げるそのときまで、この島々はわたしにとって存在しないも同然だったのです。

パトリシオ、生まれたばかりの頃、わたしが名前を教えてあげた瞬間に、生きものや物が立ち上がってきたさまを覚えていますか？　お母さんが教えてあげるまでは、おふねがまだ「おふね」でなかった頃、ハチがまだ「ハチ」じゃなかった頃、コップがまだ「コップ」でなかった頃を覚えている？　まるでお母さんがおふねやハチやコップを創り出したみたいに、お目々をまあるく見開いていたのを覚えているかい？　あの頃はわたしもチャールズのことをそんなふうに見ていたに違いないのよ。今ではお前もお父さんの国の言葉で違うものの名前を教わっているのだろうけど、最初はお母さんが教えてあげたのよ。パトリシオ、お前の舌は、お母さんの声を真似ることで思うままに動くようになったことを忘れてはなりません。

チャールズ・ブッシュ・ハーンに出会った時、わたしは若い娘ではありませんでした。婚期を過ぎた女でした。二十五歳にもなれば、次に入る家は修道院と相場が決まっています。わたしは神様のためではなく、神様の息子のために着飾っていたのです。

カネラはわたしの行く末を教えてくれなかった。下働きの女ふたりが、互いにそういう話をしていたのです——四つん這いになってカシマチ邸のタイル張りの床を磨きながら。

その日の朝、三時課に行くはずだったのが、寝坊して目覚めると、寝床に薔薇が花咲いていました。起きてカネラを呼ぼうとしましたが、寝室の戸を開けたところで、女たちの笑い声、続いて話し声が、家の中に聞き耳を立てる者はいないとふんだのか、遠慮ない調子で聞こえてきました。わたしのことを話しているとはわかりませんでした、最初は。

「金持ちは不人情だ」床のタイルのように滑らかな声が断言します。

「だって、世間じゃあこう言うじゃないか。財布がちっぽけなほど、心は大きいって！」タワシの毛のように荒っぽい声が言い放ちます。

笑い声。

「だったらあたしの心はマクワウリほどもあるね」

「うちのダンナの心なんてスイカ並だよ！」

笑い声。

「あの父親の心はオリーヴの種だね」

「いやレモンの種さ！」

笑い声。

「いい話もあったらしいけど、父親が持参金を払いたくないんだ」

「父親がじゃなくて、父親の料理女が、だろう！」

笑い声。

「あの料理女のこと、なんて言われてるか知ってるかい？」

「服を脱いだときがいちばん料理がうまい！」

笑い声。

「うまいことやりおおせたもんだよ」

「持参金を要求しない新郎を掘り出したんだからねえ！」

笑い声。

「金持ち親父。憐れな娘」

「心なし！」

わたしは戸口に立って待っていました。ブラシがタイルをこする音だけがします。笑い声で中断することない作業の音が、わたしの境遇の結末が女たちにとっていかに憐れなものであるか物語っていました。

ふたりの女の年格好を思い出そうとしました。ふたりの名前を教えてもらったことはあったろうか？　ひとりはもうひとりよりも背が高いこと以外は何も思い出せません。わたしにとって顔もない女たち。どうしてふたりにとってわたしは顔があるのだろう？

薔薇が花咲く寝床に戻り目を閉じました。カネラが朝のお遣いから戻ってきた頃には、わたしの運命を告げる女たちは出ていったあとで、家の中は灰汁《あく》洗剤と麝香草《タイム》の匂いがしました。わたしはアレキサンドリアの聖女エカテリナを夢見ていました。大聖女様は、聖母と神の御子を幻視し、御子はエカテリナを御自分の汚れなき花嫁として受け入れられたのです。神のいいなずけとして、彼女の信仰心はより堅固になり、操を守り抜く姿勢もまた堅固になっていくのでした。ローマ皇帝はその二重の罪のために彼女を斬首に処したのです。それから天使様が御遺体を運び、のちにシナイ山で芳香で満たされ奇跡を授けられた御遺体が見つかったのでした。

「お前さまは二十五歳」聖エカテリナが、修道院の重厚な扉の鍵を開けながら、詠《うた》うように言います。中には籠が、鳥ではなく薔薇の籠がありました。

「お前さまは二十五歳」と繰り返す声は、上掛けをめくるカネラの声でした。「もういい年ですけえ。日数に印をつけて見越せるようになりなさい」と叱ります。彼女は部屋を出ていくとシーツの替えを持って戻ってきました。カネラがシーツを剝がしている間、わたしは鎧戸を閉じた窓の傍に立って、作業を眺めていました。またもや言葉を失っていました。その代わりに、聖エカテリナへのお祈りの言葉が出てきました。〈ハリストス様の幸いなる花嫁を讃えよ……〉

カネラの言うとおりでした。もういい年なのです。見越せるようにならないと。

その次の日の朝、はじめてチャールズを目にしたのです。きっと神様からの賜り物に違いないと思って、ひと目で恋してしまったのです。

朝の九時でも要塞の教会は陰影に満ちていました。炎よりも煙をはきだす蠟燭に灯されて、中の空気は蜜蠟とお香で重々しく、この重みは神様の息だと思っていました。その空気を深く深く吸い込み続けると、頭がくらくらして、宙に浮かぶ微塵《みじん》になったような感じがしてきます。あの朝、まだ誰にも話したことのない奇跡を目にしたのです。イコンがまばたきしているのです——最初に見たのは黄金の口《クリュソストモス》の聖ヨハネで、それから聖バシリウス。生神女《テオトコス》〔東方正教での聖母マリアの尊称〕も——パトリシオ、神様の御母堂のことは知っておいでだね？——生神女様がうつらうつらして、ビクッと目を覚まし、膝に乗っている眠そうな神の御子を揺さぶるのを見たのです。十字架のイイスス様が音を立てずにくしゃみするのを目にしたのです。これを見て、御体の傷を目にするよりも、お気の毒で泣けてきました。剝き出しの肩にショールを掛けておみ足をわたしの両手で包んであげたかった。

エレサ、いちいちペンを置いていては、いつまでたっても終わらないでしょう。わたしの言うことを書き取るのに、それを信じる必要はないの。わたしの言うことを信じるのは取り決めの中には入ってない。パトリシオは信じてくれます。あの子が信じてくれればそれでいいんです。

正教会ではね、パトリシオ、信者用の席はないのだよ。奉神礼では、女衆は身廊の左側に、男衆は右側に立つのです。香炉からレース編みの小鳩のように煙が螺旋状に舞い上がり、いつものように宝座のあたりに浮かんでいるのですが、その日の朝は、一羽の鳩が群から離れて身廊の右の端の方に飛んでいったのです。目で追うと、鳩は、大きな丸い目に弓形の太い眉で茶色の巻き毛を額の横に寄せた若者へ、わたしの視線を引き寄せました。よい顔つきでしたが、あんまり色白で、何か怖がっているのではと思ったほどです。顔以外の姿も見たかったのですが、彼が振り返って教会の正面から出ていくときに、制服の緋色の上着が見えただけでした。細いけれどしっかりした糸に繫がれ、彼の体に引っ張られ、わたしの体も同じ扉から出ていきます。両脚はどうしたらよいかよくわかっていました。緋色さんを追うのです。

奉神礼の最中《さなか》に出ていくのははじめてでした。そんな振る舞いが許されるなんて考えたこともなかった。飛んでいくみたいに出ていくなんて——行くところもないのに——わたしの考えの埒外《らちがい》だったのです。その朝は息もつけない思いでした——また同じことをやるだろうとわかっていたから。

緋色さんが、大股の断固たる様子で、カプサリの中心街へ歩いていきます。わたしが出掛けに教会の扉を閉じたときには、あの人はすでにヴェニエーリ邸を通り過ぎたところでした。これ以上先に行かれては、後を追うことができません。思わず駆け足になりましたが、子どもの頃以来走ったのははじめてでした。道は下り坂になり、思ったよりも早く追いつきました。彼が立ち止まって振り返ります。わたしの両脚は天使様がさらってしまって跡形もなく消え、残りの体はくずおれ、肉体と布の山になり、わたしは痛みよりも驚きで声を上げてしまいました。

「お嬢《シオレータ》さん、お嬢《シオレータ》さん？」彼が傍《そば》にひざまずいて訊いてきます。

両手でわたしは顔を隠しました。天使様はどこへ行ったの？と思ったものです。

天使様は、もうお役御免だということをわかっていたのです。沈黙だけで充分でした。

痛みのあまり話せないのだと緋色さんは思ったのでした。両腕でわたしを抱えると要塞の教会へ連れて行こうとしました。わたしは指の間から様子を窺《うかが》い、これではだめと思ったのです。人目についてしまう。「どうか、あそこへ」とほとんど囁き声で言いました。彼はわたしの方へ頭を傾けてきます。わたしが両手を下ろすと、ふたりは見つめ合い、あの人の息が頬にかかった。ヴェニエーリ邸の裏に回り、隣の邸宅の高い塀沿いに続く細い路地の方をわたしは指さしました。その路地はイオニア海が見渡せる小さな空き地に繋がっているのです。随分前に誰かがベンチをしつらえて、その日の海の色とでもいうように平凡な青色に塗ったのでした。見晴らしはまあまあ。この島で海を見たことのない者なんているでしょうか？　ベンチは、月のない闇夜に見晴台から足を踏み外さないようにする以外の用途はありませんでした。人けも少なく、影もなく、ベンチを見ているのはイオニア海だけです。天使様はわたしの脚をさらってしまったけれども、先見の明を与えてくれたのです。

わたしを両腕に抱えて緋色さんはベンチに腰掛けました。

彼の息が頬にかかるようにと小さい声のままで囁きます。「怪我をしたの」

痛いですか、と彼が訊いてきます。

わたしは自分の名前で応えます。

足首を捻《ひね》りましたか、と彼が訊いてきます。

わたしは自分の苗字で応えます。

編み上げ靴の上まで服の裾を上げてもいいですか、と彼が訊いてきます。

わたしは自分の年齢を告げます。

自分は医者ですから、と言って彼は安心させようとしました。

独身なんです、とわたしは告げました。

彼が編み上げ靴の紐をほどいていきます。

わたしは両手で顔を隠しました。微笑むところを見られたくはなかったから。

剝き出しの足首の周りを、彼が指でそっと押してきます。

わたしは両手に溜息を漏らしました。

彼は膝からわたしを下ろすと、ベンチの隣に据えました。顔から手を離してもらえますか、と言うので、わたしはそうしてから、代わりに彼の赤い袖に顔を押し付けました。彼は忍び笑いをして言いました。「お嬢さん《シオレータ》、お嬢さん《シオレータ》……」

こんなふうにやり取りをしていると教会の鐘がふたたび鳴り始めました。ふたりとも繰り返し同じことを言わねばならなかったのは、あの人のヴェネツィア語が影のような言葉だったからです。彼の言いたいことのおおよそは理解できるのですが、細かい点はわからないのです。

家に戻らねば、と告げると、今度会えるのはいつですか、と彼が訊ねます。

「明日、ここで九時に」と答えました。

彼はまた忍び笑いを漏らして言うのでした。「お嬢さん、お嬢さん……」

わたしがその場を去る前に、彼はわたしの両手に、まず左手、そして右手と接吻しました。足首にくちづけされたような、まるで彼の唇がそこに触れたような感じがしました。

チャールズはわたしを「カシマチ嬢」と呼び、それは唇に接吻するまで続きました。わたしが唇に接吻を許すまで、と言うところなのでしょうが、偽りを話す理由がありませんから。

エレサ、いつの日かお前も「接吻」と耳にして、恥じらいで顔が真っ赤になることはなくなるでしょう。結婚まで守らねばならぬのは、接吻の次に続く行為の部分です。サンタマウラ島では、お前は女ばかりの家族に迎え入れられることになるのは知っています。お前のお母さまは八人姉妹の末っ子だと聞かされていますが、この女たちは、わたしが教えてあげるようなことはお前には教えてくれませんからね。この船はお前にとってのパドヴァ、大学みたいなものですよ、エレサ。

　さて、ペンを置きなさい。これから言うことはお前だけに聞かせます。お前のお母さまも生きておられるなら、殿方のやり方を知っておいてほしいと思うはず。パトリシオにはわたしが教える必要はないでしょうからね。時が来れば学ぶことでしょう。

　くちづけの後は、わたしは「可愛《カーラ》いローザ、可愛《カーラ》いローザ」でした。チャールズはいつも二度言うのです。自分が書いた二行詩《カプレット》でこれほど美しいものはなかった、と言うのです。「カプレット」とは何ですか、とわたしは訊ねました。

　ふたりの逢瀬は単純なやりとりの繰り返しでした。毎朝、土曜と日曜日以外は、あのベンチで九時に待ち合わせをしました。それから、毎日待ち合わせることがなくなっても、同じ時間に要塞《フォルテッツァ》の厩舎の傍の部屋、馬具石鹸、セーム革、ブラシなどの棚が並ぶ小部屋で会うようになりました。この部屋には錠があり、鍵はチャールズの手にあったのです。

　チャールズにはじめてその部屋に連れて行かれた朝は雨が降っていました。ヴェニエーリ邸の傍で待っていた彼がついて来いと仕草をする先は、邸宅通りを抜けて要塞に入る横の勝手口で、わたしは使ったことのない入り口でした。ベンチでの逢瀬はまだ二週目でしたが、わたしは彼のことを完全に信頼していました。彼についていくのは、立ち尽くしたまま雨の中、教会の中、いえカシマチ邸の中庭で鳥たちを見上げているよりもましだと信頼していました。チャールズの足取りは素早く、わたしはそんなに速くは歩けません。ふたりの間に距離を置く必要もありました。わたしは傘で顔を隠していましたけれども、女であることは隠せませんでした。

要塞に入るとチェリゴ島の洗濯女のたまり場を抜けていきます。女たちの身なりはゆったりしたチュニックを頭からかぶって広がるスカートにたくし込むというもので、わたしの装い、縫い子が言うところの「ヴェネツィアの令嬢風」とは違っていました。もし問い糾されれば女たちの仲間の振りをすることさえできません。その日の朝の土砂降りで、洗濯女は占領軍の洗濯物を物干しから取り込もうとあちこち走り回っていました。忙しすぎてわたしなんかに構っていられないだろうと思っておりました。イギリス兵に見られることは気にも留めませんでした。避けなければいけないのはチェリゴ島民の目、チェリゴ島民の口だとわかっていたからです。

チャールズは目的地に到着すると、振り返ってわたしが行き先をわかっているか確認しました。そうして戸の錠を外し中に入って待っていました。わたしは揺るぎない態度で、でも慌てずに入り口へ歩いていきました。

しっかり書いておくれね、エレサ。この部分、もう一度言いますよ。

わたしは揺るぎない態度で、でも慌てずに入り口へ歩いていったのです。運命とはそういう感覚なのです、パトリシオ。前進する動きを止めることはできないけれど、心は落ち着いて、しっかりした足取りで、惑いや疑いが心に浮かぶことはない。運命がわたしをお前の父親となる男に導き、今度は運命がお前からわたしを取りあげるのです、愛しい息子よ。扉は開き、扉は閉じる。人はそこから入り、出ていく心の構えが必要です。

そのあと起こったことについては、パトリシオは知らなくても結構です、エレサ。

戸をノックする前に扉が開いて、馬と男の匂いがムッとする中へ、わたしは滑り込みました。服はすっかり濡れていて、スカートとペチコートの裾はびしょ濡れでした。チャールズはわたしの腰を抱きかかえると木のテーブルに座らせて、最初に出会ったときと同じことを繰り返しました。編み上げ靴をほどいていったのです。

翌朝、空が晴れ渡り、わたしたちは見晴台のベンチでふたたび待ち合わせました。チャールズはわたしの手を離そうとしない一方で、目を合わせづらそうでした。長い沈黙のあと、痛いですかと訊いてきました。

「はい」

「可愛いローザ、可愛いローザ、後悔はないですか？」

「ありません」

また長い沈黙のあと、彼は訊ねました。「あそこでまた会ってくれますか？」

「いつ？」わたしは訊ねました。

チャールズといるときは言葉は最小限で、言葉少なであるほどにわたしたちはよりわかり合えるのでした。

チャールズは、手振りや島のちょっとしたスケッチを交えながら、自分はチェリゴ島の北端に派遣されるので、二週間後にまた会えるだろうと言いました。そこで、帰ってきたら厩舎の傍の部屋で、降っても晴れても会うことで同意しました。

次の週はずっと雨でした。わたしは三時課にまた出席するようになりました。チャールズをわたしから取り上げないでください、と神様にお祈りしました。あの人が約束どおりに帰ってくる徴《しるし》を探しました。レース編みの小鳩や居眠りする聖人を探しました。要塞の教会の中には、立ち上る湿気と不潔な歯の臭い以外は何もありません。わたしの両脇は出腹と垂れた乳房ばかりです。おのれの将来に囲まれているのでした。約束の日に雨が降るようにとお祈りしたのは、雨が、というより傘が、姿を隠してくれるからです。そのとき天使様が現れたので、わたしはやっぱり快晴にしてくださいとお祈りしました。「要塞にいるところをできるだけチェリゴ島民に見られたほうがよいでしょう」と天使様が賢慮をくださったのです。「父親の家に居残りたいのですか？」と問うてきます。「神の御子に嫁ぎたいのですか？」と当てこすります。「イイスス様はもう島中に花嫁がおいでだからね」と言うのです。

天使様の数なんて些細な問題でしょう、エレサ。そんなことを気にしてずっとぼんやりしていたの？　どうしても知りたいというなら、三人――でも見たわけではありません。声を聞いただけだから。

わたしの心は心配の傷と青痣だらけでした。最初の週の終わりには、チャールズの苗字を思い出すことができませんでした。正確な階級も思い出せません。軍医だと言ったのだったっけ？　彼がくれた名刺を取り出して、文字を眺め、文字に言葉の意味を明かしてほしいと切望しましたが、いつものように拒絶されるのでした。

でもね、神様はわたしの願いを聞いてくださった。すべての願いを。

チャールズが戻ってきました。快晴でした。厩舎の傍の部屋で会うことができました。その後何週間にもわたって会うことができました。

わたしは間もなく肌に張りが出てつやつやと輝くようになり、それは幸せのおかげだと思っておりました。カネラが変化に気づき、チャールズも気づいていました。わたしよりも先に、ふたりが知っていたのです。

甘露煮《スプーンスイーツ》を食べたくて仕方がありません。瓶をいくつも空けました。サクランボがいちばん好物でした。黒々とした甘露が滴る柔らかい果実に溜息がでました。ジョルジオがすでにお腹にいて、陸《おか》の小さな果物を欲しがったのです。

カネラに最後に会った時、父に告げる前に間違いないか確認したかったので日を数えていた、と言われました。結局報告の機会が訪れなかったのは、他の島民の目や口が、わたしがお祈りしたとおり、カネラの代わりを果たしてくれたからです。

チャールズはわたしの「メンス」について訊くときしどろもどろで赤面していました。でも、その言葉はわたしにとって何の意味もなかった。そこで彼は訊き方を変えて、最後に「防護ナプキン」を着けたのはいつかと訊ねてきました。困惑している様子だった。わたしが兵隊だとでも思っていたのかしら？　食事をするときに兵士が使うものだったのでしょうか。あなた熱があるの？とわたしは訊ねました。北部に定期的に通ううちに病気になったのかもしれない、と思ったのです。

いつものごとく、チャールズとわたしは、わかりあえないことでわかりあっていたのでした。わたしは肩をすくめて微笑み、彼の疑問は、まるで最初から訊かれることもなかったように解消されないままでした。わたしがボンネットのリボンを結び終えると、彼がお別れのくちづけをする。厩舎の傍の部屋から出るのはいつもわたしが先、いつもひとりきり。戸を開けると匂いがした。酢と骨の芯の匂い。わたしにとって、あの人たちの怒りの匂いです。

兄たちはわたしを押しのけると、自分たちに劣らず鼻を突く動物の臭いが充満する部屋に突っ込んできました。足蹴にして戸を閉め、腹の底から怒鳴り散らしました。面子を潰され怒り狂った男どもの大騒ぎ。洗濯女たちも戸口に寄ってきました。ひとりはわたしの方をまっすぐ見据えて、他の女たちに「あの憐れな娘だよ」と言いました。隣の背の高い女が同じ言葉を繰り返し、まるで二度言えばより真実に近づくとでもいう感じで。この女たちの声は耳に覚えがありました、床を磨く女たち、運命を告げる女たち、チェリゴ島の目とチェリゴ島の口——天使様の約束のとおり、わたしを自由にしてくれる声。

それに天使様はわたしの命も気遣ってくださいました。男は溜まった怒りを女にぶちまけることがあるとおっしゃっていました。兄たちがまさしくその手の男だ、とも。逃げて隠れなさい、と。緋色さんは見つけてくれますよ、と天使様は約束してくださいました。

見晴台へ、ベンチへ逃げていきました。そこで太陽が真上に届くまで座っていました。足音がして、あの日の海のように落ち着いた声でわたしの名前を呼ぶ声がしました。振り返ってカネラと向き合います。驚きで吊り上がった眉も、怒りで燃える目も、当然涙も見られません。どうしてここにいることがわかったのかしら、とわたしは天使様に訊ねました。

カネラは細部を見逃しませんからね、と天使様が答えます。お前のドレスの背中についていた青ペンキの破片で、お前がどこにいるかもう何ヶ月もわかっていたのですよ。

カネラはベンチのわたしの傍に水差しと温かいパンを置くと、その体だから食べなさいと、と言いました。わたしの膝に小袋を載せ、この干し葡萄は朝ごはん用に取っておくようにと言いました。

「今夜お前さまはここで野宿することになる。お父さまが荷造りしたかばんを持っていくことをお許しくださらんでね。なんにせよ新しい服が要り用になる。お前さまのお医者さまは明日ここに来る。今朝兄さま方が起こした騒ぎの後では、あの人も要塞にはいられなくなる。兄さま方は、あの人は刺されてどこかの山の洞窟で生死の境を彷徨《さまよ》っていると、カプサリの町で吹聴し回っとる。あのふたり、串刺しの子羊だって刺せないくせにさ。男に怪我させるような度胸はふたりにはないけれども、ローザ、お前さまは殺される」

天使様が耳打ちをするので、その非難の言葉を繰り返しました。「最初にわたしを殺そうとしたくせに」

「恩知らずな娘だ」とカネラが答えました。天使様が何を言わんとしているのかしっかりわかっているのです。「尼僧院の生活は死んだも同然だとでも？　神様以外の男に指図されない生活が？　そのうちわかるさ」

そのうちわかる。

上の世代はこうやって若い人に呪いをかけるのです、エレサ。

去る前に、カネラは熟した小麦の色にカーネーションの薄紅色の房飾りがあるショールをほどいて、ベンチの背に掛けていきました。「お前さまの母さまのものだから」と言って。

カネラが持ってきた水を飲み、カネラがその朝家族のために焼いてくれたパンを食べました。陽が落ちると肩にショールを掛けて、月と星の明かりの下ぐっすり眠りました。日の出とともに目が覚めると、父の姿も、兄たちの年齢も、名前も、家がどこにあったかも思い出せません。わたしの祈りがまたもや叶えられたのです。

足音とともに「可愛《カーラ》いローザ」の声が二度したので、起き上がりました。

チャールズは刺されてはいなかった。まったく無傷でした。まるで昨晩は自分の寝床で眠り、豪勢な朝食と体を温めてくれる紅茶で一日を始めたかのように、元気いっぱいでした。チャールズは興奮すると話すときに英語が混ざるのですが、その日の朝は英語だらけでした。「奇遇にも、もう幾月も前から出立の手筈《てはず》が進んでいて」と話し始めます。「奇遇」の意味をわたしは訊ねました。

サンタマウラ島、イオニア諸島の北方の島の要塞に配属替えされたので、来週出帆する。わたしは彼に合流する手筈が整うまで、カプサリに残る。英国指揮官の特別なお友達のガジ夫人《シオーラ・ガジ》がしっかりわたしの面倒を見てくれる——ここでチャールズはまるで海に立ち聞きされているかもしれないとばかりに声を落としました——君の体のこともあるしね。

この会話は、のちのちシオーラ・ガジの手を借りて、だいたい筋が通ったのですが、シオーラは、英国指揮官のお友達ではなく愛人でした。彼女の海辺の家にチャールズと向かう前に、母のショールを見晴台の縁から投げました。カネラの匂いがべったりついていたからです。玉ねぎと油の。

その頃わたしがチャールズに抱いていたのは愛に違いなかったと思います、だって、サンタマウラへの転属のことを彼は何週間も前から知っていたのだとシオーラ・ガジから教えてもらったあとでさえ、彼を咎《とが》めることはなかったのですから。わたしの体のことに鑑みて、チャールズは、兄たちとの騒動の前にわたしの旅程の手筈をしておくべきだったと、シオーラ・ガジは言うのでした。シオーラは細い葉巻を吸って煙を吹くのですが、それが一瞬、頭上の星いっぱいの空を曇らせます。彼女の家のテラスに座って、目の前にはイオニア海が広がり、海には半月が揺れていました。また彼女が葉巻をふかしたところで、わたしは訊ねました。「シオーラ・ガジ、わたしの体のことって何のことでしょう?」

チャールズがサンタマウラ島に出帆するのは三ヶ月先に延びて、わたしも同じ船で出発することになりました。その遅延は、シオーラによると、島でマラリアが急に広まったからだというのです。完全に危険が解除されるまで英国指揮官は部下を送り出さないのだと。その頃までにはわたしは出産まで残すところふた月になっていました。わたしのお腹の形からわかるとシオーラ・ガジは言うのです。

シオーラと暮らした予想外、予定外の数ヶ月こそ、わたしのパドヴァ、わたしの大学だったのです、エレサ。

シオーラはしゃがれ声とはいえ品のあるヴェネツィア語を話し、英国の言葉も堪能でしたが、わたしたちみたいな女には言葉は不要だと主張しました。「殿方はわたくしたちの言葉を目当てにこちらを向いてくれるわけではありません。わたくしたちが神様から賜った体目当てにこちらを向くのです。ローザ、あなたも自分の体に堪能になれば言葉に劣らず役に立つ時が来るでしょう」そうして作法を教えてくれるのです。

舌の先、唇の湿し方、伏し目がちの視線、まつげのまばたき、一筋の髪の毛を耳に掛ける仕草、ハッと吸い込む呼吸、ゆっくりと吐き出す吐息、すくめた肩、寄せ上げた胸、しとやかに両手で覆った胸、震える手つき、しっかりした手つき、去り際の姿勢、そこで振り返る頭《こうべ》、紅潮した頬、紅潮した首筋、殿方がまだ目にできないところの紅潮。

シオーラ・ガジはこういった無言の告白や拒絶の技を教えながら、よく笑っていました。神様がわたしにチャールズを賜った朝に天使様が大急ぎで授けようとした教えをシオーラが引き継いでくれたことに、天使様は称賛の声を囁きました。

わたしは声を出して笑う術《すべ》も教わりました。シオーラによれば、これも女性の魅力だけれどたまにしか使ってはならぬというのです。できるだけ使わずに、最後の最後に、コルセットの下の肌のように、するりとお出しなさい、と。

この仕草を身に着け実践すればどんな殿方にだってわたしの体をわかってもらえると彼女は請け合うのです。

「どんな殿方にも？」とわたしは鸚鵡返しに応えました。チャールズ以外の男のことなんてまったく念頭になかったのです。

「そうよ、ローザ、どんな殿方にも」とシオーラは答えます。「体があなたの通行手形なのだから。今のところは、お腹の子が母親に代わって決めてくれたかもしれないけれど、チャールズもひとりの男にすぎないと忘れてはなりません。神様だけがただ唯一の存在なのです、ローザ――チャールズこそがただ唯一の男だと信じているとあなたの体は彼のものになってしまう。彼は大勢いるうちのひとりだと信じればあなたの体はあなたのもののまま」

「女の体は神様がお創りになられたもの」とシオーラは続けました。「男たちはエヴァの物語で女を辱めようとする」彼女は警告しました。「そうしてお前もエヴァの娘だから罪を犯しているのだと言い聞かせる。これは、怯えていたり自分にないものを欲しがったりする男の言葉。同じ言葉を言ってくる女も、同じ理由です、ローザ」

エレサ、わたしはお前のようにシオーラの言葉を書き留めておけなかった。代わりにしっかりと記憶しておくようにしたのです。その術は男に教えてもらうまでもないし、わたしから奪うこともできません。記憶は男女を問わずすべての人に与えられたもの。男も女もみな神様のみどりごだとシオーラは言っていた。神様の目には男も女もみな愛されし者だと請け合ってくれた。

レフカダの町に到着すると、チャールズはサンタマウラの要塞に出頭し、わたしは中央広場の近く、肉屋の二階の貸間におりました。肉屋とそのおかみが最初に出会ったレフカダ人です。亭主は、アテネ語と、わたしの耳にちょっと風変わりに響くとはいえ、ヴェネツィア語を話し、おかみが話せるのはアテネ語だけでした。お互い言いたいことはわかりました。言いたいことがわかりすぎて、わたしはまもなくふたりとも軽蔑するようになりましたが。一日二食付きの貸間で、おかみが料理を上に運んでくれる。彼女は花瓶に長いこと放っておかれた花のような匂いが、いや、その花が活けてある濁り水のような匂いがしました。亭主の方はと言えば、どこへ行くにも、洗ってない足と発酵中の酵母みたいな匂いをさせていた。五人の子どもたちもそれぞれ違う匂いがしました。会ったことはないけれど、下の店に来ると匂いがしたものです。馬糞さん、温牛乳《ぬる》さん、魚の肝さん、焦げたオリーヴ材さんと、ゼラニウムの葉っぱさん。

これはひとり目の授かりもののせいでした。パトリシオ、お前にも同じことをやられたね。今お腹にいる三人目の授かりものには、このごろ逆の症状で苦しめられていて、取り囲む海さえ匂わない。

エレサ、お前とわたしがはじめて会った時、お前の喪服からお母さまの香りがしたの。お母さまの衣装だったに違いないとわかったわ。服に染み込んだラヴェンダー水の香りに、お前もわたしと同じほど慰められたのかしら。

でも今ではエレサ、お前からするお母さまの香りはわからなくなってしまった。

お前の姿は見えるし、そこにお母さまの姿も見える。けれども誰かを失って悲しいときは、目に見えるものだけでは足りないとわかったの。服は見える。肌も見える。でも匂いほどにはその人がそこにいるような感じはしない。

肉屋の二階の部屋で、わたしはレフカダの町の匂いを締め出そうと窓を閉めていました。肉屋の血の匂いは締め出せなかった。下から染み上がってくるから。ラヴェンダー水に浸したハンカチーフを前掛けのように首の周りに結んで悪臭を和らげようとしたものです。

ひとり目の授かりものは他の変化ももたらしました。足首は脂肪と皮膚の中に埋没してしまった。鼻は丸々したエシャロットの球根に。耳たぶが長くなりました。手足の指が太くなった。髪の毛がごっそり抜けた。もう何ヶ月も前にコルセットは捨ててしまっていた。レフカダの町では、膨らんだ胸と丸くなったお腹をシオーラ・ガジが餞別にくれたショールで覆っていました。彼女も熟れた小麦色のショールを選んだのだけれど、房飾りは真夜中のような黒でした。肉屋のおかみが食事を持ってくると、いつも寒くないかと訊いてくるのですが、窓を全部閉めきっていたから部屋の中は息が詰まって暑かったし、おかみもそれはわかっていた。

おかみの晩ごはんは記憶に残らないような料理で驚くほど肉の量が少なかったけれど、最悪なのは朝ごはんで毎朝毎朝まったく同じものの繰り返し。ヨーグルトひと皿、ラスク二切れ、マルメロの甘露煮が少しだけ。その頃にはもうチェリゴ島のサクランボが口恋しくてねえ。間もなく、おかみはわたしが不満げな顔をしていることに気づいて、朝ごはんはお気に召さないのかい、と訊いてきた。「卵を食べたほうがいいかもね」とショールでようやく覆っているわたしのお腹をじろじろ見ながら言うのです。それからカネラが見晴台で言ったことを繰り返すのでした。「その体だから食べないと」

おかみは亭主の肉屋に不平を言ったに違いなく、その週の終わりには、チャールズはわたしを一軒家に引越させ、そこにしばらくしてイオタばあさんと今は天国にいるジョルジオが加わったのです。あの家の最初の夜は眠れなかった。寝台に横たわり、わたしの中の満月を両手でなぞっておりました。生神女様《テオトコス》のことを思い、マリヤ様もまた、自分の体という神秘を探って、同じように触れたのかしらと想像しました。マリヤ様だけがわたしが知っている母親ですから。こんな体になって、より生神女様に近づいた気持ちでした。彼女の許しを請うて祈りました。わたしの授かりものを抱きとめて歓迎してくれますように、とお祈りしました。窓から朝日が差し込むと、チェリゴ島の天使の声が、密かな声だけれども、聞こえてきました。心配しないようにという慰めの囁きなのか、あざけりの囁きなのかわからなかった。

カプサリの町では、教会がチャールズとわたしに決して婚配機密を執り行わないように兄たちが画策しておりました。わたしの授かりものに決して永遠の命が約束されないようにと画策していたのです。教区から教区を回ってわたしの恥を晒すと、それは自分たちの恥でもあったので、お腹の赤ん坊への憎しみは増すばかり。父親同様、心ないのです。ある夜、すっかり酔っぱらってシオーラ・ガジの館の前にやって来ました。ろれつが回らない調子で、「売女《ばいた》の妹め」と通りから大声を上げ、またもや自分たちの恥を詳《つまび》らかに晒すのでした。

シオーラ・ガジとわたしは夕食を終え、彼女のならいどおりテラスで夕暮れを過ごしておりました。星がよく見えるようにと家の中の灯火はすべて消してありました。彼女は細い葉巻を一本また一本と吸って小さなグラスのシェリー酒を傾けます。その晩は月のない夜で、口元から渦巻く煙以外顔はほとんど見えませんでした。玄関口での騒ぎについて知らせがあると、シオーラは召使いの男にペンとインクと紙に蠟燭を持ってくるように告げます。縦長に傾き輪の部分がほっそりした筆致で短い言付けを書くと、召使いに渡しました。わたしは家の中に入って二階の窓から兄たちが召使いに手渡された紙を破るところを見ていました。言付けを読む兄たちの体から酢と骨の芯の匂いが立ち上ってきます。わたしは夕食が喉元まで戻ってくるのを感じました。兄たちは顔を見合わせるとひと言も交わさずに、犬にでも追われるかのように夜の闇に逃げていきました。シオーラは何を書いたのかわたしには決して教えてくれなかった。「あなたのお兄さま方は二度と戻ってきませんからね」その言葉どおり、夜の闇が兄たちを丸呑みしてしまったかのようでした。

サンタマウラ島に着いた頃には、わたしの体の状態は否定しようもなく、婚配機密はお腹の子が生まれるまで延期せざるをえませんでした。チャールズにそれを告げられたときは泣いて懇願しましたが、彼が平静に繰り返し告げる様子は、まるで一度目はわたしの耳に入らなかったとでもいわんばかりでした。ダブリンに着いたら子どもが洗礼を受けられるように手筈を整えると言います。あそこならば自分たちの境遇を知る者はまったくいないから、と。その約束でわたしの気が安まると思ったのです。それも、アイルランド国教会はわたしの宗教とは違う、アイルランドはわたしの島とは違うとわかるまでのことでした。

ジョルジオがこの世に生を受けて七ヶ月、ふたり目の授かりものがお腹に宿って五ヶ月目、ダブリンの約束は消えてしまいました。チャールズはドミニカ配属の指令を受け、サンタマウラに戻る日は決まっていないというのです。

「お父さまがいなくてジョージは寂しいわね」わたしは、夫がわたしの授かりものに命名した英語の名前を使うように気をつけながら、言いました。「誰がジョージに最初のおもちゃの兵隊さんを買ってくれるのかしら」

息子は母親にとってありがたい存在だとシオーラ・ガジは言っていました。娘が母親にとって何を意味するのか、わざわざ話をしなくてもふたりともよくわかっていました。夫婦の折り合いが悪いときや子の父親と離れることになったときは、男の前に息子を差し出しなさい。父親に息子をしっかり見せなさい。男の血が息子の血管に流れていることを思い知らせること。「ローザ、あなたの体は萎《しお》れていくけれど、お腹の中にいたその子どもがその後もずっと父親の気持ちを留めることになるのです」とシオーラは知恵をくれました。「父親がヘビのような男なら話は別だけど」とも諭してくれました。「神様は女にあまり有利なものを授けてくださらないけれど、少なくとも息子を授けてくださるのよ、ローザ」

「ジョージはもうすぐ新しいおべべがいりますね。どんどん大きく強くなっていくもの」わたしは甘い声で囁きます。「ジョージはたくさん食べますね。そのうち、お父さまのように牛肉ばかり食べるようになるでしょうね」とさえずります。

サンタマウラ島でのチャールズの最後の一週間、わたしの言うことは何もかもジョージ中心でした。

エレサ、次のことを書き留めてちょうだい。パトリシオはなぜこの名前になったのか知りたがるだろうから。

ふたり目の授かりものも男の子になりそうだとわたしはチャールズに告げました。

「どうしてわかるのかな、可愛《カーラ》いローザ、可愛《カーラ》いローザ」彼が訊ねます。

「この子の母親だからわかるんです」とわたしは答えます。

「だったら名前はパトリックだ」出産にも洗礼にも立ち会わないだろうとわかっているチャールズの指示でした。

「パトリック」出し抜けにパチンと刈り取った枝のような、中途半端に醜く途切れた音を耳にしたときから、すでにわたしは心の中で「パトリシオ」に、種を除いたサクランボのように丸く開いた口で終わる名前に、変えていました。

「この名前ならアイルランドの立派な若者になるだろう」とチャールズは宣言しました〔アイルランドの守護聖人の聖パトリックにちなむ〕。

パトリシオ、お前が洗礼を受けたとき、「ラフカディオ」も加えておいたのよ。イオナの五人目、末っ子の名前です。わたしたちふたりの傍に立っていたイオタばあさんは泣いていました。

パトリシオ、サンタマウラがわたしの島になりました。そこでわたしは人の妻であり、ふたりの息子の母親だったのです――わたしが望んだ順番でものごとが起こらなかったとはいえ。

明け方、干し魚とフェンネルの葉の匂いがする入江を歩きます。昼前には、中央広場の商人を訪れて、神様の守護を受けていないジョルジオを守ってくれる身飾りや小さなお守りを買いました。レフカダの町の平らな通りを太陽が焼き尽くす昼間は、イオタばあさんに頼んで馬と二輪馬車に御者を手配して近くの丘の麓に連れて行ってもらえば、そよ風がオリーヴ林の葉を扇《あお》ぎ、エニシダの花の香りが泣いているジョルジオをなだめてくれる。

このお出かけの間イオタばあさんの姿は消えてしまうのです。たとえ喪服を着ていても、坊やを両腕に抱いているのはイオナでした。エニシダを覚えている、パトリシオ？　丘は金色で、花咲くとふたつ目の太陽のようだった。両手にひと握りの麝香草をつぶして、バターケーキに軽めの蜂蜜をひと匙。ふたり目の授かりものよ、どこにいようと、その三つを見かけたら合わせてごらん――エニシダの香りになるから。吸いこんでごらん、パトリシオ、お前のお母さんがいちばん幸せだった頃、兄さんがいちばん元気で、イオナと見違えるようなイオタばあさんが、まるで自分の子のように二歳になるまでお前を抱っこしていた頃の記憶がよみがえるから。父親のことは、もう遠くに離れていたので思い出せないだろうけれど。

出立の前に、チャールズはまとまった金をわたしやイオタばあさんではなく、肉屋に――店の二階に部屋があり、婚配機密の証人となり、酵母と洗ってない足の酸い臭いが鼻をつく肉屋に――託して行きました。自分が売っている獣の肉で丸々ふくよかなこの男がわたしの財布の紐を握っているのは、ひとえに読み書きができるからでした。「数字だってわからないじゃないか、ローザ。イオタばあさんも同じだ」と言うチャールズは、わたしのために自分がとりなした計らいにわたしが反対することなど信じられないとばかりに眉を吊り上げました。「お前とイオタばあさんで何がわかるんだい？　一から十まで指があるから数えられるだけだろう？　それじゃあ足りないんだよ。魚やニンニクを買うのにそれじゃあだめなんだ」

夫を正すようなことはしませんでしたけれど、あの人は間違っていました。わたしは聖名日を何度迎えたか数えることができました。これまでに二十七回、それだけ数えられれば、魚にニンニクにほかにも買い物するには充分です。

肉屋が家賃とイオタばあさんの手間賃を払ってくれる、とチャールズは告げました。毎週、食料や他の出費のための金額を肉屋がわたしにくれてやるというのです。もしわたしがチャールズに報《しら》せを送りたいなら、代わりに肉屋が手紙を書く。チャールズからの手紙が届いたときは、肉屋がわたしに読み聞かせる。魚やニンニク以上にものをわきまえた二人の男の紳士協定。

エレサ、続いて起こったことは書かなくてもけっこう。女のやり方をパトリシオが知ったところでどんないいことがあるでしょう？——でもね、肉屋は実は紳士じゃないとわかった途端にわたしに有利な協定だったということを、お前には知っておいてほしいのよ。

チャールズがいなくなって、イオタばあさんは二度と牛肉料理をしなくなった。陸の小さい動物、ウサギや鶏の方が彼女の好みだったしね。肉屋の末っ子、ゼラニウムの葉っぱさんがうちの前まで配達をしてくれて。ふたり目の授かりものが生まれてひと月ほど経つと、肉屋がイオタばあさんの注文を配達するようになった。櫛でなで梳いた髪の毛もまだ乾かぬ朝早くにやって来て、奥様《シオーラ》ご在宅ですかと訊いてくる。いませんと言われると、しぶしぶ注文の品に加えてわたしへの贈り物をイオタばあさんに渡していく。わたしに焼き菓子や砂糖菓子を買い与えたがるのです。砂糖をまぶした箱いっぱいの小さい半月型のクラビエデス、小さいナシ型で、ヘタの代わりにクローヴを飾ったアミグダロタ〔どちらもギリシャのアーモンド菓子〕、それからごま味でねっとり粘り気のあるパステリ。わたしが会ってもよいということになると、イオタばあさんはジョルジオとパトリシオを散歩に連れて行くのでした。

エレサ、お前の目つきを見れば心の中はお見通しよ。シオーラが教えてくれたように、嫌悪感を隠せるようになりなさい。ウブだねえ、わたしがあの肉々しい男に身を任せたとでも？　わたしはバカじゃないし、節穴でもなくてよ。それに、あの男がうちの通りの方へ曲がって来ただけで匂いでわかるのよ。

あの男の匂いを思い出しただけで気持ち悪くなってきたわ。水を注いでちょうだい、エレサ。お前もよかったら水を飲みなさい。それとも、ここでひと休みしてお茶にしましょうか？

まだ続けたいって？　ほら、そう思ったのよ。エレサ、お前は本当に冴えてるね。水にちょっとウィスキーを足してくれる？　水筒《フラスク》が枕の下にあるから。そしたら、人生の肉屋と遭遇したときにどうしたらいいか教えてあげましょう。

シオーラ・ガジによると、軍人、医者、地主、職業はなんであれ、心の問題になると――シオーラは「心」と言わずに「体」と言っていましたが――男は肉屋かそうでないかのどちらかだというのです。

わたしが出会った肉屋は本当に肉屋だったから、おもわず大笑いしてしまったわ。

肉屋には礼儀正しくする。いつも別れ際はなんとなく残念そうにする。別れるときに、名残惜しげな男の視線がどこにまとわりつくのか観察しておく。わたしの場合肉屋の目は腰に向いていて、おかみも亭主と同じ樽型で、五人も子どもを生んでとうの昔にくびれが消えていたから、驚くまでもなかった。

今はお腹で三人目の授かりものが大きくなって、あの頃のわたしの姿を心に描きづらいのはわかるけれど、コルセットをしたらね、エルサ、わたしの腰はお前のと同じように、男の両手で囲めるぐらいだったのよ。

肉屋が次にやって来るとき、腰回りに派手な色のリボンを結ぶとか、生花を留めるとかして、男の興味があるあたりに注意を引き寄せる。衣装の皺を伸ばしたり、想像上のホコリやクズを払いのけたりして、その位置にしょっちゅう触れる。そこにコーヒーをひとしずくこぼすのもいい――水に浸したハンカチでそこを擦ることになって、そうすると小銭ほどの大きさに染みが広がり、濡れた小さな丸印のことを男はのちのち、ぶら下がった肉に囲まれてひとりっきりのときに、思い返すことになる。あとは待つだけ。自分が肉屋から本当に手に入れたいのは何なのかわかるまで待つだけ。
パトリシオが生まれた後、わたしの体はまた自分のものになった。チャールズはドミニカにいてしばらくそのままだとわかっていたし、体型も元どおりスラリとして、腰も締まって、薔薇も花咲くようになっていた。そんな自分の体を生まれてはじめて自分の好きなように着飾りたかった。採寸してぴったり合う新しい衣装を、申し訳程度の薄灰色レース以上のもので装いたかった。日傘に、象牙色でくるぶし寸の編み上げ靴に、同じ色の手袋、熟れた小麦色じゃないショールに、ボンネットがふたつ欲しかった。

わたしがシオーラ・ガジの館に干し葡萄の袋だけを持って転がりこんだとき、チャールズがその場しのぎの衣装をひととおり買ってくれてね。彼が見つけてきた古着はどれも丈が合わなくて——袖が長すぎたり、襟元が開きすぎていて慎ましく装うためにはショールを足さねばならなかったりしたのだけれど——それに加えて、ペチコートとシュミーズ一式、それから白い麻の寝間着が四着、これは白い絹糸で蜜蜂が刺繍してありました。シオーラ・ガジは不満たらたらでどれにも憤慨していたけれど、寝間着だけは繊細ですばらしいと断言してくれた。蜜蜂の刺繍は目で見るためでなく指先で触れて楽しむためで、夜着にはうってつけだと説明してくれました。店主がチャールズに説明したところによると、イギリス人新婦の嫁入衣装《トルソー》の一部だったのだけれど、娘さんはチェリゴ島に着くなりマラリアで亡くなってしまい、着られないままだったのだって。「トルソー」とは何か、チャールズに訊ねました。

トルソーの意味を説明してくれたのはチャールズではなくてシオーラ・ガジでしたが、それ以来ずっと、たとえ嫁入り後でも、嫁入衣装が欲しいと思っていたのです。わたしが肉屋から手に入れたかったのはトルソーで、不在の夫の金で肉屋に支払いをさせようと思ったのです。

その週、肉屋から送られてきた三つ目の箱、クラビエデスの箱の包みのピンクの紐をほどきます。中身を覗きました。肉屋は単純な生き物ですからね、とシオーラに教わっていました。贈り物のかさで、肉欲度が丸わかり。菓子は四段重ねで、自分の家の七人家族にも足りるほどでした。

カネラが作るクラビエデスの方が、レフカダの町いちばんのパン屋で売っていたのよりずっと美味しかった。カネラのは、煎って砂のように細かく刻んだアーモンドに、固まったりしないまぶしたての粉砂糖でできていて、歯を当てた瞬間にほろほろと崩れるの。

カネラって誰だね?――わたしが思っていることを漏らせば、肉屋はこう訊ねたでしょうね。わが家の料理女で、わたしの母の衣装を、そして今では、まるでわたしも死んじまったかのように、わたしの衣装も着ている女、とわたしは答えたことでしょう。

そうする代わりに、にっこり笑ってお礼を言う。箱を脇へ置くと、長椅子の肉屋の隣に腰掛ける。チェリゴ島の天使様が戻ってきて、でも今度は全員シオーラ・ガジのしゃがれ声でね。肉屋の両手を摑んで腰に持っていけ、と言うんです。そうしました。そこで気が変わって恥じ入っているとばかりに飛び上がりなさい。そうしました。背中を向けなさい。そうしました。出ていって、と言ってから間をおいて「今は」と付け足しなさい。言われたとおりにそうしました。

肉屋は翌朝早々、イオタばあさんが注文する前に戻ってきました。子羊の肩肉の塊と、わたしがいちばん好きな菓子、パステリの大箱を持って現れました。肉屋を目にしたら頰を染めろ、と天使様が言って聞かないので、男を家に入れる前に指先で頰を擦ったのです。

たったそれだけよ、エレサ。

何度か腰回りに手を回すのを許したところで、わたしの嫁入衣装《トルソー》が集まり始めたの。ドレス用の絹が思ったより高価な場合は、大家が家賃を上げたと肉屋はチャールズに手紙を書くのでした。麦わらのボンネットよりも麻のボンネットがわたし好みだとわかれば、追加資金のために手紙を書くと言いました。チャールズが依頼どおりの額を手配しそこねると、肉屋は自分の肉代をやりくりするようになりました。

神は与えたまい、神は奪いたもう。

ちょうどわたしの嫁入衣装が揃った頃、ジョルジオが神に召されたのです。

エレサ、ここからはまた書き取っておくれ。わたしの愛し子がこの世を去ってから何があったのか、パトリシオにも知ってほしいから。

埋葬でジョルジオをくるむために麻の寝間着を一着ほどきました。とこしえの暗闇であの子も白い絹糸の蜜蜂に触れられてまだ美しいものに囲まれているとわかるように。

ジョルジオが亡くなったことを肉屋がチャールズに書き送ったところ、パトリシオの健康を問う返事が来ました。わたしの健康は聞きもしなかった。家計はマルメロ園での埋葬で尽きかけて、肉屋が依頼をしても埋め合わせはありませんでした。

ゼラニウムの葉っぱさんがふたたび配達をするようになりました。チャールズからの毎週の仕送りに肉屋は自分の金を足してくれました。授かりものが亡くなったので、気の毒に思ってそうしてくれたのだと思うことにしています。

欲望は蛾、とシオーラ・ガジは言ったものです。太く短く生き、そうして死ぬのだと。

わたしは三十歳で、チャールズとの人生も——とはいえ、彼はほとんど不在で、あの人の本当のつれあいはむしろ英国陸軍だったけれど——終わりにきました。ダブリンでの二年間、チャールズは連隊と他所にいることがほとんどで、最初はドミニカ島、そして今はクリミアにいます。クリミアがどこなのかは知りません。島でないことは知っています。ひとつ屋根の下、夫と妻と息子として一緒に暮らしたわずか数ヶ月、夫があらゆる部屋に羽虫の大群を連れ込んでわたしの口や喉を詰まらせているかのように、息ができなかった。わたしに興味を示すのは夜だけで、言葉がいらないだけにそちらのほうがむしろマシだという気持ちだった。

今言ったことは、エルサ、書かないでくれる？　代わりにこう書いてちょうだい。

ダブリンでのチャールズのヴェネツィア語は、チェリゴ島やサンタマウラ島にいたときよりもおそまつでした。彼を愛しているときも彼の口から出てくるこの言葉は好きになれなかった。しみったれて聞こえるのです。言葉に豊かさがないのです。まったく余韻がなくて。ひと言ひと言が口先だけの頬にする乾いた接吻のようでした。

「このアイルランドが島だなんてありえない！　嘘をついたのね。島だと約束したじゃない」クリミアに行くと言われて、わたしはチャールズに向かって叫びました。

「物知らずな女だな」今朝もダブリンは曇天だと述べるかのごとく彼が言います。新聞から目を上げることさえしませんでした。紅茶をひと口すすりトーストをかじるのですが、あの人の口の中、体の中全部、アイリッシュ海の凍えるような水しか詰まっていないのです。チャールズは決して声を荒らげませんでした。荒らげてくれたらどれだけよかったか。わたしと同じように、彼も刺すような怒りを感じていると目を見てわかったなら、拳が胸を突き破るほど心臓が鳴っているとわかれば、耳が割れるほど天使様の声が響いているとわかれば。わたしが茶碗を壁に投げつけると粉々に砕け、壁紙に乳で濁った茶の染みが残りました。

「無駄遣いする女だな」とチャールズ。

夫が出発することがパトリシオとわたしにとって何を意味するのか、わたしは承知していました。またもやブレナン夫人、チャールズの母方のおばと暮らすということです。たしかにダブリンの街中よりも外れの方がわたしには合いましたが、ラスマインズのブレナン夫人の家は嫌だった。未亡人、とりわけ子どものいない未亡人は、嘆きの他につれあいもなく、悲しみを小型犬かオウムかのように甘やかして太らせるのです。ブレナン夫人の嘆きはお屋敷の部屋ことごとくに住みついていて、部屋は実際よりも狭く感じるのでした。住み込みの召使いも場所ふさぎで、最上階をまるごと占めていましたが、起きている間に彼女が要求することを思えばぐっすり眠ることなんかできなかったのではないでしょうか。

そこでホコリを病原菌のように扱うのをはじめて見ました。図書室の書棚から毎日本を一冊一冊取り出して、瀕死の男の額を拭うように布で拭ってやらねばなりません。人間を病原菌のように扱うのもはじめて見ました。召使いは全員白い布を縛って口を覆わねばなりませんでした。毎日、召使いの着るものは下着に至るまで外に吊るして、変わった形の敷物か何かのようにはたかねばなりませんでした。あの音——強い向かい風にたくさんの帆がはためく音——それから鳥のさえずりが、ラスマインズで朝日が昇る徴《しるし》でした。

パトリシオ、お前とわたしがはじめて大おばさまのお屋敷に行ったとき、わたしたちも布巾を顔にまとわされるのかと思ったよ。わたしたちがブレナン夫人のところへ行ったのは、あちらが先にやって来たからです。ダブリンに来てひと月ごろのことでした——到着したときはすっかり霧に包まれていて、最初は音でしか街の様子がわからないほどでした——わたしたちはロウワー・ガーディナー通りのタウンハウス、ブレナン夫人の姉妹にあたるハーンおばあさまが持っている家に住んでいました。ふたりのどちらが年上なのかわたしにはわからずじまいでしたが。ふたりとも同じ表情をしていて——腐った牡蠣《かき》を口にしたときの嫌な顔です——にっこり笑えばひび割れてしまいそうな、黄ばんだ紙みたいな肌をしていました。わたしはふたりの言葉が話せなくても険悪な仲だということはわかったし、わたしたち母子をダシに争うつもりだということもわかったけれど、言葉がわからないので、どういうわけで不仲なのかはブレナン夫人の家に住むようになってようやく納得したのでした。

若い頃、ブレナン夫人はカトリックの男と結婚するためにアイルランド国教会を離れており、姉妹としては改宗したことやカトリックの亭主に飛び抜けて財産があったことが許せなかったのです。ブレナン夫人の方は許してもらえなかったことが許せないのでした。ブレナン夫人はチャールズが外国人、それも召使いからの報告によると黒髪のジプシー女と結婚して、色の黒い子どもを生ませたと聞いてほくそ笑んだのです。ブレナン夫人はわざわざハーン夫人のもとを訪ねることで、自分は噂を知っていると知らしめたのでした。

パトリシオ、お前のハーンおばあさまは、お前とわたしがダブリンに到着するわずか数日前にわたしのことを聞いたその瞬間から、わたしのことを軽蔑していました。ハーン家にお前のお父さんがドミニカから送った手紙が届いたのです。チャールズはそれまで母親にわたしのことも息子たちのこともまったく知らせていなかったのです。おばあさまは今でもお前のお兄さんのジョルジオのこと、あの子のサンタマウラでの短い人生のことは知らないままです。お前がわたしのスカートの後ろから顔をのぞかせたとき、おばあさまは、お前が足元に飛びかかって襲ってくるかもしれないとでもいうような顔つきで、お前を睨みつけていました。襲ってこないとわかると手を伸ばしてお前があの頃耳たぶにつけていた金の耳輪に触れました。巻き毛の頭をなでることも、柔らかな桃色の頬に触れることもなく、おばあさまは手を引っこめました。チャールズは、波止場に迎えに行くようにと母親に指示を送っていて、わたしのために「ハーン」と書かれた紙を船室係長に持ってもらうように手配していました。ドミニカから、肉屋への手紙を通じて、到着の指示を含めて旅行の手筈をチャールズは送ってよこしたのです。わたしは、イオタばあさんはどうするのか聞いてほしい、と肉屋に頼みました。イオタばあさんは同行しない、という返事でした。物見遊山じゃないんだ、チャールズは肉屋からわたしにそう言付けてきました。チャールズの言うとおりでした。旅に楽しいところは何もなく、到着先ではなおさらそうでした。

パトリシオ、耳たぶに触れてごらん。まだ小さなくぼみが感じられますか？　ジョルジオのときと同じように、お前がまだ生まれて幾日の頃、イオタばあさんがお前の耳たぶに穴を開けたのよ。わたしの島でも彼女の島でもそうするしきたりでした。お前の父さんの島にはそういうしきたりはなかった。お前のおばあさまは、家に着く前、波止場からの馬車の中で金の耳輪を外させたのです。おばあさまが何を狙っているかわたしはわからないふりをしていたけれども、馬車の道行きがあまりに長くて、彼女が何度も何度も手を伸ばしてお前の耳に触れるのに抵抗することができなかった。だからわたしが自分で耳輪を外しました。彼女がわたしたちを呪っていることはわかっていました。耳輪に接吻して三度十字を切ってからおばあさまに手渡しました。彼女がわたしたちを呪っていることはわかっていました。愛しいパトリシオ、お前の耳たぶの穴は塞がったけれど、穴があった場所のくぼみはまだ残っていますか？

お前のおばあさまの家に足を踏み入れた途端、ヴェネツィア語でもアテネ語でも話すのを禁じられました。彼女にとってふたつは同じことで「外国語」なのでした。ふたりとも習うように押し付けられた言葉は英語でした。十五歳ぐらいの、まるで嵐の後に海の底から浜に打ち上げられた色のない生き物のような娘が、お前の乳母としてあてがわれました。まもなく、この娘はわたしを見張って、深海生物が理解できない言葉をわたしがひとことでもお前に話しかけようものなら、おばあさまに報告することになっているのがはっきりしました。ハーンおばあさまはお前の耳輪を取り上げ、わたしたちの言葉を取り上げたのです。わたしは父の家で舌を抜かれたも同然でした。また同じ目に遭うのは御免です。それで、ブレナン夫人が馬車をよこしたときためらうことはありませんでした。お前と一緒に出ていって二度と戻らなかったのです。

エレサ、ブレナン夫人宅でわたしはお前のお母さまに出会ったのよ。あそこでわたしを待ち受けていたあの人はこの世に降りてきた天使様でした。泣いてはいけません、ほら。今は神様のもとにいらっしゃるのだから。わたしたちを残して神様のもとへ行かれたことを責めるわけにはいかないでしょう。

お前のお母さまを雇ったのはブレナン夫人にとって例外中の例外でした。パトリシオの大おばさまは、自分の雇い人はひとり残らず自らが選んだ信仰と同じ信者であることにこだわりました。カトリック教徒しか雇いたくなかったくせに、おばあさまはカトリック教徒に病気がついてくると決めてかかって嫌がってね、それはアイルランドでは「チフス」と「キキン」と呼ばれているのだと、お前のお母さまがのちのち教えてくださったのよ。「チフス」のために召使いは顔に布を当て着ているものを毎日干しているのだと、お前のお母さまが説明してくださった。彼女は住み込みの召使いではなかったから口を布で覆わなくてもよいということになった。あの家でチフスで亡くなることになるのはお前のお母さまだけでした。

はじめて会ったとき、お前のお母さまはわたしを「シオーラ」と呼んだのです。わたしと同じ黒くて豊かに波打つ髪の毛からはラヴェンダー水の香りがしました。その香りのために接吻したかったぐらい。代わりに隣に座ると、親友のように、いいえ、姉妹のように両手を取ったのよ。あの薄暗い島でヴェネツィア語をしゃべることができる女性に出会って、わたしは何を言っていいかひとことも言葉が出なかった。代わりに泣きました——その間パトリシオはお昼寝していて、わたしの膝に頭を乗せていました。お前のお母さまは翌日また戻ってくるからと約束して、そのとおりに戻ってきたのです。
わたしがまずはじめに訊ねたのは、ブレナン夫人がどうやってお前のお母さまを見つけてきたのか、ということでした。連隊の中にはチャールズ以外にもイオニア諸島の女と結婚して北へ連れてきた男がいたなんて思いもよらなかった。自分の夫もサンタマウラの要塞に駐屯していたのだとお前のお母さまは教えてくれました――けれども健康状態が思わしくなく、数年前にダブリンに戻された、と。ブレナン夫人が連隊兵の妻でヴェネツィア語と英語ができる女を募ったとき、お前のお母さまのことを聞いて、通訳をお願いすることに決めたのだそうです。

日曜以外毎日、朝食の片付けの頃、お前のお母さまがラスマインズの館に到着するとき、その天使の翼は畳んで隠してあり、わたしにしか見えませんでした。ブレナン夫人とわたしはお互いへの質問をとっておいて、お前のお母さまがわたしたちの代わりに辛抱強く問いかけて答えてくれるのです。そのあとブレナン夫人は正午の祈りに出かけます。そうしてようやく、館の中で真実が声になるのです。

ハーン家はわたしの婚家と同じで英国系アイルランド人《アングロ・アイリッシュ》なの、とお前のお母さまは話を始めました。英国系アイルランド人はアイルランド教会で礼拝する。数は少ないけれど、島の土地と財のほとんどはこの人たちのもの。チェリゴ島のラザレッティ家、ヴェニエーリ家、カシマチ家のようなものだとすぐに理解できました。英国系アイルランド人はこの島の征服者の言葉である英語をしゃべるの、とお前のお母さまは言いました。これもわたしにとっては聞いたことがある話でした。チェリゴ島の貴族たちがヴェネツィア語をしゃべるのは、父が兄たちに教えていたように、ヴェネツィア共和国が何世紀も前に島を征服して、その血筋と言葉をわたしたちに授けたからです。

アイルランドの他の住人たちはアイルランド人《アイリッシュ》と呼ばれているとお前のお母さまは説明してくれ

ました。カトリック教会で礼拝し自分たちの言葉をしゃべるのだけれど、これは島の支配者からは劣った言葉扱いされている。アテネ語と同じだとすぐにわかりました。

ブレナン夫人に頼まれて、お前のお母さまは、パトリシオとわたしが島にたどり着く前にあった「キキン」というアイルランド人を悩ませた病気や、食べるものがないみじめな時代についても教えてくれました。英国系がバターと牛肉をたらふく食べ続けた一方で、アイルランド人は骨と皮になり、死を待つばかりとなっていたのです。

「どうしてブレナン夫人はそんなことをわたしに知ってほしいのかしら？」とわたしは訊ねました。

「パトリシオをカトリックに育てたいからよ」とお前のお母さまは言って、この家でヴェネツィア語がわかる者は他にいないということを一瞬忘れて、肩越しに後ろを確かめました。

「パトリシオにはもう別の神様がいらっしゃるのに」

「ブレナン夫人は自分と同じ神様を坊やに拝んでほしいのよ。わたしだったらお断りする前によく考えるわ」とお前のお母さまは勧めるのです。

「それはカトリックの神様の方が偉い神様だから？」とわたしは訊ねました。

「違います」お前のお母さまはそう答えて、三度十字を切りました。「ブレナン夫人はね、跡継ぎがほしいの。あなたとパトリシオをこの家に迎えたのはどうしてだと？」

「姉妹の恨みを晴らすためでしょう」とわたしは答えます。

「恨みを晴らすのにカトリックをもうひとり系図《ファミリー・ツリー》に接ぎ木する以上のやりかたがあって？」

「パトリシオには神様がいらっしゃいます」とわたしは繰り返しました。

「シオーラ、坊やとあなたには神様がひとりでは足りないのよ、クリミアからだんなさまが戻ってこなかったらどうするの」

エレサ、お前のお母さまの言うとおりでした。でも、わたしを木の枝にする予定はないことを、彼女は知らされていなかった。

接ぎ木はお前だけだったのです、パトリシオ。

チャールズがクリミアへ立って、わたしが三人目を授かったとわかってから、ブレナン夫人が条件を申し入れたのです――パトリックを残してアイルランドを出ていくこと。ブレナン夫人は跡継ぎに用があっても、わたしのことは用なしなのでした。一等船室料金を払うからサンタマウラ島に帰らないかと言うのですが、島がわたしの故郷だと思っているようでした。旅の間に出産したときのために、付き添い人の旅費も払うというのです。お前のお母さまはブレナン夫人の要求に心底腹を立てたのですが、わたしは違いました。

それがいちばんだと天使様のお告げがあったのですよ、パトリシオ。

パトリシオ、お前の大おばさまがまだご存命なら、この部分を読まれることがあってはなりません。けれども、大おばさまがカトリックの神様へ召されたときには、お前が、わたしのふたり目の授かりものが、莫大な財産を相続する、そう大おばさまは約束されたのですから。

ブレナン夫人がお前を「パトリック」とか「坊や」とか呼ぶとき、わたしは手の中のお前の手をぎゅっと握りしめたものですが、パトリシオ、お前はわたしが手を離すまで身もだえして嫌がったものでした。そうして、この別の名前に反応して、大おばさまのほうへよちよち歩いていくのです。ふたりきりのとき、お前が新しい言葉でわたしと話そうとすると、わたしはいつもお前を叩きました。お前は目を見開いて一瞬はっと沈黙した後、泣き始めます。

今でもわたしの耳の中に響いているあの沈黙。許しておくれ、パトリシオ。お前にはわかってもらえないと知っていたけれど、ふたりの間の言葉はヴェネツィア語とアテネ語だということを忘れてほしくなかった、英語はあの人たちの言葉だから。

わたしがダブリンを出ていったことをおばからの手紙で知るなり、チャールズは手紙を折って安堵の溜息をつくだろうとわかっていました。膝を叩いて歓声を上げたかもしれません。パトリックはダブリンでつつがなく自分が面倒を見ている、とブレナン夫人は書いたことでしょう。わたしの体のことについてはチャールズには知らせないと夫人は約束しました。三人目の授かりものが生まれたら、とりわけ赤子が男の子なら、誰かに手紙を書いてもらって報告する、とわたしは夫人に約束しました。

エレサ、お前がサンタマウラ島へ向かう予定を、チフスで亡くなる前にお前のお父さまがブレナン夫人に知らせてくれたのは、神の思し召しだねえ。お前のお母さまが亡くなってからまもなく、お父さまも天に召されたのだよ。それが愛というもの、ふたりが一緒の墓を見ながら、そう思ったのをおぼえています。

ダブリンはお前の家族を奪ったけれども、エレサ、レフカダの町がまた与えてくれる。残念な事情とはいえ、お前と一緒に旅ができるようにとブレナン夫人が手配してくれたのを喜んでいるのですよ、可愛い子。神様が海上での出産を思し召すなら、三人目の授かりものも、お前が一緒でありがたいと思うことでしょう。

わたしたちふたりの取り決めにも満足しているのです、エレサ。取り決めにしかるべく、実用的ですからね。お前は自分の若さ以上のものをレフカダのお母さまの家族に贈ることができるし、わたしはパトリシオがいつの日か読むことになる物語を書き取ってもらえる。誰が自分をこの世に生んでくれたのか、そして誰が自分を生まれ故郷の島から連れ去ったのか、あの子は知りたいと思うことでしょうから。この手紙でそれを知り、あの子はわたしを見つけに来てくれるでしょう——わたしが神様に召されない限りは。
　パトリシオ、お母さんを許してくれると願っています。罪を許せと言う訳ではないのです。愛することは罪ではないからです。このことは覚えておきなさい。お前が礼拝をしているカトリックの教会と、わたしの正教会とでは違う教えかもしれません。母親として、お前のことをこれ以上ないほどに愛しているのです、ふたり目の授かりものよ。お前を後に残していく以上の愛の形はなかったのです。

　神は奪いたまい、神は与えたもう。

　わたしがレフカダの町に戻ってきた理由にイオタばあさんが納得すれば、ばあさんの実際的な性格が勝って、急いで肉屋を探しに行くことでしょう。肉屋がわたしと三人目の授かりものの家を見つけてくれる。パトリシオ、お前をブレナン夫人に譲ると誓った契約書に×〔無筆の人の署名代わり〕を書き入れたときに夫人がくれたお金から、肉屋に支払いをします。

　神様の思し召しがあれば、レフカダの町の家で、最初のふたりのときと同じようにイオタばあさんの手を借りて、三人目の男の子を生むことでしょう。そうしたら、エレサ、お前にお願いしてブレナン夫人に手紙を書いてもらうから、手紙が届いたら夫人はパトリシオを呼ぶでしょう。

　そして言うのです。「パトリック、お前のことを愛しているお母さまは、つつがなく弟を生んでくれたのだよ」パトリシオ、大おばさまはお前に英語でそう言うことでしょう――愛しいお前とわたしをアイリッシュ海が引き裂く前から、ずっと引き裂いてきた言葉で。

エリザベス・ビスランド（1861–1929）

1906年、ニューヨーク

偶然と血の力の奇妙な混交が、少年を大人にした。

一八四〇年代終盤、いまだ英国がイオニア諸島を占領していた頃、第七十六歩兵連隊がギリシャに派遣され、陸軍軍医少佐〔実際は第四十五ノッティンガム歩兵連隊の軍医補〕の〔チャールズ・ブッシュ・〕ハーンは連隊に随行し、チェリゴ島で駐屯任務を遂行した。到着間もなく、ギリシャの古い名家出身とされるローザ・チェリゴーテ〔ローザ・アントニア・カシマチ〕と知り合ったようだ。若き軍医の写真を見れば、ハンサムで当時もてはやされた豊かな頬髯を蓄え、はっきりとした輪郭の横顔と繊細な腰周りをしている。情熱的な情事となったが……ふたりのつながりは、南北戦争直後の北部からの占領軍に対する南部の感情に劣らぬほど激しい英国駐屯軍への地元の反感を伴って、娘の兄らに暴力的に反対された。伝承によれば、血気盛んなチェリゴーテ家の男どもがアイルランド人ハーンを待ち伏せして刺し、死ぬがままに放っておいた。娘は召使いの手を借りて彼を納屋に隠し、介抱して生き返らせ、男が回復すると、娘は感謝する恋人と駆け落ちして、サンタマウラ島でギリシャ式の結婚式を挙げたという。第一子は出産後まもなく死に、ふたり目の子供ラフカディオは、島のギリシャ語名レフカダにちなんで名付けられた。もうひとりの息子ジェイムズ〔も〕……きわめてロマンチックに始まりきわめて悲劇的に終わる運命にあったこの結婚の果実であった……。

イタリア語とアテネ語を話せたが、英語を完全に習得することのなかった若妻が、陽光溢れる故郷の島から、雨がちのアイルランドの空やダブリンの灰色の通りへの変化を悔やんだのは避けられぬことであったし、民族も、言葉も、信仰も異なる土地での流浪者に、まもなく誤解や争いごとが膨らんだのも不思議ではなかった。不幸な経緯の仔細は時とともに沈黙の中に消えてしまったが、妻は拒絶され裏切られたと確信していた模様で、結局、結婚は無効となった……。

　さほど傷つきにくい少年であれば、時が経つにつれこの精神的打撃を忘れただろうが、チャールズ・ハーンとローザ・チェリゴーテの上の息子は、両親の絆が暴力的に引き裂かれたことで長く苦しみ続ける運命となった。彼の現実離れした人間不信、率直な外見の奥に何かが潜んでいるのではないかという抑制しがたい恐怖、最も近しい友にさえ裏切られ見限られるのではないかという絶え間ない病的なほどの不安は、このころに由来しているように思える。

　母親側に何らかの落ち度があったとしても、彼にとって朧気に残る母の記憶は常に優しく、憧れ慕う愛情に満ちていた。

　決して出会うことのなかった弟［ジェイムズ］へ、大人になってからこう書き送っている。「あの色黒く美しい顔——野生の鹿のような大きな茶色の目——あの顔がお前のゆりかごを覗き込んでいたのを覚えていないのだね？　昔のギリシャ正教のしきたり通りに毎晩、指で十字を描き『父と子と聖神の名による』とお祈りを唱えなさいと言うあの声を覚えていない？　お前が赤ん坊のとき、母は素朴な信仰にしたがって、至聖三者、とりわけ父なる神がお守りしてくれるようにと、お前の三ヶ所に傷をつけたのだ……。小さい頃私たち兄弟は皆色黒く情熱的で、とても風変わりな外見をして、金の耳輪を身に着けていた……」

「私の中の善なる部分は、私達兄弟がほとんど知らない、あの暗い肌をした民の魂から授かったのだ。私が正義を愛し、悪を憎むのも、美しいもの、真なるものを敬うのも、私が人間を信じることができるのも、私にささやかな成功を授けてくれた芸術的感受性も、私達ふたりの大きな目を見れば一目瞭然の言語能力でさえ——あのひとから授かったのだよ……《ママ》人間を造り出すのは——少なくとも人間のより高貴な部分を造り出すのは母親だ――力や打算能力ではなく、心や愛する力。だから財産よりも母の肖像が欲しいのだ」

子供［ラフカディオ・ハーン］を引き取ったブレナン夫人は、裕福なアイルランド人未亡人で、夫によってローマ・カトリックに改宗しており、改宗者の例に漏れず、「王よりも忠実」だった。甥［チャールズ・ハーン］の離婚と再婚は、苦々しい怨恨を招いた。子供と完全に縁を切ることを要求するばかりか、少年に自分の思いを包み隠さず明かすことをためらわなかったため、彼は幼年時代に吹き込まれた印象を長らく失うことがなかった……。

ラフカディオ・ハーンのその後の人生十二年間については、僅かな記録しか存在しない。黒い瞳、浅黒い顔つきの情熱的な少年は、心に傷を、耳に金の耳輪を携え、イタリア語とアテネ語交じりでどもりがちな英語を話し、七年目にはウェールズへやられ、それ以降はたまにアイルランドを訪れるだけだったようだ。もっとも感受性が強かった時代の環境については、朧気な輪郭しか描くことができない。ブレナン夫人は年配で、財産があり、歓心を買おうとする神父と熱心な改宗者に囲まれて暮らしていた。

・・・・

彼の教育の経過と特徴については、殆ど知られていない。フランス北部のイエズス会学校で二年を過ごしたといわれており、そこで詳細かつ正確なフランス語の知識を得たのだろう。またイギリス、ダラムのローマ・カトリック学校アショー校にも一時期在学しており、人生最大の不運はここで起こったのだった。「巨人の歩み」という遊びをしているときに、一緒にいた者の手から突然放たれた縄の端の結び目で、片目が見えなくなってしまったのだ。この結果、もう片方の目の負担が後々きわめて大きくなり、自分は完全に失明してしまうのではないかという恐怖に常に脅かされることになった。読み書きで使う片眼鏡があまりに大型で重いため、柄を取り付けてもらい、柄付き眼鏡のように手に持って用い、離れたものを見るために小型の伸縮式望遠鏡を持ち歩いていた。

僅かなもので、決して見るに堪えぬほどではなかったのだが――外見の損傷についても絶えず気に病むことになった。虹彩《こうさい》に雲がかかったような濁りがあるせいで、他人に、具体的には女性に、不愉快で嫌な人間だと見られると思いこんでいた。

この事故のせいでアショー校を去ることになったようだ……［後々］生徒のひとりにむけて……書かれた手紙の中で……こう述べている……。

「十六歳の少年だったときの血縁――その幾人か――はとても裕福だったにもかかわらず、私が最後まで教育を受けるための金銭的援助をしてくれませんでした。君には絶対にありえないような境遇に陥り、使用人として働かざるをえなかった。部分的に失明し、二年間病床に臥し、その間誰も手を差し伸べてくれなかったのです。あらゆる逆境に抗い独学で学ばねばならなかった。西洋式生活のあらゆる贅沢に囲まれて、裕福な家庭で育てられたにもかかわらず……」

大叔母との決裂は完全なものとなった……彼女の財産も、自分が相続するものと見なすようにしつけられていたが、信仰を同じくするというだけで仕事を請け負うことができた者らに徐々に食い潰されていき、二人が別れて何年も経たぬうちに大叔母が死ぬと、和解の努力も無に帰してしまったのだった……。遺言で彼のためにいくばくか財産が留保されたが、彼が要求を提出することもなく、財産は消え去ったも同然であることが明らかになった。

少年がこの時期友もなくどのような苦境に立たされたかは知るすべがない。

一八六九年のある時期――正確な日付は不明――十九歳のラフカディオ・ハーンは、一文無し、繊細、半ば盲目、そして知己もなく、ニューヨークを放浪することになる。

・・・・

・・・・

何が彼を……オハイオ州シンシナティへ駆り立てたのかは定かでない……。［彼は］移民用の列車で移動し、道中食料を買う金さえなかった。

〜エリザベス・ビスランド著『ラフカディオ・ハーンの生涯と書簡』
全二巻（一九〇六年）より

アリシア・フォーリー（1853-1913）

1906年、シンシナティ

パットは地元出身じゃない。

ヘイスラム夫人の下宿で彼を見かけたとき最初に考えたことです。その時は名前さえ知りませんでしたが、直感は思った以上に当たってたことになります。

わたしがまかないをしていたころ、ヘイスラム夫人の下宿はいつも満室でした。ただの行きずりの人なら、夕食の献立などあまり気にも留めないでしょうけど、ずっと滞在するのなら――女の独り身や男やもめなら――ひと晩おきにフルーツパイ、日曜にはロースト肉が出るのはありがたいことですから。

パットのような顔ぶれは、気に留めないようにしてました。名前を覚えようとさえしなかったわ。農場の馬と一緒、毛の色で区別できれば充分。栗毛、真鹿毛《まかげ》、葦毛、パットの場合は石炭みたいにまっくろな青毛。若い男の人はまもなくよそに行っちまいますから。西部に乗り出し、南部に下り、東部に戻る――汽車や蒸気船が行くところならどこへでも。

南北戦争の前は、「シンシナティ」て聞けば、約束の地を思い浮かべました――オハイオ川がヨルダン川で。約束の地が、よそに行きたくてうずうずしてる白人の男の人だらけだなんて知りもしなかったわ。

髪の毛も爪も灰色をした印刷所のビーンさんが、テーブルの他の下宿人にパットを紹介したとき、わたしはサイドボードにスープの大鉢を置くところでした。真夏でしたが、いつもスープを作るようにとヘイスラムさんから言われてて、スープはお腹にたまって、もっとお金がかかるパイやロースト肉を食べる量が減るからって言うんです。ビーンさんは晩ごはんの前後にジンをちびちびやるのがお好きでしたから「この若者の名前はラフ、カ、ディ、オ・ハーンと申すのです」と言ったとき、もうろれつが回らなくなったのかと思ったわ。

当時は「ラフカディオ」が男性の名前だなんて聞いてもわかりませんでした。それ以来他に出会ったこともないですし。

都合のいいときだけ耳が遠いミス・キャロラインが、新入りさんの名前をもう一度言っておくれとビーンさんに頼みました。ビーンさんはまた立ち上がると、咳払いをして、フルネームを二度繰り返します。その間ずっとパットはテーブルクロスから目を離さないんです。

新顔の下宿人の横顔をしっかり見ようとスープを注ぐ手を止めました。好みでした。鼻筋が力強く鋭くて、鼻柱あたりにかすかな窪みがあって、口髭はありましたが、顎はきれいに剃ってありました。でも随分日焼けしている印象でしたね。わたしとほとんど同じぐらいの肌の色だったわ。右側の顔を見ていたんだと思います、変わったところはどこも見当たらなかったから。

それからパット本人が立って食卓一同に自己紹介しました。歌うような調子だったからアイルランド人だ、シンシナティ生まれのアイルランド人じゃないってわかったんです。もの柔らかな口調でしたが、口ごもるような話し方ではありませんでした。

最初に反応したのはまたもやミス・キャロラインでした。もう少し大きい声で話せと言うのです。わたしが目の前にスープをお出ししているところでした——その晩は卵のダンプリング入りグリーンピースのスープを作ったのですが、あまりにきつい調子の大きな声だったので、あやうくこぼしてしまうところでした。

パットがミス・キャロラインの方へ視線を向けました。左手で左目を覆って、さらに彼女の方を見ていました。

ほかの下宿人はどうしていいか、食べ始めていいものかわからない様子でした。夏だろうと、スープはぬるくなってしまうと、おいしくないですからね。

パットは咳払いをして、ミス・キャロラインにも聞こえるような大声で言いました。「パトリック・ハーンと呼ばれても返事をします」

食卓は「パトリック・ハーン」への歓迎とあいさつでどっと湧き上がりました。ビーンさんによると、この若者は彼が勤めている職場で校正の仕事を始めるとのことでした。若いハーンさんは今は市立図書館長さんの私的な秘書の仕事をしているんだ、とつけ足すビーンさんの調子は、パトリック・ハーンは見直す価値があるぞと言わんばかりでした。

下宿の若い男の人たちは彼を「パット」と呼ぶようになりました。わたしたちが知り合ってからは、わたしも彼のことをそう呼んでいました。

若くもなく、タバコ倉庫で事務員の仕事をしていたウィーラーさんは――タバコはまったく吸わないのに葉巻の匂いがしたものです――翌朝、朝食の席でパットにあいさつして「パディ」と呼んでました〔パトリックの愛称だが、アイルランド人の蔑称でもある〕。パットはウィーラーさんが言うことなぞひと言も耳に入らないかのように無視してました。ウィーラーさんは気づいてないようで、おしゃべりを続けます。湯煎卵《コドルドエッグ》を口に運ぶ傍ら言うには、「あんたの国の人」が大挙してシンシナティに押し寄せ始めたとき、わしはゆりかごから出たばかりの年頃だった――ウィーラーさんはアイルランド人のことを言っていたんですが、パットは読んでいる新聞から目を上げませんでした。あのころあの人らはえらいみじめな境遇でなあ、パディ。子どもらが野良犬みたいに通りをうろついていたよ、とウィーラーさんは続けます。ひとりも学校に行かせてもらってなかった。南北戦争のおかげで良くなったんだよ。大人も子どももひとり残らず、わしらアメリカ生まれと一緒にオハイオ第十歩兵連隊で戦った。あの戦争のおかげでしつけが身についたのさ、パディ。一生懸命働くことを学んだのさ。アイルランド人がシンシナティの警察やら消防やらを乗っ取ってると悪口を言うやつには、いつもそう言ってやるんだ。あの連中にこの手の仕事はおあつらえ向きだろう、と言ってやるのさ、パディ。

ウィーラーさんが「パディ」と言うたび、パットは新聞のページをめくり、乾燥したトウモロコシの茎がガサゴソいうような音を立てるのです。

ミス・キャロラインも朝食に同席していて、パンくずだらけの唇が半ば微笑んでいるのにわたしは気がつきました。ミス・キャロラインはコーヒーに砂糖を山盛り三杯入れ、朝ごはんに必ずそれを二杯飲むんですが、甘党一等賞は行かず後家、続いて後家、それから子ども、というのがヘイスラムさんの口癖でした。ミス・キャロラインとミス・ベリルのためだけに、毎月砂糖を一ポンド買わなきゃならないってヘイスラムさんは文句を言ってました。ミス・ベリルも独り身でしたが、わたしが働き始めたころにはもう下宿を出ていて、ヘイスラムさんはミス・キャロラインの不平を言うたびに、まだふたりともいるみたいにミス・ベリルの名前も持ち出すんです。

パットとミス・キャロラインは、最初大声でやりあったのに、友だちになりました。ふたりとも無駄話が我慢できない質で、特に朝はそうでしたね。ミス・キャロラインは『シンシナティ・コマーシャル』紙の熱心な読者で、パットが記者になってからは『シンシナティ・インクワイアラー』紙も読むようになりました。毎日の終わりに新聞を交換し、翌朝、朝食の席でミス・キャロラインはパットが書いた記事を無言で指差すのです。これがふたりの間のゲームだってことは、『インクワイアラー』は名前なしで記事を載せるとパットに聞いてからわかったことでした。何やら用語を言ってましたっけ。

そう、そうです、ミス。しょめい記事。

そりゃあね、ミス・キャロラインはパットほどには世間的に重要だと思えないかもしれません、でもそれは、ミス・キャロラインの話をまだ知らないからですよ。わたしが会ったことのある独り身の女のひとはだいたいそうでしたが、ミス・キャロラインも自立心のある人でした。パットとはそこが似ていたんですね。それにふたりとも白人の基準からするとお金はあまりない方でしたが、お金は本と下着に使っていました。

ミス、今の書きとめました?

そうおっしゃるなら、パットに出会った時の話をしてもいいですけど――彼が「ラフカディオ・ハーン」として有名になったことは知ってますが、わたしが知っているのはその人ではありません――それに、服の下に何を着ていたかなんて話とはあまり関係ないですよね。でも、わたしが出ていった理由は、彼の下着の状態と大いに関係ありなんです。

シャーロットが何とかしてわたしに警告しようとしたのですが、ちゃんと聞いてなかった。シャーロットはあのころ下宿の洗濯係でした。パットが引越してきたのと同じころ、別の娘《ギャル》から仕事を引き継いだんです。シャーロットは――ヘイスラムさんや下宿の人たちは「ロッティ」て呼んでましたけど――わたしと同じケンタッキー出身でした。わたしたちあまり似てなかったけど――栃の実と落花生ぐらい肌色も違ったけど――会ったときから姉妹も同然でした。パットがわたしの話を喜んで聞くのに負けないぐらい、わたし、シャーロットの話を聞くのが好きだった。ふたりとも、イバラみたいにトゲだらけで、枝葉がいっぱいあちこちに伸びてるような話を聞いて育ったから。話の半ばにきて、熟した実《ベリー》のご褒美が、甘い甘い果実がもらえるの。

シャーロットの話はいつもしばらくかかりました。ふたりとも朝早く仕事が始まるので、午後も遅くになって顔を合わせるころには、疲れ切って、言葉が出てくるのものろのろしていたからです。ヘイスラムさんのお勝手口から裏庭に降りる段々に出て、ジャガイモを剥いたり、サヤインゲンのヘタやスジを取ったりしてると、シャーロットが一枚一枚包肉紙で包んだ洗濯物を持ってやって来ます。洗濯石鹸よりも紙代のほうがかさむと悔やんでたけど、包装に手を抜くのは彼女にとってはありえないことでした。洗濯を外注するのなら、自分の肌着が他の人のに触れるなんて絶対になかったと思いたいものなのよ、とシャーロットは言っていました。

「桶は同じなのにね」とシャーロット。

「桶は同じなのにね」とわたしも一緒に忍び笑いをもらしました。

ヘイスラムさんのお勝手口を最初にノックしたとき、この家は、そろそろペンキの塗替えが必要だったけれど、上等の下宿人を狙ってるんだってわかりました。裏庭に物干しがなかったんです。ということは、下宿人は洗濯物をよそに頼まなきゃならないので、余分の費用がかかるんです。以前働いた下宿では、下宿人が順番で裏庭の井戸と桶を使う宿や、もっとひどいところだと、まったく洗濯をしない下宿人ばかりの宿もありました。洗濯物が干してあるところをひと目見れば、その人のことがよくわかるってもんです。虫食い穴、雑な繕い跡、木綿にフランネル、ウール、どれもその人がいちばん身近なものに何を選ぶか教えてくれます。たいがいは、人生の選択を使い果たしてしまったか、別のことに使っているので、仕方なく選んでいるものですけど。

シャーロットは数がわかりました――わたしと同じで一から十まで――でも読み書きは教わっていませんでした。あのころはわたしたち誰もがそうでしたね。それで、ヘイスラムさんちや、仕事を請け負っているよその下宿のお客さんごとに、ちょっとした絵を描いて。ミス・キャロラインの札には雪の結晶が描いてありました。シャーロットはにっこり笑ってそれをわたしに見せて、それから理由を教えてくれた。わたしはヘイスラムさんのところで二年ほど働いていて、ミス・キャロラインは最初からずっといました。それでもまったく見当がつかなかったわ。

「ミス・キャロラインの肌着はね、レースでいちめん飾ってあるの」とシャーロットが耳打ちしました。フランス製のレースだと彼女は主張するんですけど、どうしてわかるのかわたしには見当もつきませんでした。レースが話しかけてくれるわけでなし。それにフランス人に会ったこともないんですよ、なのに、フランス産のレースはわかるって言い張るんです。だって街の上品な装飾品店のウィンドウに飾ってあるからだって。まさかヘイスラムさんちでお目にかかるとは思ってもみなかったって。降りたての雪の結晶のようにはかないレースなの、とシャーロットは説明してくれました。そのフランス製レースについて延々うっとりと話したあと、最後にこうつけ加えたのです——卵黄を余分に足したケーキ生地みたいなの、ミス・キャロラインの肌着はどれも、スモックも下穿きも全部、中国製の厚地の絹なのよ。口をあんぐり開けたわたしを残したまま、シャーロットは残りの配達に出ていきました。

次にシャーロットと会ったとき、コブラー〔アメリカの素朴なフルーツパイ〕を焼く約束をさせられました——真夏だったから、ケンタッキー娘《ギャル》なら誰だって、ブラックベリーのコブラーを頼むに決まってます——そうしたら雪の結晶の包みを開いて見せて触らせてくれるって。

ゾクッと震えがきました。

真横にいたシャーロットも震えてました。

そしてふたりとも声を出して笑ったんです、だってほんの布切れなのにね。でも触るととても楽しい気持ちになったわ。

わたしが生まれたタブ・プランテーションでは、端に流れている浅い川で小さいわたしたちは体を洗ったものでした。敷地の境界だったんでしょうね、歩いて対岸に渡ってはいけないと厳しく言われていたので。野リンゴ《クラブアップル》の花が散ってすぐ後の時期、水をそんなふうに感じる時期がありました。絹が肌に触れるような――それに若いときは自分たちの肌も絹でね。川の流れのことをパットに伝えるときにそう言ったもんです。あのひとにした最初のお話でした。今振り返れば、変なはじまり。

「絹？」パットが訊ねます。

「絹」とわたしは繰り返して頷きます。

わたしの話を聞くとき、パットは目を閉じるのでした。最初は子守唄を聞くように寝てしまうんじゃないかって、話すのをやめたんです。すると目が開いて、見える方の目が、おいしいものを取り上げられたみたいな目になるんです。暗闇の中だと何よりよく耳を傾けられると説明するので、そうなんだと思いました。

「あの流れが懐かしい。タブが懐かしいとか、あそこに生まれたことが懐かしいわけじゃないけど」と言いました。

そうです、ミス。わたしの名字はタブじゃありません。

わたしの母はわたしが生まれる前にフォーリー・プランテーションに貸し出されて、わたしは小さいときにフォーリーさんに買われたんです。フォーリーさんが娘さんとその新婚の旦那さんに買い与えたんです。旦那さんはドーヴァーとオーガスタの間――ケンタッキーのあのあたり、ご存じですかね――そこにあるセイリー・プランテーションの主でした。わたしは結婚祝いの品だったんです。

セイリーにたどりついたいきさつをパットに話したとき、見える方の目が何度も何度もしばたいてました。そのころのわたしのありさまが悲しいことだらけだって。あのころのことで覚えているのは悲しさじゃない、とパットに言いました。覚えているのは辛い仕事と見返りのなさ――

パットとわたしの馴《な》れ初《そ》めの話をまだしていなかったですか？　そうでしたっけ、ミス？

お急ぎだとは知りませんでした。今朝は他でもパトリック・ハーンの話を聞くご予定が？

そう、ないと思ってました、ミス。

わたしが知ってたあのひとのこと、シンシナティでお話しできるのはわたしの他にいませんからね。

わたしだったら、コーヒーを飲んで、じっくり話を聞いて、書きとめますよ。パットはいつも山ほど書きとめてました。でもミス、あなたはあまり書きとめてないですね。

アンダソンさんにうかがいましたが、『インクワイアラー』紙の方ですよね。あの新聞はパットにしょめいい記事を書かせなかったぐらいだから、あなたもそうなんでしょうね。パットもいつも他が摑んでない話に目を光らせてました。そうやって記者は名を成すもんだって言って。本当ですか、ミス？

率直に言うと、若い白人のレディが新聞の仕事をするなんて知りませんでした。

時代が変わったって？　それはきっとおっしゃるとおりなのでしょう、ミス。

アンダソンさんによると、パットとわたしが出会ったとき、わたしは十と八つだったとか。一八七二とかいう年だって。

アンダソンさんがすべて計算してくれたんです――わたしの生まれた年、わたしが何歳だったか、わたしの行ったり来たりや、それにパットも――遺言検認裁判所が申し立てをしたときに知りたがるからってアンダソンさんが言ってました。

アンダソンさんによると、パットは亡くなったとき、十が五つに加えて四つだったとか。安らかに眠りますように。

亡くなったのが二年前だということは知ってます、ミス。でも出版社からの手紙はその時来たんじゃないんです。手紙が来てひと月もたってないです。手紙がなければ、パットがわたしに何も残してくれなかったなんて、アンダソンさんもわたしも知りもしなかったです。だからアンダソンさんがおたくの新聞へ問い合わせたんですよ。『インクワイアラー』紙が興味をもってくれて、ふたりともありがたく思ってます。

彼のフルネームですか？　ウィリアム・I・アンダソンです、ミス。

そうですね、血が繋がっていると言えるかもしれないですね。わたしたちはみな神様の子どもですからね。

近ごろはみなさん誕生日をご存じで――何年何月どころか何日生まれかまで――しかも何歳かまで。戦争の前は、まだ仕事をさせられないほど「小さい」か、仕事ができるほど「育った」かのどちらかでした。そして「古く」なると、あの世が近いという意味です。数字なんかなかったです。

今どきの人は数字に詳しくて、十《とお》よりずっと大きい数字どころか、アンダソンさんみたいに字がわかる人もいてね。でもいつも言うんですけど、それでもみんな同じ洗い桶の中にいるんですよ、って。アンダソンさんはそんなこと言われるとちょっと嫌そうにしてます。

そう、あなたと同じ。時代は変わった、て言うのよ。自分ははってん家だって。

らくてん家？　ミスのおっしゃる方が正しいに違いありません。

アンダソンさんによると、わたしは十が五つと三歳だそうで、あのひとが言うには当年取って「ごじゅうさん」です。

十が五つに三を足すとどれぐらいか、数え印を並べて見せてほしいってお願いしました。縦棒に斜めの線が何本も交差して、ひとつひとつが重ね着した厚手の外套みたい。シンシナティのいちばん暑い日、オハイオ川から湯気が上がっている日でも、この外套を一枚たりとも脱げない感じ。それがごじゅうさんになることだとしたら、アンダソンさんの言うとおり、わたし当年取って、ごじゅうさん、です。

周りをご覧なさい。長年ずっとこれだけでやって来たのよ。よそさまの家の裏にある二部屋の小さい離れ。少なくとも家賃はただよ、と自分に言い聞かせてます。母屋はアンダソンさんの持ち物です。充分いい暮らしができてるから。おばあさんから家賃を巻き上げなくてもやっていけるのよ。

パットは出会ったときには十がふたつに二歳でした、アンダソンさんが言ってました。

パットのほうが若かったのじゃあないかしら。あのころはあのひとの心はまだ育ってなかったから、はにかみ屋だったのか、他人と一緒にいるのが楽しくなかったのか。最初はどっちなのかわかりませんでした。

はじめからパットは他の下宿人やヘイスラムさんと一緒に玄関ポーチで涼をとったり、月を眺めたりしてくつろぐことはしませんでした。晩ごはんの後は、玄関じゃなくて裏口の段々でパイプを吹かしてました。夏だったので、台所の勝手口を開け放してると、パットが覗いて会釈をするんです。白人の男の人が会釈をするときって、何かすぐ取ってこいとか、用があるときだから、こちらも心構えがいるってもんです。パットの会釈はね――こんばんは、ミス・アリシア、いい夜ですね、星も輝きはじめた。出てきてわたしと少し座りませんか？――そう言いたげな感じでした。

一週間ほど会釈が続いてから、わたしが流し台で肘まで油と水に浸《つ》かっている傍ら、その背中に向けて自己紹介をしてきました。わたしは振り返って、お名前は存じ上げております、と丁寧に返事をしました。「ミスター・ハーン」と呼びかけると、間違えた答えを言ったみたいに、彼は首を振るのでした。そのころにはもうあのひとの曇った片目を見てたので、まったく気にならなかったです。彼の右目は暗い茶色で生き生きしていて、わたしのと同じぐらいまつげが長くて、早いうちからその片目だけに目を向けるようになりました。その晩、「ミスター・パトリック」と呼ぶのは構わないとなったのですが、まもなく、わたしにとってはパットになりました。わたしが男の下宿人を名前で呼ぶところをヘイスラムさんが耳にしたら、「パット」と言い終わる間もないうちにやめさせられちまいます。だから、声を潜めて、そうっと、秘密やお祈りを口にするように、気をつけて彼の名前を呼んだものです。

パットはやがてわたしのことを「マティ」と呼ぶようになり、これは「マティ・ド・メイズヴィル」を短くしたやつで、パットは人や場所に名前をつけるのが好きだったんです、ちゃんと名前があってもね。ヘイスラム夫人のことは、未亡人で子どもがいないとわかっているのに「雌鶏《めんどり》聖母さま」て呼んでました。夫人はしゃべるときに頭を上下に動かすくせがあって、庭で餌をついばむ丸々した鶏みたいで。ミス・キャロラインのことは「ミス・絹袋」で、これは「ミス・雌豚の耳から絹袋」を短くしたそうで、わたしから雪の結晶の包みについて聞いた後のことです。内緒にしておくにはあんまりいい話すぎて。パットはわたしみたいに面食らったりはしませんでしたよ。ミス・キャロラインはボストン出身で、家族が長年中国貿易に関わっているから、絹も納得がいく、と彼は言いました。フランス製レースについては説明できませんでした。

パットが人前では絶対にかけない分厚い眼鏡、これは「片目《わたし》が見えません!」という名前で、このダジャレを教えてくれたときは、左目を指差して膝を叩いてました。

マティ・ド・メイズヴィルについては、「ド」の後に場所の名前が続くのは、フランスの貴族が自分の出身地を知らしめるやり方なんですって。シャーロットに教えてあげようと思ってしっかり覚えときました。「あなたはレースのことを知ってるかもしれないけど、わたしはフランス語知ってるのよ」ってからかったのを覚えてます。

ケンタッキーのメイズヴィルは、自由になって最初に行ったところです。「小さい」か「古い」人でない限り、あのころはみんな動き回ってました。たいがいの人は北へ、東へ、西へ歩いていきました。南へ向かったのは血縁を探す人たちです。

わたしはその頃には「育って」ました。セイリーさんのコックのモリーの手伝いを五年ほどしてました。わたしのホットウォーターコーンブレッド〔トウモロコシの粉で作ったケーキ。甘味のものと塩味のものがある〕はモリーに負けないぐらいでしたよ。スタックケーキ〔パンケーキを重ねて間にクリームなどを入れたケーキ。南部地方で高価なウエディングケーキの代替物として作られた〕はそれほどうまくできなくて、でもそれはモリーが乾燥リンゴを煮つめたフィリングにスパイスを入れる時、わたしに背中を向けるようにしてたからなんです。コックはたいがいそうだけど、モリーもざっくばらんじゃなかった。手伝ってほしいところだけわたしに教えて、残りは内緒にするんです。

わたしが出ていくと言ったとき、フォーリーさんのお嬢さんに「でもここがあなたのおうちよ」と言われました。それから、気が変わって戻って来ても受け入れないから、と脅されました。そう言われて考えたのはアオカケスが鳴くほど一瞬で、すぐさま出ていきましたよ。荷物がほとんどなかったのは、フォーリーさんのお嬢さんが、わたしの服はまだセイリーさんの財産だと言ったからです。手紡ぎのスカートにブラウス、それからその朝履いていたお下がりの野良仕事靴もセイリーさんのものでしたが、それは餞別の贈り物ということにしてあげる、とフォーリーさんのお嬢さんはおっしゃったのでした。

モリーはあとに残りました。ケンタッキーの道や街道をさすらうには、自分は古すぎるからって言って。でも、ほんとはそんなに年じゃなかった。わたしよりたかだか十歳上でした。どこかに行くとすれば、山の方へ行ってきょうだいを探すつもりだったはずです。別れ際に、モリーが、着てるところを見たことのない松の葉の深い緑色で編んだショールをくれて、こう耳打ちしたんです。「小さじ一杯と耳かき二杯」すぐに何のことかわかりました。わたしに背中を向けたまま煮詰めた乾燥リンゴに入れていた、シナモンとメースの量。幸運と道中の安全を祈るモリーなりの餞別でした。わたしも繰り返して答えました。「小さじ一杯と耳かき二杯」しっかり聞きとどけたと伝えるため、モリーの幸運を祈るため。

まもなくメイズヴィルの場所を知っている人たちにめぐり逢ったので、一緒に歩いていきました。オハイオ川の河岸に沿って東に向かったんです。まだケンタッキー側だったのに、あの大河が心の中で浅瀬になってしまっている人達がいて。オハイオ川はそれほど幅がないとか、流れもさほど速くなさそうだとか言うんです。順番に川を越えようとしてました。「今ならお前を渡ってやる!」ってみんな口々に言ってましたね。そんなふうに言って川に向かって笑うのを聞いてました。

その笑い声で自由になったんだと感じた、とパットに言いました。わたしの言いたいことがすべて伝わったかどうかはわからないけど、あのひとは何度も何度もまばたきして、それは理解しようと努めている証拠でした。

アンダソンさんの計算によると、わたしはそのころ十《とお》か、十とひとつだったそうです、ミス。メイズヴィルこそわたしが自由人として生まれ変わったところだとパットは言ってました。わたしはメイズヴィルを選んだ、自分で住もうと選んだ最初の場所が自分の本当の出身地だって。だったらあなたは「パット・ド・シンシナティ」なの?と訊ねたわ。彼、首を振ってました。

あのひとの誤りを正すような冷たい心はとてもありませんでした。わたしだってメイズヴィルを選んだわけじゃないんです。戻ってきただけなんです。タブ・プランテーションが近くでしたから、母を探しに行ったのです。見つかりませんでした。まだ残っていた古い人たちは、わたしが母の名前も外見も覚えてないので、母の居場所がわかりません。あるおばあさんがわたしの顔を長らくじいっと眺めて、「お前の顔は父親の顔だね」と言いました。お父さんのこと何かご存じですかと訊ねると、教えてくれました。

のちのち、政府の人に名前を登録するときになってアリシアにしたのは、母がつけてくれた名前に違いないと思ったから、フォーリーにしたのは、母がわたしを探し出せるようにしたかったからです。メイズヴィルに残ったのも同じ理由でした。いつの日か、わたしが母を見て、母がわたしを見て、名前なんか言い合わなくてもお互いがわかると思ってました。でも、名前を言えば、それが証拠になるだろうって。

最初はメイズヴィルでどうやって仕事を見つけたものか困りました。誰だってそうでしたね。仕事って向こうからこっちを見つけてくれるもんです。だからいちばんうまくいく方法で探すことにしました。おしゃべりです。聞いてくれる人には片っ端から、自分は料理ができるって、モリーが教えてくれた料理を挙げていきました。その人がその場を去るまでしゃべり続けました。二、三日そうしていると、すごいおばあちゃんに出会って——まるで焼けた灰のなかに取り残された焼き芋みたいなおばあちゃんでした——料理人はお前さんじゃない、わしが料理人じゃ、一家にはスウィーティ《かわいこちゃん》と呼ばれとる、って言うんです。わたしは「スウィーティおばさん」と呼ぶことにしました、だってこんなに「古い」のにそんな若い名前で呼ぶのは変だと思って。ちょうど手伝いがシンシナティに出ていったので、手伝いがほしい、その娘はスキップまじりの軽い足取りで、ピクニックでも行くみたいに、真っ昼間に出ていったとか。

「想像できるかい？」とおばあちゃん料理人に訊かれました。

「できますよ、スウィーティおばさん」と返事をしましたが、ほんとは質問じゃないってことはわかってました。

お腹に入れる食べ物、雨露をしのぐ屋根のために働くのは、セイリーでの生活とさして変わらないね、とのちのちパットに言われました。同じじゃない、って言ったわ。新しい屋根を見つけて出ていくことができるし、実際そうしたんです。メイズヴィル近辺の家のほかに二軒ほどで働いた後、シンシナティに向かいました。出ていくころはスキップできるような事情じゃなかったけど。

ポケットに小銭が少したまったところで最初に買ったものは、リボンでした、瑠璃チシャの花色。わたしの髪によく似合ったの、あのころは今よりも赤茶っぽい色でね。わたしの髪の色が最初に目に留まったんだってパットが言ってました。

そうです、髪の色です、ミス。

パットは、すでに言いましたけど、地元出身じゃなかった。目を向けるところが違ってました。メイズヴィルで最後に働いたおうちは、アンダソン家でした。そのころには台所を任されていて、それで――

いいえ、今裁判で手伝ってくれているアンダソンさんとつながりはありません、ミス。

メイズヴィルのアンダソン氏は、戦争前にスコットランドからやって来たんです。

うちのアンダソンさんは戦後のシンシナティ生まれです。肌色は明るいですが、黒人です。八番通りの印刷所の持ち主だと書いておいてもらえれば。この家の持ち主でもあります。

その話はもうしたって？　じゃあ、繰り返すだけのことはあるってことですね、ミス。

今朝出ていかれる前に、アンダソンさんの奥さんに母屋を見せていただけるかもしれませんよ。

アンダソン夫人は趣味のよい方で、旦那さんも今ではそうです。自分の本のためだけに丸々ひと部屋あるんですよ。ここの台所より大きいです。うちの鍋釜をそっちに移したいぐらい、って言ってやりました。

いいえ、ミス、アンダソンさんが生まれた時自分が何歳だったかはとてもわかりやしません。シンシナティに来た時何歳だったかはわかりますよ、それを書いておいてくれませんか。アンダソンさんが言うには、十と四つだったろうって。

パットがわたしにつけた名前、「マティ・ド・シンシナティ」だったらよかった。でも、あのひとがいったんこうと決めたら、受け入れるか、関わらないかに越したことはありません。心は若いけど、頭は古いひとでした。マティと呼ばれるのはずっといやだった。わたしにはちゃんとした名前があるのに、短くしたいんだったら、わたしのこと「シア」って呼ぶ人もいるよ、って言ったのに。パットはでも、そこいらの人とは違った。なんで他の名前じゃなくてマティにしたのか、わたしにはわからずじまいで——

それって何ですか、ミス？　とういん《頭韻》。そんな言葉、パットが言ったのは覚えてませんけど、あのひとが言いそうなことだわ。

パットがわたしに言い寄っていたころ、あのひとのお話を聞くのが楽しみでした。妙ちくりんで、ヘイスラムさんの応接間に飾ってあるガラス鐘《ベル・ジャー》みたい。ドライフラワーや、曲がりくねった小枝や、針で止めた蝶々や、詰めものをした鳥とかがガラスのドームの中にひしめいてるのが見えるんですが、何に目を向けたものかわからないんです。パットのお話も同じでした。言葉は聞こえるけど、どういう話なのか、わたしにははっきりわからないことがある。ここそこで頷くんですけど、パットのお話は穴だらけだったので、質問をすることのほうが多かったです。

いいえ、肌着は穴だらけじゃなかったです、ミス。あのひとの下穿きやシャツは決してみすぼらしいことはなかった、これは確かに言えます。

わたしが言ってる穴は、パットのお話の中で、あのひとが行ったことのある場所のことが多かったです。たとえば、どこで生まれたのかパットに訊いたら、今はもうない場所だって言うんです。一瞬はっとして、プランテーションのことかと思って、それで肌の色も説明がつくって――わたしより明るいけど、フォーリーさんやお嬢さんみたいにアイルランド人の白さとはかけ離れてるし。歌うような調子は見せかけかもしれません。戦争が終わって、わたしたち黒人は一からやり直す人もたくさんいた。新たに「パトリック・ハーン」としてやっていくのもありでは？

わたしは顎を上げると、続けるようにパットを促しました。自分のお話を始める彼は、うつむくのでした。あのひとの癖。自分の膝に向かって話しかける。床に向かって話しかける。わたしの背中に向かって話しかける。たとえ下を向いてるときでもわたしが目を向けると、赤くなってどもってしまうんです。

いいえ、左目のことは詳しく説明できません、ミス。申し上げたとおり、よく見なかったので。いえ、パットの右目はウシガエルみたいに出っぱってはいませんでした。あのひとがシンシナティを出ていってからのことはわかりません。

いえ、パットの背骨は曲がってなかったし、肩も傾いてませんでした。わたしが知ってるころ、体は健康そのものでした。もちろん、シンシナティを出ていってからのことはわかりません。

いえ、パットは子どものような背丈じゃなかったです。

わたしと同じぐらいの背丈でした。わたしがかかとのある淡茶のボタンブーツを履くと話は違いましたが、ヘイスラムさんのところで働いているころは、まだ持ってなかったので、履くことはなかったです。はじめて履いたのは、結婚式のときでしたが、あのひと驚いて納得がいかない様子でした。その晩、彼、ブーツを探し当てて、隠してしまったんです。はじめての布製ブーツがなくなってもわたしが気づかないとでも？　中古で買ったんですが、靴底がほとんど減ってなかったので、シャーロットは「天使が履いた靴」って呼んでました。でもそのおふざけも長くは続きませんでした。彼の旅行かばんの中にわたしがブーツを見つけると、片方の靴の中に書きつけが入ってて、パットとわたし、どれだけ大笑いしたことか。小鳩がカラスの頭上を高く飛ぶ絵でした――彼は大《おお》鴉《がらす》だって言ってたけど――それでね、小鳩がボタンブーツを履いてるんです。大鴉の右目から涙のしずくが落ちてました。

あなたの言うとおりです、ミス。パットのふるまいは子どもみたいでした。大人の男はたいがい、そうですよね。

コーヒーをお飲みにならないの、ミス？　あなたがここへいらっしゃる直前に煎れたんですよ。味に慣れていないんですか？　煎ったトウモロコシと挽いたコーヒー豆を混ぜているんです。封鎖戦のときモリーがそうしてました。今では誰もやらないですかね、特にオハイオ川のこちら側ではね。でも、今でも好きなんですよ。砂糖を入れないのに、ちょっぴり甘味があるじゃないですか。

「戦争の味がする」わたしが勧めるたびにシャーロットは言ったもんです。

「自由を煎じた味がする」てすぐさまわたしが言い返すと、シャーロットはいつももうひとくちすすってました。

「戦時コーヒー」という呼び方を、わたしたちが所帯を持っているとき、パットはしていました。へイスラムさんちでわたしが出してたコーヒーも、あのひとのお気には召さなかったです。「シンシナティ・コーヒー」って呼んで、たまには単に「茶色水」とか。泥みたいなコーヒーか、濃いお茶が好きでしたね。前にも言ったとおり、地元出身じゃないものだから。

生まれはイオニア海の島だって言ってましたが、それ以外に記憶はまったくないそうです。生まれた時はサンタマウラ島って呼ばれてましたが、今ではレフカダ島って呼ばれてます。

「あなたの名前を島につけたの？」ヘイスラムさんのところでの最初の晩、ビーンさんが聞いたこともないような名前を紹介したときのことを思い出して、訊ねました。

パットは微笑み、顔を上げてわたしと視線を合わせました——そのときはじめて片目の焦茶色を丸く覆う苔に気がついたんです——そうして、答えました、島の名前をつけられたんだよ、って。

「だったら島はどこにも行ってないじゃない。自分の中にあるんだから」とわたしは言いました。

パットは自分の話を譲りませんでした。

島はどこかに行ってしまったのだ。自分が生まれたときはイギリスの手にあったものが、今ではギリシャという国の手に移ったから、とパットは言いました。十と四歳のときに名前が変わって、それ以来居所を失くしてしまったのだ、と。

「でも島の記憶はないんでしょう？」と彼が言っていたことを繰り返しました。

自分が生まれた島は世界地図から消えてしまった。母親と島を離れたときはたった二歳だった。今になってどうやって戻れるっていうんだい？　パットは低く涸《か》れた声で自分の靴に問いかけてました。

喪に服していることが声に感じられました。お母さんはどうしているのかしら、まだ生きているのかしら、と思いましたが、パットの目が赤い蜘蛛の巣になってきたので、他のことをしばらく話しました。

「海のお話をして。河や小川しか見たことがないの、わたし」

目を閉じて、とパットは言うと、背高く伸びた夏のトウモロコシ畑を風が吹き抜ける音を思い浮かべてごらん、と言いました。そうしました。歌ってるときのように肩を左右に揺らしてごらんと言います。そうしました。さあ、マティ、真っ青な空を想像してごらん、でもその空は頭の上だけじゃなくて足の下にもあるんだ。そうしました。

海の香りを教えて――わたしは目を閉じたまま、せがみました。

生牡蠣、と彼の答え。

ああ、ここなんだ。もう暗闇じゃない――わたしはイオニア海にいました。

パットが両手に触れました。わたしを海に連れてってくれたのだから、手を引っこめることはしなかった。シンシナティからこれほど遠くへ旅したのははじめて。

牡蠣にミルク、バター――ヘイスラムさんが一番好きな料理の材料です。今では眠ったままでも牡蠣のシチューを作れるけど、最初下宿にやって来たときは、牡蠣が何だか見当もつきませんでした。モリーは、少なくともわたしが手伝っていたころは、シチューどころか牡蠣なんか使ったこともなかった。スウィーティおばさんも同じで、もし牡蠣の中の灰色の身を見たら、きっと悪魔の岩って呼んだでしょうね。だからヘイスラムさんが牡蠣のシチューを土曜の夕食に出すようはじめて指示してきたとき、金曜日の夜は泣き通しでした。翌朝、すっかり目が腫れ上がって真っ赤になっていたので、ミス・キャロラインが手を振ってわたしをそばに呼び寄せてささやいたんです――耳が遠い人はささやいたりしませんから、そのとき、このひとちゃんと聞こえるんだってわかりました――「失恋したの、アリシア?」

独り身女性の質問に仰天して、ついつい「牡蠣です」ってもらしてしまったので、こんどはあちらが仰天しました。

ミス・キャロラインの口があんぐり開くと、食べかけのスコーンがお皿にこぼれて、それから独り身女性というより荷揚げ人足みたいに、お腹の底から笑うのでした。他の下宿人がまだ朝ごはんのテーブルにいなくてよかったですよ、発作を起こしてるって思われたでしょうね。どうして牡蠣がそんなに面白いのかわかりませんでしたが、それでミス・キャロラインのことが好きになったし、そのときからずっと好きでした。

ミス・キャロラインが落ち着いたところで、牡蠣のことを知らないと彼女に白状しました。その晩、牡蠣のシチューを出せなかったらクビになることは言わなくてもよかった。ヘイスラムさんの下宿でコックが来てはやめさせられるのを見てきたに違いないと思ったからです。シンシナティにはわたしみたいな料理人が大勢いました。毎日、ケンタッキーから新たに娘《ギャル》がやって来て、自分のホットウォーターコーンブレッドがいちばんだ、とこの世で生きた年よりも長い台所経験を吹聴する。誰だって、わたしがそうだったみたいに、シンシナティにかじりつきたくて、必死で。

ミス・キャロラインは自分の部屋へ上がっていきました――ミス・ベリルが隣の部屋を空けて出ていって、ミス・キャロラインがそこも引き継いでからは、ふた部屋あるのはあのひとだけでした――そして小さなスケッチブックと、水彩絵の具のブリキの箱と絵筆を持って戻ってきました。さっと筆を動かすと、とてもよく描けた牡蠣の絵だと後になってわかるものを二枚、ひとつは殻が閉じているもの、もうひとつは大きく殻が開いているものを渡してくれました。下宿人七人とあとひとりへイスラムさんのためのシチューに要りような牡蠣の数を、数字と数え印で書いてくれました。

これを持って行って、お店で牡蠣の「殻の外し方」を必ず教えてもらうように、とミス・キャロラインは指示しました。牡蠣が――氷と塩の上に並べられた岩みたいなものが何箱も――毎日ニューヨークやボストンから汽車で、月によっては蒸気船でニューオーリンズからシンシナティに届く。

荷詰めをした人が、長く黒々とした海藻を一房入れておいて、お店はそれを店頭に飾り、ひと言も口にせずに、この生き物は地元産じゃないと知らせるのです。

心配しないで、アリシア、シチューの作り方はわたしが教えてあげるから、ほんとはシチューというのは間違った呼び名で、どちらかというとさっと煮だけど。若い頃からその料理はよく覚えてるし、わたしが作れるぐらいだから、絶対単純な料理に違いないよ。コーヒーのおかわりを注いでいると、ミス・キャロラインはわたしの空いている手をぎゅっと握りました。ミス・キャロラインはわたしのことをいつも「アリシア」と呼んでくれた。そんな所も好きでした。

何年かして、わたしがヘイスラムさんの下宿を出ていくとき、最後の夕食でスープの代わりに牡蠣のシチューを作ったのは、ヘイスラム夫人ではなくて、ミス・キャロラインへの敬意からでした。ミス・キャロラインはおかわりをしてくれて、それが彼女なりのわたしへの敬意でした。デザートにはスタックケーキを、七段の厚さのを作りました。ミス・キャロラインは二回もおかわりしたんです。

街の料理に田舎の料理、コースをそんなふうに始めて、締めくくりたかった、とパットに言って——

ヘイスラムさんの下宿には何年もいましたよ、ミス、最後のほぼ二年間はパットと同じ屋根の下でした。

話の続きですが、その間ずっと、下宿でスタックケーキを焼かなかったのは、街に暮らす人には素朴すぎるかと思ったからです。スタックケーキはセイリーさんの好物でしたが、彼はモリーと同じでケンタッキーの山育ちでした。わたしがスウィーティおばさんと仕事してたときは、おばさんがほんとにいろんなケーキを焼いてました——白いケーキ、パウンドケーキ、フルーツケーキ、ロバート・リー将軍のケーキ、プラムケーキ――でもスタックケーキなんて聞いたこともないって言うもんだから、大勢での食事向きじゃないんだと思ったんです。

シンシナティではシャーロットのためだけにスタックケーキを焼いてあげました。お返しに正直な意見が聞きたかった。三段じゃとても足りないわ、と教えてくれました。五段ぐらいがちょうどいいという意見でした。七段は結婚式や特別な時向けだという意見でふたりとも一致しました。乾燥リンゴを煮詰めた詰め物とケーキの層を一日寝かせるだけでは足りなかった。パサパサしたケーキにお粥みたいなリンゴで口がいっぱいと不平を言います――そのちょうど中間が望ましいのです。ふたつがとろけて混ざり合うには二日寝かせた方がいいとわたしたちは結論しました。モリーのシナモンとメース――小さじ一杯と耳かき二杯――それにわたしは生姜の粉を豆粒ほど加えて、それでリンゴ煮が舌の上で引き立ってちょっとピリッとして。ダークラムをひとふり、そうすると生地に入ってるモロコシシロップが際立つ。これを一緒にするとケーキが歌うんです。

ミス、今のこと書きとめてないですね？　多分それが賢明かもしれないです。モリーが言ってたけど、自分の秘訣を全部ばらさなくてもいいだろって。

ミス・キャロラインがパクパク食べるのを見ながら、ヘイスラムさんは息が止まりそうでした。ヘイスラムさんの顔に玉の汗が浮いて、フォークを握る白ソーセージみたいな指が、ミス・キャロラインがおかわりを頼むたびにフォークを握りしめる様子をパットに話した時、パットは嬉しくてたまらず、その間ずっと膝を叩いていました。パットはその場を自分で目撃できなくて残念そうでした。

そうです、ミス。パットはその晩テーブルにはいなかったです。

パットはすでにヘイスラムさんの下宿を出て、ふたりのためにお金を貯めようと、もっと安い下宿に移ったんです。結婚と同時に、家を借りたがっていた。一軒まるごと借りるんだと譲りませんでした。他人と一緒に暮らすのは、たとえ壁越しだろうともうたくさんだと言ってました。

パットはわたしが仕事を辞めるのをヘイスラムさんに知らせるのを待ちきれませんでしたが、二人一緒に出ていくことなんてできない、夫人が眉をつり上げるから、と彼に言いました。そんなことかまやしない、雌鶏聖母さまの眉毛だろうがどこだろうがつり上がっても関係ないって言うんです。他の夫婦と同じように結婚して所帯を持つんだって。夫人の許可なんかいらないって。あなたが立つ台所はあなたの台所だけだ、マティ、とパットは約束してくれました。

ええ、彼を信じたんです、ミス。

でもヘイスラムさんのところにもう少し居残ったのは、わたしは眉がつり上がるのを気にしなきゃならなかったから。推薦をもらえなくなるのは困るからです。

男の言うことを信じるからといって物笑いの種になるようなバカをすることはない。スウィーティおばさんの言葉です。モリーはわたしに台所での技術を、スウィーティおばさんは、家の中の他の部屋で知っておかなきゃならないことについて教えてくれた――というか、教えてくれようとしました。おばさんは結婚したことはなかったですが、だからこそ他より賢いんだって言ってました。

パットとわたしが夫婦として暮らしたのは、最初はロングワース通りで、アダムス厩舎があったところの隣で、それからチェストナット通りとジョン通りの角に住みました。

彼を信じなかったのはシャーロットです。

シャーロットがパットの洗濯物の包みに描いた絵はのっけから、痩せこけたカラスが頭を下げてくちばしを開き、ガーガー鳴く最中の姿でした。シャーロットにはじめて見せてもらったときは、笑って、どうして知ってるの、と訊ねました。

シャーロットはわたしが何のことを言っているのか見当もつかなかった。

わたしが彼をパットと呼ぶようになると、あのひとはコーヒーカップの下、皿《ソーサー》の窪みのところに折りたたんだ小さなメモを置くようになりました。他の下宿人がテーブルにいるときは、それがミス・キャロラインであっても、わたしは彼と目を合わせませんでしたので、それが彼なりの「マティ、おはよう！」と伝えるやり方でした。自分を木の枝の上に止まる大鴉として描いて、わたしはその上を飛んでいく小鳩でした。小鳩のくちばしは野リンゴの花や、上等のレースや、瑠璃チシャ色の青のリボンの切れ端など、わたしのお話に出てきたものをくわえています。それで、目を閉じていても、わたしのお話に耳を傾けてくれたとわかるのでした。

「あのアイルランド人」――そのころシャーロットは彼のことをそう呼んでいました――「あのひとはカラスよ」とシャーロットは言いました。「アリシア、鳥は飛んでいってしまう。生まれつきそうなのよ」

「雀じゃないの？」とわたしは訊ねました。「じゃなかったらフクロウとか？」とからかって。

「カラスよ」とシャーロットは繰り返します。

頬が熱くなりました。シャーロットやヘイスラムさんの下宿人がパトリック・ハーンに何を見ているか、わたしにはわかっていたからです。黒いスーツを見ていたんです。二着持っていて、まったく同じものでした――肘のあたりが擦れて薄く、ズボンの裾は靴につくかつかないかぐらいでした。シャーロットにはお見通しでした。ズボンの裾が擦り切れたのを隠すために裾上げをしていたからです。

でも、ぼろだけどいつも清潔なあのスーツのことがなければ、わたしはずっと皿洗いをしていたと思います。「あのアイルランド人」を気にすることはなかったはずです。下心のある男の下宿人がまたひとり、と考えたことでしょう。

シャーロットはわたしの頬が赤くなっていくのに気づいたに違いありません。突然冬が来るみたいに、こうつけ加えたんです。「あのアイルランド人、肌着が贅沢好みなの」

「絹？」忍び笑いを漏らしてわたしは訊ねました。

「ヘンリエッタよ」〔婦人服などに使われる光沢のある柔らかな毛織物で絹の経糸が入っている〕シャーロットが答えました。「ヘイスラムさんが同じ布でドレスを誂えてる。毛織なんだけど、空気のようにふんわり軽くて、絹のように柔らかくて、光沢があるの」

「あの薄灰色のドレス？」

「そう、でもね、あの布は灰色じゃないの、アリシア。白と黒の織り糸。遠くから見たときに灰色に見えるのよ」

「あのひとの肌着は灰色なの、シャーロット？」

「それが雪のように真っ白なのよ、アリシア！　白と白の織り糸のヘンリエッタ。男の人の胴着とズボン下がこれほど細やかな生地で縫ってあるの、今まで見たこともないわ」

わたしの頬はさらに赤くなったに違いありません。

「わたしだったら慎重にいくわ、アリシア。あのカラスは小うるさいタイプよ」警告しながら、彼女は台所から出ていきました。

シャーロットのお話は、答えをせがみたくなるような問いを残して終わるのが常でした。けれども、このときだけは、コブラーやスタックケーキやらをエサにしてカラスの包みの中身を見せてもらおうという気持ちにはなりませんでした。「小うるさい」とはどういうことなのか、当のカラスの女房になってみてはじめて考えることになりました。

その日の午後、わたしの頭の中にあった問いはパットへの問いでした。お母さまの名前を知りたかったのです。

「ローザ」とその晩パットは答えて、それから声を落として名前を繰り返し、沈黙しました。そうしてお母さまのお話を、生まれ故郷の島からはるかに離れた島でローザに出会ったアイルランド人とともに始まるお話をはじめました。お母さまは自分の島からはるかに旅をして、アイルランド人と一緒になるために別の島に移るのです。アイルランド人はパットが十と六つのときに亡くなりました。片目を失くしたのと同じ年だ、と彼が言いました。

「それは何かの兆しだわ。どちらが先に逝ってしまったの？」

「目が」とパットは答えて、なくて苦しいのはそちらだとつけ加えました。残っている方の目をわたしのと合わせるために、顔をあげます。あのころ、わたしを見る瞳の緑色の輪にはホタルがたくさん光ってました。

「お母さまは今でも自分の島から離れたところにいるの？」

ローザのお話は僕には語れない、自分は話もその主も知らないから、とパットは告白しました。

「でも、お母さまの名前は知ってるじゃない」とわたしは食い下がります。

パットは頷きました。また頭を下げて、言いました。僕が四歳の時、母は自分の島に戻っていった。ある朝目が覚めると、一緒にいた部屋に母の匂いがもはやなかった。ラヴェンダー、とつけ加えるさまは、アーメンと祈りを締めくくるようでした。自分の世話は、樟脳《しょうのう》の匂いがする、あの邸宅のように冷たい顔つきの「おばあさま」がするようになった。それ以来ローザからの便りが途絶えたため、ローザのお話はそこで終わってしまっている。もしかしたら、母もこの世を去ってしまったのかもしれない、と。

「お母さまはまだこの世にいらっしゃるわ」とわたしが彼に言ったのは、そうだと確信していたからです。

「ローザ」という名前を聞いた時、背中を羽根でなでられた感触がして。スウィーティおばさんは、羽根の感触がする限り、生き別れた相手はまだ生きているって教えてくれました。背中に冷たい手が当たる感触がするときは、生き別れの相手は亡くなってるって。わたしは母の名前を知らないのでこの知恵を実際に使う機会がなかったけど、母の方は——もし母がまだ羽根ならばの話だけど——母にはこの知恵が使えると知っているのは慰めでした。母が「アリシア」と言うたびに、わたしは母の背筋をなぞる羽根になるのです。

「ローザも、自分の島にいるのなら、同じように感じるはず」とパットに説明しました。

いいえ、ローザは今では冷たい手です、ミス。

パットに求婚されてから、あのアイルランド人の父親のことをもっと聞いておけとシャーロットに言われました。男は母親の話《ストーリー》というよりむしろ父親の話だと彼女は言うんです。シャーロットは婚約をしていたので、男のことならひとつやふたつは知ってるって。

「それ、クリーニーさんの耳に入らないようにね」とわたしはからかいました。

「わたしの言うことわかるでしょ、アリシア・フォーリー！　クリーニーさんの父親はケンタッキーで豚をばらしてたから、クリーニーさんや弟たちにも同じことを教えたのよ。みんなあたり一帯でいちばんの腕利き。豚を屠《ほふ》る季節になると、みんなひとり残らず他のプランテーションに貸し出されてた。自由になってからは、ずっと働いてお金をためてて、もうすぐバックタウン〔シンシナティの黒人居住地区〕に自分たちの肉屋がもてるはず。市場の区画じゃなくて。自分の店をよ、アリシア。床におがくずを引いて、ガラス張りのケースを入れて、カウンターに真鍮の鈴を置くのよ。どんなことがあったとしても、ちゃんと食べていけることは確かだわ」とシャーロットはフンと鼻を鳴らして言いました。「アリシア、あなたも同じようになってほしいの」

「父親が肉屋かってパットに訊いてほしいってこと？」笑いを浮かべて訊ねました。

シャーロットはわたしをじっと睨みつけてから、はじめから心のうちにあったことをぶちまけました。「あなたのあのアイルランド人は、こう言っては悪いけど、自分がどこに住んでるかわかってない。自分は法律を超えてるとでも思ってるのかしら？　それに、アリシア・フォーリー、あなた外国人が自分をここから連れ去ってくれるとでも思ってるの？　島へ？　海へ？　あなたたちふたり、おめでたいことどっちもどっちだわ」

パットと結婚する前の週まで、シャーロットとわたしが口をきくことはありませんでした。

パットが結婚許可書だという紙切れを見せてくれたとき、それを見て、シャーロットが間違っていた証拠だと思いました。パットは自分がどこに暮らしているかわかってたし、オハイオの法律についていて、シャーロットにはわからないようなことを知ってたに違いないって。

パットがどこで許可書を貰ったかは知りません、ミス。シンシナティの人なら誰でも行くところじゃないかと。

シャーロットは間違っているという証拠ができたので、わたしは彼女を許したのでした。礼儀正しくそう告げるために、彼女の旦那さんのお店へ行きました。低い屋根が並ぶバックタウンに朝日が出るころ、クリーニー兄弟の鍵がかかった店の入り口でわたしが待っているところにシャーロットがやって来ました。ひと言も言わずにわたしを抱きしめて。わたしもずっと寂しかった。寂しくて骨が痛むほどでした。最後に話をしたのはもう何ヶ月も前で、彼女の人生も変わっていたのです。今ではクリーニー夫人になったシャーロット。それも見逃していました。シャーロットがわたしを結婚式に招待しようとヘイスラムさんちにやって来たとき、わたしは台所の鍵を閉めてしまったので、結婚式には出ていないのです。結婚の晩餐の翌日、シャーロットは式のケーキを一切れ持ってきて、裏口の段々に置いていきました。わたしにわかるように包肉紙で包んで。あのケーキは、七段重ね全部、ほんとはわたしが焼くことになってたと、言葉なしに告げていたのです。シャーロットの言うとおりでした。

でもシャーロットは、それでもパットを信じてなかった。

クリーニーさんに結婚許可書を見てもらってもいいかと訊ねてきました。

「それは必要ないわ。すべてちゃんと決まりどおりよ」パットがわたしに言ったことをそのまま繰り返します。「キング牧師が許可書を見て、結婚式をやってくれるって」

書きとめるのでしたら、フルネームはジョン・キング牧師です、ミス。

そうです、黒人の牧師です、ミス。

「ウェブ牧師じゃないの?」シャーロットは問い詰めます。「アリシア、あなたの教会でお式を挙げるんじゃないの?」

わたしもパットに同じことを質問したのでした。

ウェブ牧師は自分の教会でしか式を務めないんだ、とパットは言ったのです。マティ、僕は教会には金輪際足を踏み入れない。このことは最初からはっきりさせておいたはずだ。場所が見つかり次第、そこでキング牧師が式を挙げてくれる。

シャーロットは首を振ってた。パットはやり方が変わっていたけれど、考え方は一貫してるんです。

宗教はね——とパットが言ったことを、わたしもシャーロットに繰り返しました——生よりも死の方がましだと信じたい人間のためにあるんだって。他にもパットが言ったことをシャーロットに告げるのは怖かったのですが、そうしました。天国はよくできた作り話《ストーリー》さ、マティ、そしてよくできたお話は繰り返し語られるものだ。この言葉がわたしの口から出たあと、シャーロットとわたしは黙り込んでしまいました。彼女が何を考えているかわかりませんでしたが、わたしの方は、寂しい気持ちでした。天国は、わたしが母や、スウィーティおばさん、それにモリーにも会うことになっている場所です。天国がよくできたお話なのは、それが本当のことだから、とわたしは自分に言い聞かせました。

シャーロットは肉屋の入り口の鍵を開けると、しばらく店を見ていてほしい、店の裏庭で兄弟と一緒にもう仕事を始めているクリーニーさんに聞きたいことがあるから、と頼みます。肉包丁が柔らかい肉、密な骨、そして肉屋のまな板の硬い木材を叩く音が聞こえます。お店の棚はもう半分埋まってました。手前のガラスから覗くと、シャーロットが言ってたとおり、厚みのあるピンクのチョップに、洗濯板のようなリブ、雪のような背脂の厚切りが並んでいるのを感心して眺めました。シャーロットの顔がクリーニー夫人になってからすっかり丸くなったわけがわかります。戻ってくると、きょうだいのように情のある彼女は、結婚式を挙げるのにうちの応接間を使ってほしいと申し出ました。涙もろくないわたしも、あの日の朝は泣いてしまい、そのころにはクリーニー兄弟のお店に最初のお客が入ってきました。教会で結婚式を挙げたかった。でも、結婚するときにシャーロットが隣にいてくれることだって、祝福でしょう。

シャーロットは立会人のひとり。もうひとりはシャーロットのすぐお隣のメアリ・フィールド夫人。パットの立会人は現れませんでした。それでフィールドさんに土壇場になってお願いしたのです。ふたりの書いた×が結婚証明書にちゃんとあります、そう書いておいてくれませんか、ミス。

アンダソンさんは一八七四年のことだと言ってます。夏のことで、わたしはシャーロットが借りてきてくれたヤグルマギク色の青いドレスを着て——コットンローンよ、って言ってた——薄茶色のボタンブーツを履きました。パットは自前の黒いスーツで、きれいに洗って、アイロンして、ラヴェンダーの香りがして——これがシャーロットからわたしたちへの贈り物でした。

クリーニーさんからの贈り物は砂糖を入れて燻製したハムで、ふたりのお宅での結婚式の晩餐のためにわたしが料理しました。

シャーロットには言わなかったけど、彼女の忠告に従って、結婚する前に、お父さまのお話を訊ねたのですが、ローザのお話に劣らぬほど短かった。

チャールズは陸軍の士官で医者だった——とパットは語り始めました。ほとんどずっと故郷から遠く離れて暮らしたのは、アイルランドがひどく嫌いだったからに違いない。五つ目の十を迎える前に、インドという国で、故郷から遠く離れて、ふたつ目の家族から遠く離れて、マラリアで死んだ。

「囲っている女の人がいたの?」とわたしは呟きました。

シャーロットは「ふたつ目の家族」という響きが気に食わないだろうとわかっていたから。

パットは「囲っている女の人」と、まるでそんなもの生まれてはじめて聞いたとばかりにゆっくり繰り返すのでした。それからそれよりもずっとひどいことを説明するのでした。父親の宗教によれば、神様の下、結婚がなかったことにできると言うのです。

「お父さまの宗教は、ローザを消してしまうことができるの?」

妻としてはね、そうだ、とわたしの夫になるはずの人が答えます。

シャーロットならこの時点でこの場を立ち去り二度と振り返ることはなかったでしょう。わたしがそうしなかったのは、パットはチャールズじゃないし、わたしはローザじゃないと信じてたからです。

　パットのお父さまは新たにローザじゃない妻と結婚して、娘を三人もうけたそうです。

「腹違いの妹さんが三人いるのね？　パット、だったらひとりきりじゃないのね」と言うわたしの言葉は、あのひとがウィスキーを少し飲むと次々口に繰り返す恨み言のこだまでした。なくなってしまった島、なくなってしまった母親、なくなってしまった片目、なくなってしまった父親、なくなってしまった署名記事、そうしてまもなくパットだけがひとりぼっちでシンシナティに取り残されるのです。

　いいえ、わたしはウィスキーも他の強いお酒も飲んだことはありません、ミス――パットがいようといまいとありません。

　お酒が人を変えるのを見てきましたから。陽気になるか、悲しくなるか。どちらにせよ、お金がなくなっていくし、それはお酒の手を借りなくてもいいことです。

　あの晩、グラスにウィスキーが入ってなかったんだと思います、だって自分はひとりぼっちじゃないって宣言したんです。弟もいるんだって。

　お父さまのお話をお願いしたら、腹違いの妹三人と弟まで出てきて。今まで隠してたのを叱りました。ひどく話下手なパット、あのひとにもそう言ってやりましたよ。

　顔を上げたパットは燃えるような目つきでした。逆だよ、と彼は言います。話し上手なんだ、だって聞き手はもっと知りたがってるじゃないか――それが物語《ストーリーテリング》のコツだろ。

　パットはうつむくと、小さいころ、まだおもちゃの兵隊さんで遊んでいたころ、樟脳の匂いのする「おばあさま」のお屋敷にもっと小さい男の子が連れてこられて、弟のジェイムズ・ダニエル・

ハーンだと紹介された、と言いました。ジェイムズ・ダニエルと乳母のエレサはダブリンにやって来たばかりだと「おばあさま」が言ったそうです。

わたしたちふたりとも、実は、帰ってきたところです、ブレナンさん、と乳母が「おばあさま」を正しました。わたしはダブリン生まれですし、ダニエーロは、アイリッシュ海とケルト海〔アイルランドの南の海域〕の境で生まれたんです。世界が見たくてたまらなかったのよね、ねえ、ダニエーロ？　アイルランドに帰る船旅は長くて、海は前より荒れていたけれど、ダニエーロはいい兵隊さんでしたね、と乳母は優しくささやき、赤ん坊の赤いほっぺ左右にひとつずつ接吻するのでした。

パットは両の頬に接吻されたことを覚えていました。「海」と聞いて、それもうらやましく思ったそうです。父親も「いい兵隊さん」でたくさん「船旅」をしていたから。

パットがあらためて坊やに興味を示すと、耳たぶに小さな金の耳輪があります。パットは自分の耳たぶの窪みに触れ、自分も耳輪をしていたことを思い出しました。それから乳母のエレサに目を向けました。一瞬、お母さんだと思って狂喜したんですね。大きな黒い目は熟れた暗紫色のスモモ、髪の毛は波打っていて、月のない夜の海のよう、とパットは言ってました。期待を込めて深く息を吸い込んだんですが、部屋にはラヴェンダーの香りは微塵もなく、違うとわかったんです。

坊やがぐずり始めて乳母のスカートにまとわりつきます。乳母が腰をかがめると何か励ますようなことを——いや情愛の言葉じゃないかとパットは怪しんだほどです——ダニエーロの耳にささやくと、坊やはよちよちとやって来てパットの横の敷物に腰かけたのです。坊やはやがてパットのおもちゃの兵隊をひとつ手に取ると——それはお父さまにもらった数少ないおもちゃでパットには大事なものでした——逃げていってしまいました。パットは小さな泥棒を追いかけました。

乳母のエレサと「おばあさま」は、近くに掛けて話をしていましたが、ハーン兄弟が遊んでいると思ったに違いなく、突然の動きと手足をバタバタさせるさまに見向きもしません。

子どもたちはグルグルと追いかけっこをして、泥棒坊やが無分別にも大階段の降り口に向かいます。折れて曲がった背骨のように屋敷の中心を抜ける階段です。パットは磨き上げた階段から泥棒を突き落とそうとしました。泥棒坊やはおもちゃの兵隊を落として両手で階段の手すりにしがみつき、殺されそうな小動物みたいな甲高い叫び声を上げます。乳母が駆け寄って来て、泥棒坊やは手すりから手を離し、彼女のスカートにしがみつきます。騒ぎに慣れていない「おばあさま」は、ジェイムズ・ダニエルを連れて行くようにと命じました。パトリックは今朝は人と会わせてはいけません、と。

乳母のエレサはパットへのお土産として、ゴマでできたベタベタして変わった味の甘いお菓子の箱と、いろんな形や大きさの貝殻が入った布袋を持ってきていました。貝殻の袋の底には、一握りの砂と厚い封筒があったのですが、封筒の方は、男の子らしい勢いで袋の中身すべてを子供部屋の床一面にぶちまけてしまったとき、「おばあさま」が取り上げてしまいました。

パットはそれ以来弟に会っていないのです。乳母のエレサに会えない方が辛かった、と白状していましたが。

パットのお話はたいていスウィーティおばさんのお話みたいでした。どちらも幽霊人間がたくさん出てくるのです。そこにいるけどほんとはいない人たち。一、二度目にしたあと、視界から消えてしまうのですが、意識から消えてしまうことはない。そして前触れもなくまた現れます。スウィーティおばさんのお話に出てくる人は死んだ人なので、そんな振る舞いも説明がつきます。パットのお話に出てくる人はたいていはまだ生きているのに、なぜそのように振る舞うのか説明があまりないのです。

パットが十と六つのとき、父親が亡くなったと「おばあさま」が知らせてきました。手紙の冒頭はこうでした――チャールズはお前に何も残さなかった。「おばあさま」は父親の叔母で、パットの大叔母であり後見人でした。パットはいつも「おばあさま」と呼び、パットは「ボーイ」と呼ばれていました。亡くなったときには心臓が止まったんだから、この人にも心があったに違いないけど、生きている間は心があるなんて証拠がまったくなかった、とパットは言い張りました。父親のときと同じく、「おばあさま」がおばあさまの神様のもとに召されても、涙ひとつ出ませんでした。おばあさまの死を告げる手紙を受け取ったとき、パットはシンシナティにいて、書きはじめは父のときと似たりよったりの宣言だった、と彼は言います。

「おばあさまはあなたに何か残しておくことになっていたの?」とわたしは訊ねました。

この時点で、シャーロットならもっと詳しい話を聞くためにきっときびすを返したことでしょう。

パットはわたしの質問に質問で答えるのでした。

「もちろん、大事なことよ、パット!」とわたしは答えました。

シャーロットは正しかったのかもしれない、と思ったのを覚えています。パットは自分がどこに暮らしているかわかっていないのです。ここではお金は大事。身なりも大事。肌の色も大事。わたしの肌の色は大ごとです。そんな思いひとつひとつ、彼の胸に指を突きつけてやりたかった。そうはしませんでしたが、そうせずにおこうというわたしの決意を、パットはわたしの顔に見たに違いありません。

マティ、「おばあさま」は亡くなったときおそらくお金がまったく残ってなかったんだよ、とパットは言いました。そうでなければ、おそらく、最初から約束を守るつもりなんてまったくなかったのさ。

パットはそれから「おばあさま」が彼にくれたものを並べていきました。待ち受ける死の匂いがする樟脳、父のものでも母のものでもないカトリックの宗教、フランス語と暴力という言葉を教えてくれた寄宿学校。

「暴力は言葉じゃないでしょう、パット」とわたしは反論しました。

マティ、言葉は相手にわからせるのが肝心なんだ、暴力の場合はそれに従わせることが。鞭と人間の声、どっちがわかりやすい？とパットは問いつめました。

「人によるわ」とわたしは応じました。

そのとおり、マティ。でも鞭はいつだって鞭だ。傷つけるために使うんだから。痛みだけがその目的ってことさ。

「どうしてわかるの？」とわたしは訊ねました。わたしが言いたかったことはこうです。パトリック・ハーン、誰かがあなたを鞭打ったとでもいうの？　シャーロットとわたしは白人が鞭を手にしているところを見たことがありますが、鞭を当てられ血を流す目に遭ったことはありませんでした。

おばあさまが、とパットは間髪容れず答えました。あの人は体罰をする度胸も力もなかったけど、神の名の下に、神の意思に従うようにと、僕を寄宿学校に送って自分の代わりに教師や生徒に暴力を振るわせた。聖カスバート校すべてに恐怖の匂いがして、金曜日には魚の匂いがしたよ、と〔金曜日にキリストの象徴である魚を食するカトリックを中心としたキリスト教の習慣〕。

聖カスバートでパットは目を失くしたんです、ミス。事故ではなかったのを、あのひとは知られたくなかった。誰かに奪われたのだと、わたしは知ってほしいのです。

若いころからパットの視力は乏しかったそうです。人の顔も近くに寄ってくるまでわかりませんでした。ボールを投げられても見えなかった。ページや黒板の文字も、口づけするほど近づかないと見えないって言ってました。十と六つのとき、ある朝礼拝の前に、学校のチャペルの裏から彼を呼ぶ親しげな声がしたので、そちらの方へ歩いていったのです。その声の主が、灰色の毛糸のようなイギリスの空が見えなくなるまで顔を殴りつけたんです。草地に仰向けになったパットは、暗闇で声が笑っているのを耳にしました。また毛糸が見えるようになったのですが、右目でしか見えませんでした。

ここにパットがいるみたいに、あのひとの声が聞こえます。もしかしたらいるのかもしれません。幽霊人間だとしても、同じような声だとわかるから。

あのひとに何て言うかって？　それはたやすい質問ですね、ミス。

パット、あなたはシンシナティではひとりきりじゃなかった。ビルとわたしがいたわ。最期にわたしたちのこと思い出したはず。

ビルのこと、話してなかったですか？　そうでしたっけ、ミス？

ビルのことは赤ん坊の時から大きく育つまでわたしが面倒を見ました。メイズヴィルを後にしてシンシナティに向かったとき、母親のようにこの子を育ててほしいとスウィーティおばさんに頼まれたんです。そのとおりにしたんです。

ビルとスウィーティおばさんは血縁だと言ってもいいでしょう、ミス。わたしたちはみんな神様の子どもですから——前にも言いましたが。

パットはヘイスラムさんの下宿で、ビルにはじめて会ってます。秋の終わりか冬に違いありません、わたしが洗い物をする間、パットは台所の作業台の側に座ってパイプをふかしてましたから。その夜パットは出かける前に、腰をかがめて「小さい紳士のお名前」を訊ねてきたんです。

ビルの甲高い声が作業台の下からしました。「おいら紳士じゃないけど、名前はビルだ」

パットは嬉しそうにクックッと笑って言いました。「僕が間違えました、立場は受け入れます、紳士じゃないビル君」

「でも座ってるじゃないか！」とビルが、そばかす顔を覗かせパットを見上げます。

パットは椅子から立ち上がって、もう一度言うのでした。「立場は受け入れます、紳士じゃないビル君」

「これでわかったね！」とビルは納得しました。

パットはビルの小さな手を取って握手をしました。その日余った生地でこの子のために作ったリンゴの揚げ菓子でベタベタの手。

自分の四人の子どもたちと一緒にビルの面倒を見てくれていた娘《ギャル》は、夜明け前に熱が出て寝込んでいたし、シャーロットは旦那さまになるはずのクリーニーさんとめったにないお休みの日を過ごす予定だとわかってました。だからヘイスラムさんの下宿にビルを連れてくるしかなかったんです。

ベタベタになった手を拭くためのきれいな布巾を、パットに手渡します。

そうです、ビルが作業台の下にいるのには訳がありました、ミス。

ヘイスラムさんが見たら気を失ったでしょう。黒人の子とハーンさんが！って。腰に手を当てて大声を出したでしょうね、わたしには下宿の台所に寄せ集めた面々が見えないのかとでも言わんばかりに。その晩もそうでしたが、毎晩わたしを救ってくれたのは、ヘイスラムさんは台所、とりわけ夕食をお出しした後の台所を見るのがお嫌いだったってことです。料理の時のべしゃべしゃぐちゃぐちゃには関わりたくない、と雇ったときにおっしゃって。まるで台所が豚小屋みたいな話しっぷりでした。べしゃべしゃぐちゃぐちゃだなんて。モリーの台所も、スウィーティおばさんの台所も、わたしの台所も、べしゃべしゃぐちゃぐちゃだったことなんて一度もありません。ヘイスラムさんが言いたかったことは、わたしがちゃんと仕事をすれば、他の雇い人みたいにいきなり台所に入ってきたり、わたしにつきまとったりしないってことでした。

ビルに揚げパイをもうひと切れあげようと、狐色の半月がわたしの手からビルの手に渡るのをパットの目が追います。それで、パットにもひとつあげると、あのひと、座り直しました。ビルはあぐらを組んでパットの椅子の側に、作業台から小さい体が半分覗く感じで収まりました。

わたしは皿洗いの仕上げに戻りました。流しでふたりに背中を向けていても、ふたりがおやつを味わってるのが聞こえてきます。ビルがネズミみたいにちょっとずつ齧ってるのは、甘味を長持ちさせたいから、パットがあんぐり大口を開け揚げパイをふた口で平らげるのは、やって来た誰かにお菓子を取られたくないから。ふたりとも自分の中にひもじさを抱えてた。ひとりはわたしが癒してあげられるけど、もうひとりは癒してあげられない。

次の日の晩、パットはビルの姿が台所にないことに気がついて、どうしたのか訊ねてきて、それからビルの身の上《ストーリー》を訊ねてきました。

パットにもあなたにお話ししたのと同じ話をしましたよ、ミス。

ええ、わたしの言うことを信じてくれました。

ビルは何歳なのか訊くので、もうすぐ五歳だって答えました。パットは何度も何度も目をしばたいて。それから数日はビルの名前を言わなくなったので、男の人がたとえ自分の子でもよく子どものことを忘れてしまうみたいに、あの子のことなんか忘れたんだろうって思ってたら、そしたら、ある晩、パットが真っ赤に塗った上着と真っ白なズボンのおもちゃの兵隊を台所の作業台に置いて、これは紳士じゃないビル君に、って。それから一週間の間、兵隊さんと、続いて兵隊さんの馬がふたつみっつと次々に現れて、一式ビルのものになりました。

そのころは、パットとわたしが夫婦《めおと》になるなんて知りもしなかったけど、求婚されたら、はい、と言うだろうと思いました。シャーロットがクリーニーさんと結ばれることになるってわかったのは、喉の奥に塊がつかえてるのに、歌わずにはおれなかったからだって、教えてくれたわ。パットがわたしに海を感じさせてくれたときには、心臓が喉につかえて、そして今度はビルの金褐色《ヘーゼル》の目を輝かせてくれて、わたしの喉は歌でいっぱいでした。今でもビルはあの時の小さい兵隊さんを、塗料が欠けて色あせてしまったけど、葉巻箱に入れて、自分の本と一緒に大事にしまってあります。

いいえ、ミス、パットはビルの父親ではありませんでした。父親を知りもしなかったのに父親になるなんて、パットには無理でした。

おっしゃるとおりですね、ミス。だったらわたしもビルの母親になれやしなかったってことですね。

でも三年間、わたしたちはわたしたちのやり方で家族だった。ちっちゃい家の屋根と壁に囲まれて一緒に過ごしました。同じ食卓で三人揃いの椅子に座って食事をし、四脚目はお客さまのためにとっておきました。夜ぐっすり眠って目が覚めると、まだお互いがそこにいる。でもある日、いなくなるんです。

いいえ、ミス、パットはわたしを捨てて別の黒人女のもとへ行ったんじゃありません。

ここに座ってる間、ずっとそう思ってたんですか？　パットが――白人の人たちは何て言うんでしたっけ――わたしのような人間へのけっぺき――

せいへき。そうです、その言葉です、ミス。

実を言うと、わたしも最初はそのことを考えました。

最初、パットと互いにお話を始めたころ、バックタウンの通りの名前を知ってるのが変だと感じたんです――あのころビルとわたしの下宿があった通りも知っていたんです。それに堤防《レヴィ》あたりと、荷揚げ人足やら港の日雇いが給料を飲み干してしまうあそこの路地にも詳しかった。パットは仕事でこういう黒人地区に行くんだと言ってたけど、どういうことなのかわからなかったんです。図書館長の秘書や印刷所の校正係にはそんなところに用事はないですよね。あそこで見かける白人の男の人は、昼間も夜も、強いお酒が好きで、卑しい女が好きなんです。

恥ずかしくてシャーロットには言えませんでした。パットのことを悪く思われたくなかった。わたしだって悪く思いたくなかったけど、思わずにいられなかった。それで、彼とはまったく口を利かないようにしました。あいさつされれば今までどおりに応じるけれども、そのまま晩の仕事を続けました。わたしの背中しか見えないのに、あのひとは裏口の段々に座ってパイプをふかしてた。

一文なし、縁なし、というのがパットの自己紹介でした。シンシナティに最初やって来たとき、ある男の名前と住所しかなかったって。

「その人、あなたの親戚だったの、パット？」

誰かの親戚だけど、僕の親戚じゃあなかったんだ、マティ。男は僕の顔をひと目見て、渡した手紙を読むと、もう一度こちらを見てから追い出した。野良犬か何かのようにしっしっと家から追い出した。僕は他に行くところもないし、どこに行っていいかもわからないから、帽子を手にしたまま、玄関に立ち尽くしてた。旅行かばんには本はあったけど、洗濯済みの着替えはなくて、スーツのポケットには小銭が一枚あるきりだった。

パットは惨めな様子だったに違いなく、男のおかみさんが、おそらくは夫の命令に背いて、玄関の扉を開けて――お肉の晩ごはんのいい匂いがふんわり流れてきたのをパットは覚えているそうです――皺々に丸くなったお札を前掛けのポケットから渡して。茫然《ぼうぜん》としてたのが、奥さんの親切ではっと目が覚めたけど、この夫婦にとっては自分は単なる物乞いだとはっきりしたんです。

最初の夜そして続く幾晩も、物乞いパットはシンシナティの公園のベンチで眠ったのでした。夜露が身に染みるようになると、厩舎で日雇い仕事をして、馬と藁と一緒に眠ったのでした。厩舎係がアイルランド人ならば、パットにパンの切れ端やちょっぴりのチーズやリンゴなど、その朝、その人のために家族が洗い晒しの布に包んでくれたものを分けてくれた。石炭かき、馬糞かき、塩かき、砂かきの仕事が見つからないときは、旅行かばんを手に、まるで今しがた到着してどこかへ向かっているみたいに、通りを歩き回ったのでした。

持たざる者にやさしい場所はバックタウンと堤防地区で、とりわけ夜になるとそうだった、とパットは言ってました。食べ物は安いし、お酒もそうだった。一杯の酒代で、寒さを凌ぐことができた。ウィスキー酒場は店じまいもなく、たとえ店を閉めたあとに居残ってもさして気にも留められなかったって。酒場に鍵をかけて閉じ込めて、翌朝になって飲んだ分を請求するんだって。

パットがここにきたばかりの頃のことを話してくれてるあいだ、彼のことをまじまじ見てしまいました——信じられないからじゃなくて、信じたからです。通りに暮らせば、自分の中の何かを通りに置き去りにするしかない。自分の中の柔らかいところが、腐って抜け落ちた歯みたいに置き去りにされるか、売り飛ばすか、失くなってしまうかして、あとには穴と痛みと血の味が残るんです。

ヘイスラムさんの下宿にやってきたパトリック・ハーンは、片目をのぞいては、自分の中の何かを失ったみたいには見えませんでした。本と紙とインクでできた白人の若い男でした。辛い仕事をした人の手じゃなかった。指の爪は切り揃えられてて、汚れがぞんざいに溜まってたりしてなかった。声も振る舞いも穏やかでした。きれいに散髪してましたが、なぜか床屋さんはいつも右耳の上の髪をひと房切り忘れているのでした。パットは気がついてなかったのか、気がついていたとしたら、習慣か義理でずっと同じ床屋さんに通っていたのでしょう。義理堅さは男の人には望ましい性質だから、そう思いたかったけど、わかりかねました。

決心させたのはスウィーティおばさんでした。パットが台所の入り口でここにいると言わんばかりにパイプをふかしているときに、おばさんの声が聞こえたんです。他所で仕事をするためおばさんの台所を出ていく準備をしているころ、白人男の人柄を判断するには足音をよくお聞き、と教えられたのでした。気遣いのある足運びなら、いいしるしだって。部屋に入らないうちから到着を告げる大きな足音なら、新しい仕事場を探した方がいいよ、アリシア。

パットの足音はほとんど音がしないぐらい。めったに聞こえませんでした。あのひとのパイプの匂いで、近くに来たとわかるんです。

自分はたいがいの人より知恵があるとスウィーティおばさんは言ってたので、その時その場で、またパットとお話の交換をしようと心を決めたんです。

そうしてよかった。だって、彼はわたしの知らないシンシナティのことも知っていて、その話もしてくれたからです。ウェストエンド、オーヴァーザライン〔ウェストエンドの東、労働者居住区〕、ダウンタウン、セヴンヒルズ〔市の南東部〕のいろんな場所。

ヘイスラムさんの所で働いていたころは、お休みはほとんどなかったから、パットの言う「シンシナティ巡り」は、結婚まで待たねばなりませんでした。初めて巡ったのはウォールナットヒルズ〔市南部〕で、一緒に路面電車に乗って、パットはハリエット・ビーチャー・ストウ夫人が若いころ住んでいた白い列柱のある家を見せてくれました。

ええ、ストウ夫人が誰なのか、知ってます、ミス。

言わせていただくと、ここの出身じゃないのはわたしの方だと思ってらっしゃいますよね。おっしゃるとおり、わたしにはストウ夫人の本は読めませんが、その話は聞き知ってました。海も見たことはありませんが、聞き知ってます、ミス。

次の街巡りでは、パットとわたしはメインストリートからケーブルカーに乗って、マウントオーバーンに行きました。立派な家々はシンシナティの名家のものだとパットが教えてくれました――白人が丘《ヒル》に住むときは、山《マウンテン》と呼びたがるものだとその日学んだものです。雄鶏《おんどり》が胸の羽を膨らませてるみたいな家ばかりね、と彼に言いました。マウントオーバーンでは、動物園の方が楽しかったです。ヘラジカに水牛に象に猿に、パットがハイエナと呼ぶひもじそうな犬もいて――

これも書きとめないんですか、ミス？

ほんとのこと言うと、パットも動物園は行きたがらなかったです。檻に入れられた動物を見たいなら、ケーブルカーでメインストリートに戻ればいいって言ってました。

「ここの動物たちは食事や住まいのために働かなくていいのよ」わたしは歩みを止めて言いました。動物園の煉瓦の建物はバックタウンや堤防《レヴィ》の建物より丈夫にできてるってつけ足したかったけど、言いませんでした。

パットは何度も何度も目をしばたいて、動物園や入場料について文句を言うのをやめたんです。いいえ、あのひとはケチじゃなかったです、ミス。

パットは騙されたと感じるのが嫌で、動物園は動物を見るためにあるんじゃなくって、他人《ひと》に見られようとそこに群がる人間を見るためにあるんだって言ってました。そんなどこにでもあるものを見るためにお金を払うなんてバカバカしいって。

パットは稼いだお金の大半を無頓着に遣って、たいがいは本を買っていました。家賃と食費を払った後の話です。

そうです、ミス、あと肌着にも。

結婚して二、三ヶ月のころ、本の埃《ほこり》をはたいているかと訊いてきました。やったことありませんでした。こんなにたくさんの本に囲まれて暮らしたことなんてなかったですから。新しい本もありましたが、ほとんどは古本だって言ってました。本が、羽根ぼうきや柔らかい布で撫でてあげる花瓶やテーブルのようなモノだなんて考えたこともなかった。飼い猫やペットの鳥みたいな生きものだとは思わなかったけど、ふたつの中間みたいなものだと思っていたのかも。パットが本を持って回るみたいに、花瓶を部屋から部屋へ持って回って、路面電車に、ベッドにって連れて回る人なんか見たことないです。本に話しかけたりするんですよ。表紙を叩きつけるように閉じて罵ったりもしてました。

パットはパイプ、万年筆、それからウィスキーにもお金を遣ってました。頼めばわたしやビルのために服を買ってくれました。何ひとつ出し惜しみすることはなかったですが、わたしの靴とブーツはパンケーキみたいに平たいものだけで。ビルの学校の費用は喜んで出してくれて、あの子のおもちゃには呆《あき》れるほど遣ってました。

わたしたちのシンシナティ巡りにどうしてビルを連れていってはいけないのか、パットは納得しませんでした。動物園だけでも連れていっていいかって訊いてきたけど。ダメだって言いました。

この街の白人は、黒人ひとりなら、それも肌の色が明るい黒人なら、気にも留めないってパットに教えてやりました。ビルの肌はわたしより明るいんです――父親はスコットランド人で――母方の一族のことはあまりわかりません、ミス。でも、黒人がふたり以上いると、間違いなく目に留められます。それから、自分たちのために働いているか、自分たちみたいな人のために働きに行くところかでない限り、間違いなく揉めごとになるからって。

パットはわたしの言うことを信じてくれませんでした。

あなたに信じてもらう必要はないのよ、と思ったもんです。もしかしたら、声に出して言ったかもしれません。その日の夜からしばらくは『インクワイアラー』の事務所に泊まって、着替えのときだけうちに戻ってきて、わたしにはひと言も口をききませんでしたから。

昔から絵を描くのは苦手だったので、シャーロットに頼んで描いてもらいました。玄関のテーブルに開いたメモを置いて、木の枝にカラスと小鳩が並んでるのがパットに見えるようにして。見てくれたに違いありません。その日の晩、ビルにあげる新品の輪回し遊びを持って、晩ごはんに戻ってきたから。

いいえ、あのメモはお詫びじゃありません、ミス。

ビルを家に残しておかねばならないのは、間違いじゃありませんでした。マウントオーバーンやマウントアダムズの通りであの子を連れ歩かなかったのは、間違いじゃありませんでした。わたしたち三人のことを問い質されれば、あの子の母親だと主張することもできるけれど、それが何のためになるっていうんです？　あの近辺の人たちは、パットがあの子の父親だと受け入れやしません。あの人たちの目からすると、わたしたち三人が家族なんてありえないことなんです。ここにいる白人男性のパトリック・ハーン。ここにいる黒人女とその父《てて》なし子。わたしたちふたりのあいだに、結婚や家や絆なんてありえない、あるのは労使関係かきたならしい関係。あの子が見も知らぬ白人に面と向かってそんなことを言われなくてもいいじゃないですか、そのうち嫌でも聞かせられるんだから。あの人たちがどんなことを口走るのかわたしにはわかってます。パットはわかってないんです。

あのメモは念を押すためでした。パットとわたしは同じ枝にいるんだってことをわかってほしかった。

ミス、お訊きになりたいことはわかります、答えはノーです。

パットとわたしが一緒にいても、あなた方の住む地区で目を引くことはありませんでした。形の良い帽子がわたしはきちんと髪を結い上げていたし、一張羅のドレスと帽子姿でしたから。わたしのような肌色の女をどんな風に見せてくれるか、びっくりしますよ。呼び止められれば、スペイン女なんだとパットが言う手筈になってました。説明《ストーリー》がないとだめなんだってあの人に言ってありました。用心に越したことはないって押し通しました。彼は嘲笑ってたけど、作り話をするチャンスを見過ごすことはできませんでした。わたしの名前は「アデリーナ」で、中西部ツアーをしているオペラ歌手なんだ、と。「コロラトゥーラ・ソプラノ」って言葉を覚えさせられました。自分自身についても、夫でマネージャーなんだって予行演習してました。シンシナティの通りでは、自分たちはなんでもなりたいものになれるんだってパットは思ったんですね。説明を求められて役を演じることはなかったので、パットはがっかりしてました。

パットは他にも芝居じみたことをやってました。自在にアイルランド訛《なま》りを抑えることができたし、きついお国訛りもしゃべれました。マウントアダムズには、警察官や消防員の小綺麗なおうちがあって、パットもその一員みたいな口調でした。制服を脱ぎ普段の生活をしてるこの人たちが立ち止まって、彼にあいさつするんです。わたしには帽子を上げて会釈します。わたしも会釈を返します。パットは目の前に来るまで人の顔が見えなかったけど、あの人たちが「パディ」とか「オハーン」とか声をかけてくると、にっこり笑って答えるんです、この人たちも自分と同じアイルランドの息子であり孫息子だからって。「ヘル・ヘルン」とか「ヘルマン」とか声をかけられると、ドイツの息子や孫息子なんだとわかると言うんです。あの人がすかさず気の利いたことをいうと、みな笑って彼の背中をたたきます。時には、彼を脇へ引き寄せ耳元で何か話すこともあって、パットは大げさに握手することで感謝してみせます。

この男たちがシンシナティでいちばん面白い噂《ストーリー》を持ってるんだ、とパットは自慢してました。

「いちばんひどい噂ってことでしょう」とわたしは言い返します。

新聞がいちばん売れる噂ってことさ、すぐさまパットが言い返します。

そのとおりでした。あの男たちの噂話《ストーリー》でわたしたちは食べていけたのです。シャーロットにはポーク。わたしにはこの街の醜聞と犯罪。結婚した頃にはパットは『インクワイアラー』紙でとてもうまくやっていて、それはあの男たちのおかげだったんです。彼らが僕の目と耳だってパットは言ってました。

そうです、ミス。パットはヘイスラムさんの下宿人だった頃に、あなたの新聞で働き始めたんです。

印刷所での校正の仕事は、あのひとほど目が見えないと、自分のためにも雇い主のためにもなりませんでした。それにパットが心底やりたいことじゃあなかった。他人の文章の間違いをなくすことじゃなくて、自分の記事《ストーリー》を書きたいんだってわたしに漏らしてました。『インクワイアラー』で長時間働くのは、シンシナティでいちばんのネタ《ストーリー》は暗闇の中、日が昇る直前に起こるからだって言ってました。最初にわたしに話してくれるのです。

新聞の記事《ストーリー》のことです、ミス。

そうです、新聞記事です。

ピクルスみたいに死産児を瓶に保存している医者の話を聞きました。サーバー小路で退屈しのぎにケンカする荷揚げ人足の話、田舎からやってきた娘が街の男に踏みにじられる話、ポッターズフイールド墓地に行くはずだった貧しくて引き取り手のない死体が、市の医学校に引き取られて豚のように切り刻まれる話。全部最初はわたしに話してくれました。

ビルがベッドに入ってぐっすり寝ていることを確認してから、話をはじめます。ヘイスラムさんの台所じゃなくて今度は自分たちの台所で、パットがパイプに火を点ける。八人分の皿洗いじゃなくて、三人分のお皿。ローザにチャールズに海のお話《ストーリー》の代わりに、パットは今度はシンシナティのお話をするのでした。この街でこれほど人が殺され、大怪我をし、床板は乾いた血で黒く染まり、毛くず貼りの壁紙は銃弾と飛び散った脳みそで台無しになり、人々の吐く息はジンと罪《シン》とで腐臭がする――

いえ、楽しめる話じゃなかったです、ミス。楽しんだのは『インクワイアラー』の読者です。話は二度聞かねばなりませんでした。一度目は、記事《ストーリー》を書きとめる前に、パットが全体の調子を確かめるため。たまに話の肝心な部分を逃してしまうのですが、わたしの耳にはわかるんです。たとえば、警官三人に逮捕されてラット横丁《ロー》を連行される若いのらくら者を群衆が取り囲んだという話を以前してくれたことがありました。群衆は、拳と長靴とでごろつきにひとつ思い知らせてやろうというつもりだったのです。酔っ払った卑劣な若いごろつきが、追い剝ぎや仕返しといった理由もなく老人を殴って血塗れにしたので、群衆がこやつを野良猫がネズミを弄ぶように八つ裂きにして成敗してやろう、となったのです。

「警官は何をしていたの、パット?」とわたしは訊ねました。

警官はそのならず者を自分たちの体を盾に守ったんだ、とパットが言いました。

「警官が三人も揃ってつまらない犯罪者を守って殴られないようにしたと言うの? そんな光景見たことがあって、パット?」

もちろんあるわけありません。パットの読者だって見たことあるわけないと、わたしにはわかってました。

「パット、犯人の名前は？」

パットはノートを右目へ近づけると、ドイツ語風に聞こえる名前を返しました。シンシナティで覚えたことです。最初ここにたどり着いたとき、約束の地がドイツ人だらけだったなんて誰が想像したろうか、と思ったものです。

「アイケルベルガー警部がその中にいた、パット？」

いいえ、当てずっぽうじゃありません、ミス。パットの口からよく聞く名前だったんです。

警部は他のどの警官よりもパットの目の役をしているとわかっていたのです。アイケルベルガー警部が現場にいたときは、パットのノートが真っ黒に埋まるんです。あの夜の若者は横の歯が抜けていて、他の歯はタバコの染みで汚れていた。汗と汚れが染み込み、点々と相手の血が散っていたシャツはていねいに繕われ、シャツの裾の端にはなんと青年のイニシャルが刺繍されていた。パットは自分の目でこんな細部は見えやしませんけど、話に聞けばひとつ残らず記事に書き込みました――読者も歯が抜けて同じシャツを着ているような気持ちになるからだって、言ってました。

「オーヴァーザラインかマウントアダムズに住んでる青年の家族を、警部は知っていたのかしら？」

とわたしは訊ねました。

パットがふたたびノートを目元に近づけます。

すべてはそこに書かれていました。まだちゃんと読めていないだけだったんです。

群衆にとってはごろつき、パットにとってはのらくら者、アイケルベルガー警部にとっては青年――犯人はその夜、制服姿の三天使に運良く遭遇したんです。群衆じゃなくて、それこそがこの記事《ストーリー》の核心です。若者を見て、警部は道を踏み外した甥っ子や、家で母親に加え大勢の兄弟姉妹が待っている従弟のことなんかを思い出したのかもしれません。警部が青い制服の腕を伸ばし盾のように手を広げて青年に恩義の徴《しるし》を見せた瞬間、あとふたりの警官も彼の例に従ったんです。暴力は言葉だってパットは言ってました。恩義も言葉なんだってわたしはあのひとに言ってやりました。

二度目に話を聞くのは、『インクワイアラー』の紙面に載った記事をパットが読んでくれる時です。自分の声に酔ってるんじゃないのってからかったもんです。それはそうでしたが、それが読み上げる理由じゃありませんでした。わたしはあのひとの証人でした。自分が仕事をした、いい仕事をしたってことをパットは知りたかったんです。だからこのときは質問をする時間じゃありません。かわりに、「すごいお話！」とか「びっくりするような展開ね！」とか言うのでした――わたしがちゃんと聞いてるってことがわかるように。パットは『インクワイアラー』の紙面から顔を上げると、悠々とパイプを吹かすのでした。

いったんおたくの新聞に載っちまうと、パットの記事のことはよくわからなかったです、ミス。訛りと一緒で、パットは言葉づかいを変えるのもお手のものでした。事件を話してくれるときのわざとらしさがない言葉づかいの方がわたしはよかった。おたくの新聞の読者は、レースで飾り立ててるってシャーロットが言うみたいな言葉づかいがお好みで。お金を払って記事を読むのだから、レースが欲しいのかもしれないですね。わたしはただでしたけど。

そうね、ただじゃなかったわね。パットのコック、メイド、洗濯係になるお返しね。

「妻になるお返しってことよ」不満を漏らしに来たわたしにシャーロットが言ったもんです。

わたしは誰かの女房になるのははじめてで、モリーもスウィーティおばさんも、誰かの女房だったことはないから。みんな他の女の人のご主人のために料理をしてきた。自分の主人のために料理をする方がこんなに大ごとだったなんて。ヘイスラムさんの下宿でパットが料理に文句を言ったことは一度もなかった――シンシナティ・コーヒーをのぞいては。文句を言われたからって、わたしに何ができたわけじゃないですけど。ヘイスラムさんを通して来たもの以外、下宿人からは料理の要望を聞かないことになってました。夫人はミシガン・ルールだって。

下宿で仕事を始めたころ、動物の肉も脂も食べない下宿人が新しく来たんです。ミシガン州の出身で、わたしが聞いたこともないような、名前に数字が入った宗教の信者でした。

そう、それです、ミス。第七日目再臨派《セヴンスデイ・アドヴェンティスト》〔安息日再臨派。土曜日を安息日とすることがキリストの再臨を迎える準備になるとした。菜食主義・禁煙運動で知られる。一八八五年にミシガン州に本部を設けた〕。

その人には野菜と穀類だけ食べさせとけってヘイスラムさんが言うんです。下宿で出す野菜も穀物もベーコンかラードで料理してますけど、って言うと、肩をすくめて、これからはベーコンの切れ端が見えないようにラードだけをお使いって言われました。ラードを食べたことがないんだったら、味はわからないからという理由です。言いつけに従ったんですが、新しい下宿人もみなさんと同じように、子どものころラードを食べていたのでした。最初の一週間ほど出されたものを美味しく食べたあと、ある晩サッコタッシュ〔トウモロコシの実に豆を混ぜ、ピーマンや唐辛子なども加えて調理したもの〕を一口食べて、他の下宿人がいる前でヘイスラムさんに不満の声を上げたんです――自分の希望と宗教を尊重してくれてないって。夫人は頭を上下に揺らして、あんたは来る下宿を間違えた、来る街を間違えたって言って、「シンシナティはね、豚の街《ポーコポリス》ですよ！」と声を震わせ言い放ったんです。ミス・キャロラインがにこりとするのを、あそこで働き始めて最初に見たのが、あのときです。

それから何年もヘイスラムさんはミシガン人に部屋を貸さず、ミシガン・ルールが生まれたんです。後々この話をパットにした時、夫人のことを「ポーコポリス夫人」って呼ぶようになって、そのあと、別のあだ名に落ち着いたんです。

つまり何の話かですって？　誰だってわかるかと思いましたけど、ミス。

つまり、二年の間、下宿人パットはわたしの料理を食べ続け、しかもそれが気に食わなかったってことです。今では主人のパットは、わたしの台所から出される料理の改善に取りかかったというわけです。

まず、わたしのホットウォーターコーンブレッドは、朝ごはんには悪くないけど、夕食にはダメだって言ってきました。

「だったらビスケット〔スコーン状の小型パン〕がいい？」と訊きました。

ビスケットもダメだって応えます。朝ごはんならいいよ、マティ、でも夕食のテーブルにふさわしいパンは酵母を使ったパン以外ありえない。

そんな話聞いたこともありません。酵母ルールはできる限り無視することにしました。パットは皮の硬い丸いパン――ドイツ出身のパン屋さんが焼いたんだって言ってました――を夕食用に買ってきて主張するようになりました。

「だんなさまはケンタッキーやオハイオで育ったわけでなし、どうしてそうでもあるかのように料理するわけ？」クリーニー兄弟の店に行ってシャーロットに助言をもらいに行くと、彼女が訊いてきます。「あなたが頑固なのよ、アリシア。パンだって他のものと一緒で好みの問題だから、誰だって自分の好きなものを食べる権利があるというものよ」と言います。

シャーロットのお腹には赤ちゃんがいましたが、まだ見ただけではわからなかったので、店を手伝ってもらっても不体裁じゃあないとクリーニーさんは思っていたようです。赤ちゃんができると率直に本当のことしか口にしない女の人がいるものです。シャーロットもそうでした。

その朝、パン酵母を買い求め、次の晩、焼きたての白いパンを夕食に出しました。モリーがやっていたように発酵した生地の上を割って、開いた溝に溶かしバターを流し込んでオーブンに入れました。ドイツのパン屋はこんなことしないでしょ、とパットに言ってやりたかった。パットは夕食について他にも意見がありました。一気にまとめて言ってこなかっただけでも感謝すべきということなのかしら。

結婚して最初のクリスマスを控えて、料理は何かとパットが訊いてきました。

「ハムよ。赤砂糖でグレーズを入れるの」

パットは何も言いませんでした。

ヘイスラムさんの下宿でクリスマスはいつもオーブン焼きのハムでした。結婚式の晩餐でも作ったものですし。「秋にシャーロットからもらった野リンゴのジャムがいいグレーズになるわ」赤砂糖だとパットのクリスマスのご馳走には地味すぎるかしらと思ってつけ加えます。

またもやパットは何も言いませんでした。

わたしは待ちました。沈黙しているとき、パットは言葉を選んでいるとわかっていたので。何か言いたいことがあるってことはわかりました。クリスマスだけじゃなくて他の日も、うちの食事は豚肉は控えめに、牛肉を増やしてほしいと彼は言うのでした。

声に出しては言いませんでしたが、ヘイスラム夫人の、シンシナティはね、豚の街《ポーコポリス》ですよ！という声が頭の中で鳴り響いていました。このあたりでは豚の方が安いのよ、とは言ったのですが、パットは牛肉を買うだけの余裕はあると請けあうのです。それで『インクワイアラー』のお給料が上がったことを知ったのでした。

シャーロットの出産が近づいてくると、ルーシーという娘《ギャル》が料理や家事を手伝うようになりました。クリーニーさんが約束したとおり、クリーニー兄弟の商売は順調で、わたしの注文がなくなったからといって不都合はなかったのですが、それでもやっぱりシャーロットには知っておいてほしかった。

「豚肉より牛肉が好きなのよ、パットは」

シャーロットは丸く大きくなったお腹で椅子をそっと揺らしました。もう他人の服どころか自分の服も洗濯アイロンせずに済むので、シャーロットは、洗濯女としてさんざ悩まされてきた白だけを着るようになりました。ジャムの染みや肉汁の油染み、汗で黄ばんだ脇、だんなのエプロンについた血、こんなことは今ではみな他人の苦労になったのです。シャーロットはこちらを見て天使のように言うのでした。「自分のうちでおいしく食事ができないなら、他所《よそ》で食事をするようになるわよ、アリシア」

この件についてシャーロットが言ったのはたったそれだけで、わたしは血が凍りました。言いたいことはよくわかりました。他のひとの料理を警戒するようにと言っているわけではないことはわかりました。

最初のクリスマス、テーブルの中央には骨つきローストビーフがありました。肉汁に野リンゴジャムを混ぜたもので、甘みときれいな艶を出しました。マッシュしたカブ、サツマイモ、未熟桃にスイカの皮に玉ねぎにマスタードシードを加えたピクルス、酵母のロールパン、エッグノッグ、リンゴ入りカスタード、そしてビルにはジンジャーブレッドマン。

テーブルに出したものは当然覚えてるに決まってます、ミス。わたしが料理したんだから、覚えておく甲斐があるってもんです。料理の塩梅《あんばい》で生きる者なら誰しもそう言いますよ、ミス。

ローストビーフにビーフシチュー——パットはジャガイモじゃなくてニンジンとパースニップ〔ニンジン形で白く甘みのある根菜〕入りが好きでした——それにビフテキが頻繁になりました。好みのカットはポーターハウス〔サーロインとリブの間の最上の部位〕とテンダーロイン〔腰の上部から肋骨にかけての柔らかい上肉〕でした。

わたしに話を聞かせる以外の目的で台所に入ったことのない割には、パットは食材の調理についてずいぶん細かい意見がある男でした。シチュー肉が好みどおりの柔らかさでないと、沸騰した出《だ》汁《し》に生の肉を絶対入れるなと注意します。肉は必ず水に入れて料理を始めるもんだろ、マティ。肉が生でも、乾燥肉でも、燻製でも、塩漬けでも同じことだ、と彼はつけ加えました。

そんなこと聞いたこともありません。ねえ、ミス?

だったらあなたもパットと同じですね。あの人も料理のことはあまり知らなかったから。

パットが料理に意見をするたび、シャーロットの警告が頭の中で聞こえました。自分にない技術について教えることはできないから、これは料理のアドバイスじゃないんです。

それは違います、ミス。わたしがパットに同じことをしたなんて。

あなたが「アドバイス」と言うのは、あのひとの書きものについてじゃありません。話の語り《ストーリーテリング》についてです。わたしだって話を語ることはできるんです、ミス。パットは生計のために書きものをしていましたが、わたしはあのひとの生計についてあれこれ言うことはしませんでした。

パットは約束を守ったんです。わたしはあのひとの妻でした。他人の台所で働くことはありませんでした。スウィーティおばさんに約束したとおり、ビルの世話をしました。その代償としてパットの意見を聞かされることになったのです。

スープの作り方について——四年以上毎晩八人前のスープを作ってきたわたしに、ですよ。

料理の飾り方について、あのひとに出す料理はレモンの薄切りやパセリの枝やミントの葉で飾らなくちゃだめだって——料理の皿は帽子じゃないのよ、と言ってやりたかった。

ケーキの生地に入れる卵に砂糖を加えるタイミングについて——卵をかき混ぜる前に入れろって

言うんです。

「あらそう？」とか「まあ、モリーはどうしてそう教えてくれなかったのかしら？」とか「次からはそうするわね、パット」と言ったものでした。

シャーロットはその頃には丸々した手足でハイハイする赤ん坊の母親で、そんな彼女に気がふさぐと打ち明けました。パットとわたしが結婚して一年ほどのころで、その夏は例年になく早くオハイオ南部の熱波が訪れ、わたしは我慢の限界でした。

「他所《よそ》で食べてもらってかまわないぐらいよ、シャーロット。肩の荷が降りるわ」と漏らしました。

「アリシア、そしたらあなたはどこへ行くの？」シャーロットが訊ねます。彼女にはもう次の子がお腹にいて——二人目も男の子でした。今まで以上に率直に本当のことしか聞き入れない調子で話すのでした。一緒にいるとわたしもそうしたくなった。ビルがどこに行くのかシャーロットは訊く必要はなかった——だってどんなことがあってもわたしと一緒だって彼女にはわかっていたからです。

「どこへ行くかって？」とわたしは鸚鵡《おうむ》返しに答えます。

その問いは「パットはどこへ行くの？」とわたしには聞こえました。

アンダソンさんによると、その年、わたしは十《とお》がふたつとひとつでした。パットは十がふたつと五つ。パットの心はまだ充分に大きくなっておらず、その夏の終わりを待つことになるのでした。

それはまだ日が長く、窓を大きく開け放って風を入れていた時期、夕食のテーブルセッティングをしていたところ、玄関をノックする音が聞こえたんです。パットがポーチの角にくずおれていました。微《かす》かにいびきをかいて、吐く息にウィスキーの匂いがしました。名前を呼び、袖を引っ張って、家の中に引きずり入れました。

いえ、あのひとがこんなふうになったのを見るのははじめてでした、ミス。ひとりでは彼を二階に運ぶことができないので、枕を持ってきて、玄関口に眠らせておきました。ビルが帰ってくると、ミスター・パットは酔っ払って具合が悪いの。起こさない方がいいわ、と言いました。

パットは自分で目を覚ましました。

邪道極まりない道徳傾向、とわたしに言いました。もう一度、今度はゆっくりと繰り返してから「邪道」がどういう意味か説明してくれました。ひどいよりひどいってことさ、マティ。

「道徳」も「傾向」も意味は分かりましたが、一緒に口にするとどんな意味になるのかわかりませんでした。

「パット、はじめから話をして」彼の髪を撫でながら言いました。そのころあのひとは髪の毛を伸ばしてて額を出していたのです。

はじめは……パトリック・ラフカディオ・ハーンという男がアリシア・「マティ」・フォーリーという女に出会ったこと。男は女に愛の告白をし、女は男の妻になること受け入れた。

「パット、しっかり。今日のはじめから話をして」

今日のはじめは……編集長が編集室の僕のデスクにズカズカとやって来て、今すぐ会社から出て行けって言ったところからだ。どうしてかと訊かれて、編集長が答えた。ここにいるハーン青年が――って集まってきた他の記者に話しかけるんだ――黒人女と同棲していることが『インクワイアラー』紙の関知するところとなった。我が社では邪道極まりない道徳傾向の人物を雇うわけにはいかんのだ、ハーン君。

パットは大声で笑ったのでした。仲間の記者が一風変わった悪戯《いたずら》を仕掛けてきたんだろうと思ったんです。周りを取り囲む人々の様子を見回しました——ミス、あなたやわたしなら表情が見えるわけですけど、パットにはおぼろな影しか見えません——それで、腕を組み脚を広げているこの人たちは、もはや自分に好意を持っていないとわかったんです。その瞬間、耳が聞こえなくなったというのが彼の話でした。編集長は口をパクパクさせて話し続けるものの、ひとこともパットの耳には入ってこないのです。

「誰かがあなたの頭を襟巻きでくるんでしまったみたいに」とわたしは言ったんです。

パットはうなずいて、それから自分がやったこと——ノートにファイルに書きかけの記事にパイプにペンを集めたのは——他の人間がやってるみたいだった、と言いました。

「まるで自分の体の上に浮いているみたいに自分を見ていたのね」

パットがうなずきます。

「自分が小さくなって、弱々しい、肉体よりも弱々しいものでできているような感じがしたのね」

パットはうなずき、ひとことも言わずに新聞社を出てきたと言い足しました。

「口の中がおがくずでいっぱいだったのね」

パットがうなずきます。

ウィスキー屋へ向かった。飲んだら腹が立ってきた。

「自分自身に」

パットがうなずきます。

あいつらに真っ逆さまに地獄に落ちろって言うべきだったんだ、マティ。君も僕も何も邪道なところはないって言うべきだったんだ。君の名前、ギリシャの神々の言葉で真実を意味する君の大事な名前〔アリシアはギリシャ語で真実の意〕を、あいつらに言ってやるべきだったんだ。君こそが自然の美だって。生まれながらの語《かた》り部《べ》で、君に比べれば連中なんてどいつも素人なんだって。マティ、君のことを黒人女だなんてよくもそんな――

「それがわたしよ、パット」

あのひとは寝起きと涙で腫れた目でわたしを見上げました。僕は何も言わなかった、マティ。何も、とパットは繰り返すのでした。

ウィスキー屋で、怒りが空っぽになるほど、どうやって家にたどり着いたのか記憶にないほど、鍵が見つけられず自分の家のドアをノックするほどに、座ろうとして気を失ってしまうほどに、お酒を飲んだのでした。

「持ち物はどうしたの、パット?」

記憶にありませんでした。そうして、勘定の代わりにウィスキー屋に置いてきたに違いない、と言うのです。

「明日、全部引き取りに行きなさい、パット。ほら、今週の食費を持って行って、要るだけ使うのよ。なんとかやっていけるから。これより少ないお金で暮らしてきたじゃない」

それからパットは、どうしてわたしにはわかるのか知りたがりました。耳が聞こえなくなること、上から見るような視点、弱々しい体の感覚、口がカラカラになる感触。

「わたしの立場ならあることよ、パット。シャーロットも同じ気持ちになったことがある。クリーニーさんとあのひとの兄弟も。モリーに、スウィーティおばさんに、シンシナティの通りであなたが目にした黒人ひとりひとり、目にしたことのない黒人ひとり残らず」

パットは何度も何度も目をしばたきました。

「最初がいちばんつらい」

君はもう慣れたの、マティ？

「いいえ、パット。最初は小さい時のことだから、いちばんつらいの」

教えてくれ、マティ。あの人は目を閉じて言いました。

「わたしが最初の息をして、お母さんから最初のお乳を吸ったとき、自分が奴隷だなんてわかるはずもなかった。自由人が何かもわかるはずがなかった。お乳を吸って、握った小さな手を振って、この世で手に入るものはこれだけだとでもいうように空気を摑んで。ハイハイして近所の小屋で生まれた他の子たちと遊び始めたころ、自分たちは母親のものじゃない、母親の愛情も肉体も自分たちを守ることはできないと知るはずもなかった。でもある日、自分たちはひとり残らず、白人よりも、自分たちの生活の端々にいた白人の子どもよりも、しがない存在で、もっとひどいことに、自分たちの母親もこの人たちよりしがない存在だとわかる時が来る」

シャーロットは、まだ少年っぽさが残る顔をした白人に自分の母親が鞭打たれるのを見たことを覚えてる。まだ髭も生えそろわない男だったことを覚えてる。お母さんはシャーロットの目を見据えて、まるではっきり話して聞かせるように、そこから動いてはだめと伝えた。こちらへ来ないで、シャーロット。いつかは終わるから。シャーロットはその場にいて、はじめて何も聞こえなくなる思いをした。お母さんの背中を打ち切りつける鞭の音が消えた。お母さんの唇は動いていたけど、聞こえてきたのは沈黙のようなもの。シャーロットはお母さんと自分の上に浮いていて、でもあまり若かったので、そのまま浮かんで北へ、雲の彼方へ流れていった方がよかったとはわからなかった。鞭がなくなってから、お母さんはシャーロットを抱きしめたけれど、腕を垂らしておくように言ってきた。背中に触らないで、シャーロット。これもいつかは終わるから。

マティ、これはシャーロットの母親の話、それとも君の母親？　パットは知りたがりました。

「シャーロットのお母さんよ。でも、パット、鞭の前では誰の母親でもなかった」

シャーロットはしがない身の教訓を五つで学んだ。パットは十がふたつと五つで学んだのです。はい、『インクワイアラー』からの解雇はパットにとって驚きでした。わたしにとってはそうではありませんでしたが、それはお訊きにならないんですね、ミス。

翌日丸一日パットは眠っていました。空腹の痛みは訴えなかったけれども、わたしは食事を持っていきました。次の日も同じでした、その次の日も。四日目にはわたしがウィスキー屋に行って、勘定を払ってあのひとの持ち物を持って帰りました。パットのペンやパイプが質屋に売られてしまうのは嫌でしたから。

どこに行けばいいかはわかってました、ミス。パットはいろんな点でとても話がうまいから。パットの話は地図のように正確でした。シンシナティに来たばかりの頃の話は堤防とソーセージ横丁《ロウ》の境にあるウィスキー屋が舞台のことが多かったんです。

パットが描写していた、表に半ば餓死しかけたような木々と、たわんだポーチがある建物——あそこはどの建物もそんな感じでしたが——それから黒人男が笑うような鳴き声のカラスを飼っている酒場の主人を探せばよかったんです。

酒場の主人とカラスが要求した額は、パットが一日頑張って飲んだとしても、ひとり分にしては多すぎる気がしました。主人は彼を「ミスター・ラフカディオ」と呼び、あの日ミスター・ラフカディオは他の客に何杯も奢《おご》ったのだと主張しました。

はい、黒人の店主でした、ミス。彼のカラスも黒かったと書いておいてはいかがですか。

酒場の主人が訊ねます。「あんたパットの新しい女かい？」

「妻です」とわたしは答えました。

主人の脇にいたカラスが笑い、主人はその艶《つや》やかな頭にそっと触れて黙らせました。酒場の主人は相変わらずしかめつらでしたが、鋭い眼光は和らぎました。「ミスター・ラフカディオはツケがたまってる」と説くのです。「以前からの飲み代もあるからな。ミスター・ラフカディオは、来てみりゃ時には金があり、時にはない。どっちにせよ酒を出すのはもう何年もうちに来てるからさ」

わたしはその週の食費をあるだけ出してパットのツケを払いました。お金は酒場の主人がわたしの代わりに数えてくれたのです、ミス。

そうですね。主人はわたしを騙してたかもしれないし、パットの出入りについて嘘をつくこともできたでしょう。騙したり嘘をついたりする人間は肝心の時に目を逸らすことをわたしは学びました。主人はわたしの目を見据えていた。その上、わたしが誰か知っている人に似ているかのようにわたしの目を見据えていた。だから信じたんです。信じなかったら、シャーロットに頼んで、クリーニーさんと兄弟に勘定を済ませてもらったでしょう。

真実にたどり着く道はひとつだけじゃないんです、ミス。

翌日ミスター・ラフカディオの残りのツケの代金を持って戻ってくるからと主人に約束しました。そうすると主人はパットの持ち物を渡してくれて、カラスが笑う中、わたしは昼間の光へ出ていきました。

わたしが持ち物をベッドのわきに置いても、パットは一瞥《いちべつ》だにしなかった。わたしが部屋に入ると、片目を一瞬開いて、また閉じました。

その後何日も、パットの全身は閉じた目も同然でした。

そしてある朝起きてみると、彼はもう着替えて髭を剃り、お腹を空かせて朝食を待っていました。何週間も置いたままだった書類やノートをめくりながら、何もかも持って帰ってきてくれたかと彼は訊ねました。

「何を探してるの、パット?」

記事のアイディアがあるノート、と返事をすると、それが積み上げた山の一番上に乗っているのをあのひとが見つけました。

紅茶とパンケーキ四枚をお腹に納め、パットはその朝ノートを手に家を出ました。どこへ行くのかは言わず、仕事を取り戻しに『インクワイアラー』へ戻るのかとわたしは気が気じゃなかったです。馬鹿を見るだけだとわたしなら言ったでしょう。しがない身分が学んだことはもうひとつ、二度目のチャンスはもらえないってことです。

でもパットはしがない身分ではありませんでした。そんな女を娶《めと》ったに過ぎません。

その晩、パットは仕事を見つけて帰ってきました――『インクワイアラー』紙ではなく『コマーシャル』紙、ミス・キャロラインが購読していた新聞です。しかも最初の週の給料を前払いで受け取って、わたしに渡したんです。すべてくれたのかはわからないけど、前よりも多かった。パットはわたしがどうやりくりをしてきたか訊ねなかったけど、あのひとがいない間、ビルとわたしは肉も牛乳も卵もバターもなしだったことは知ってたに違いありません。「いない間」とはあのひとが何週間も布団の中だったことを自分でそう言ったんです。わたしには「いない間」なんてありません、だって、何があろうと――どれだけ教訓を学ぼうと――朝日が昇る前には起きていないといけないから。

自分がしがない身だと思い知らされたときの、怒りのはけ口、このしつこくって、恥に近いような怒りのはけ口は他にもあります。お酒より安上がりだけど、周りの者には辛いやり方です。このもうひとつのはけ口については、パットには教えていませんでした。あのひとが自分でたどり着いたんです。

パットはのっけから『コマーシャル』紙で前よりも長い時間働きました。新しいご主人様《マスター》に自分の価値を証明しようとしているんだとわたしは自分に言い聞かせました。

そうです、ミス、新しい雇い主、ということです。言い間違えました。

パットはアイディアを書きとめたノートを元に、片っ端から『コマーシャル』に記事を書いていきました。わたしの記事《ストーリー》も書いたんですよ。

想像できますか、ミス？

スウィーティおばさんがしてくれた話と、わたしが彼にした話を寄せ集めて、ある記者の話ということで——『コマーシャル』でもパットは署名記事を最初は担当させてもらえませんでしたから——下宿の台所の階段に掛けている間、健康的で体格がよく、丈夫で血色のいい器量良しの田舎娘の料理人が、幽霊人間の話をしてくれる、という記事を書いたんです。

パットはわたしの名前もヘイスラムさんの名前も出しませんでしたが、今その記事を読めば、わかりますよ、ミス。

セイリー・プランテーションも出てくるんですが、これも名前がなくて、オーガスタとドーヴァーの間とだけ書いてあります。パットはプランテーションじゃなくて農場と呼んでますけど、記事を読み上げてくれた時には、わたし、間違ってると指摘はしませんでした。あそこのリンゴ園にニワトコの茂み、ブナやサトウカエデの林に住むフクロウたち——でもその母屋として描写した家は他のお話から取ってきたもので、スウィーティおばさんが若い頃住んでいた場所から来たんです。

スウィーティおばさんの話の母屋の方がけいきがあるって。

そう、そちらのほうがパットが言いそうなことばです、ミス。母屋の方がふんいきがあるって。パットはビーンさんも記事に登場させたんです。まあ、名前だけですけどね。スウィーティおばさんが言ってた、ご近所を立派な晩餐に招待して、真っ黒な大蛇を魚みたいに茹でて出した変わったおじいさんの本当の名前がわたし思い出せなくて。パットは、このお話、あのお話からあれこれ取ったり借りたりして、しまいには話したわたしも何がどこから来たのかわからなくなっちまうありさまでした。その話に肌がゾクゾクするのなら、老人の名前が本当に「ビーン氏」かどうかなんて、読者は気にしないって請けあうんです。ビーンさん本人が気にするかどうかについては、パットは想像だにしませんでした。

「蛇が話の核心だってこと、パット？」とわたしは訊ねました。

蛇が読者の肌ににじり寄ってゾクゾクさせる様子、それが核心さ、マティ。

パットが『コマーシャル』に就職してから、わたしの一日も変わりました。パットは夕食に帰って来てから、編集室に戻り、翌朝までいるようになりました。お昼ごはんを出すためには、前の朝にパン生地を発酵させなければなりません。晩ごはんにも酵母のパンを出すようにと言われました。朝シャーロットの家を訪れる代わりに、牛肉屋へ朝早くから歩いていかねばなりません。他にも……。

でもわたしの一日の話を聞くためにいらっしゃったわけではないですよね、ミス？　でもまあ、このことは書いておいた方がよいかもしれません。

パットは別人になりつつありました。変化は胃袋から始まりました。お腹を空かせていましたが、何が欲しいのか説明はできませんでした。テーブルに着くと、言葉が出なくなるのです。パットは皿の食べ物を仔細に眺めてから、重くて持ちきれないと言わんばかりの様子で、ナイフとフォークを手に取るのでした。

そんな風に食べる姿は、毎回わたしの脇腹を刺しました。

牛肉の料理方法を他に知らないかとシャーロットに問い合わせました。

「知ってるわ。豚肉を足せばいいのよ」とからかった後、手伝い娘のルーシーを台所から呼んで――ルーシーはインディアナ州の出身でした――インディアナでは他に牛肉の料理があるか訊いてくれました。ないといいます。

パットからふたたび言葉が出てくるようになって、わたしは後悔しました。

不満は牛肉じゃありませんでした。玉ねぎでした。量が少なすぎるって言うんです。それからラード。量が多すぎる、肉の味しかしない、カボチャやアオイマメやカブの葉の味がしない。それからお酒。パットが言う「ワイン」はぶどう酒のことで、ブラックベリーやストロベリーのお酒《ワイン》じゃなかった。フランス人が料理に使うって言うんです、それで料理のふうみがよくなる、って。いえ、料理のふうみがよくなるって言うんです。

ぶどう酒なんてどこで買えるのか見当もつかないので、パットにそう言いました。まるでわたしの向こう側が透けて見えるみたいにわたしのことを見るんです。その日の午後になって、配達の子がうちにひと瓶持って来て、わたしはそれを、殻の開け方がわからない牡蠣を眺めるように見るしかありませんでした。シャーロットの所へ瓶を持っていくと、夕方クリーニーさんが戻って来たら瓶を開けてくれる、もし待てないのなら、店まで行って直接頼まないといけないって言うんです。クリーニー兄弟のお店まで行くと、クリーニーさんが蠟の封を外して、小さいカーヴィングナイフの薄い刃を差し込み揺すって栓を抜きました。

「このクラレットをひとりで丸々一本飲む気かい、アリシア？」と言って目くばせしました。

「料理に使うんです、クリーニーさん」と答えます。

「おれの前でそんなにかしこまることないだろ、アリシア」と肉屋さんが言います。

「いえ、そうした方がいいと思います、クリーニーさん。奥さんもそう思ってらっしゃると思うわ」

「妻のことは君の方がよくわかってるからね、アリシア」と肉屋さん。

「クリーニーさん？」

「なんだい、アリシア」

「このぶどう酒、どうしたらいいんでしょう？」

「料理に使うって言ったじゃないか、アリシア」

「どうやって使うかわからないんです」とわたしは白状しました。言うつもりはなかったのですが、肉屋さんが何度もわたしの名を呼ぶ調子から、言えそうな気がしたんです。

「これは強めの赤ぶどう酒だからね、アリシア。牛肉の塊がいるよ」と肉屋さんは勧めます。

「そうするつもりだったんです、クリーニーさん」

「おれはコックじゃないから、アリシア」

「承知してます、クリーニーさん」

「おれだったら煮汁に加えるね、アリシア」

「煮出し汁《ストック》の代わりに？」

「おれにゃよくわからんな、アリシア」

「ありがとう、クリーニーさん」

「お役に立てて嬉しいよ、アリシア。最近店に来ることもなくて残念でね」と肉屋さんが言います。「顔が見れると一日が明るくなる」とつけ足します。

「主人は牛肉の方が好みで」と事情を告げました。

「好みばかりは説明しようがないからね」と肉屋さんは言って、また目くばせしました。

クリーニーさんの言うとおりでした。クリーニーさんはコックじゃなかった。コックなら、一本丸々使わないようにと教えてくれたはずなのです。

シチューは酔っ払いのような匂いがして、酢のような味がしました。パットはひと口食べると、皿を台所へ持って行って中身をゴミ箱に空けたのでした。皿の端にしなびたパセリをひと枝飾りつけておいたのですが、それがゴミの山の上に乗っかって、端が丸まった緑のリボンのようでした。パットはわたしに一言も話しかけずに、家を出ていきました。

表の戸が開いて閉まる音を聞いたあと、長い間台所に座っていました。自分で縫った台所の窓の黄色と白のギンガムのカーテンから日の光が漏れるのを眺めていました。ブリキのやかんに、鋳鉄の深鍋とスキレット、木製ののし棒と柄の長いスプーン、包丁、青と白のお皿にお碗、同じ柄の茶碗とお皿に日の光が当たるのを眺めていました――夕食にお客を呼ぶときのためにお皿はどれも四セットずつ買ってもらったのですが、パットは誰も招待しませんでした――それから真ん中にピンクの八重咲きのバラが二輪描かれた取り分け用の盛り皿。どれも自分のものだと思っていたのですが、実はどれもパットのものだったのです。あのひとはわたしから台所を取り上げたのです。もう何ヶ月も、あれやこれやの言葉で。あの日がその仕上げでした。ゴミ箱の残飯はわたしはもう料理人じゃないんだという証《あかし》でした。料理人じゃないんなら、わたしは何者でもないんです。

パットが自分でたどり着いたんです。

自分にとっていちばん大切な人を自分よりしがない人間だと感じさせることができれば、怒りは膿《うみ》や血のように出尽くします。それで癒される、また元の自分に戻れると思うけど、そうじゃないんです。前にも見たことがあります。モリーだって見たことがあります。スウィーティおばさんも、シャーロットも、クリーニーさんと兄弟も。ビルだってそのうち見ることになるでしょう。

証人が欲しい。

ぎょっとしました。台所のあたりを見回して、そんな思いを抱いた女は誰かとおもわず探してしまいました。

証人が欲しい。

しつこく聞こえてきます。ビルとわたしがいる家の中にずっといて、数日後パットが戻って来た時には、わたしに向かって叫ぶのでした。

証人が欲しい。

いいえ、ミス、パットがその間どこで夜を過ごしていたのかは知りません。

インディアナポリス行きの汽車に乗るまでずっと聞こえてました。

最初に出て行ったのはビルとわたしです、ミス。でも戻ってきたのもわたしたちです。出て行ったまま二度と戻ってこなかったのはパットです。

いいえ、声がしたわけではありません、ミス。

そんなことお書きになったら、わたし入院させられてしまいます。わたしだったら、『インクワイアラー』にそんなことは書きません。記者の信用度は話の出所の信用度に勝ることはない、そうですよね、ミス？

そうです、これはパットから教わったことです、ミス。

先を続けても？　それとも、声がどうやって聞こえたか、まだ質問がありますか？

さきほど申したとおり、ビルとわたしはインディアナポリスに行きました。シャーロットのお手伝いのルーシーの親戚がいたのです。あの娘の叔母夫婦に貸し間があって、ケンタッキーでさえなければ、どこだってかまやしなかった。ビルをあの州に連れていくのは御免です。汽車賃はシャーロットが貸してくれて、手持ちのお金はクリーニーさんが、今まで見たこともないほどたくさんのお札を包肉紙の切れ端で包んだものを、ビルとわたしを駅で見送るときに渡してくれたのです。シャーロットはまた赤ちゃんが、三人目ができて、はじめてつわりで苦しんでいたので、一緒に来られませんでした。今度は女の子に違いないとぼやいていました。

「女の子は生まれてくるのを待つのさえ厄介」シャーロットは忍び笑いを漏らして言いました。

「シンシナティに帰ってきて、この子に会ってね、アリシア」娘に会うのが待ちきれないという微笑みを浮かべて、彼女は言い足しました。

鉄道駅で、クリーニーさんも帰ってきてほしいと言いました。

「そのつもりです。ここ以外の場所にいるつもりはありませんから、クリーニーさん」

口にしなかったのは、なぜ出ていくのかという理由でした。

あのころ、パットは本当のパットじゃなかったし、わたしもほんとのわたしじゃなかった。

でも実はね、辛いことだけでもなかった。

ビルとわたしが出ていく前、パットはほとんど家にいなかったので、わたしは今までの料理の仕方に戻ったんです。ビルとわたしはビスケットとホットウォーターコーンブレッドになんでも好きなものを合わせて食べるようになりました。豚肉も、食べられなかった分を取り戻して、また食べたい時に食べるようになりました。そのころは毎日のようにクリーニーさんと顔を合わせていたもんです。ビルとわたし用に厚切り肉を二切れ、それかわたしの好物の首の骨つき肉を一盛り取っておいてくれたものです。

「ハーンさんは豚肉が好きになったのかい？」わたしがまた来るようになって、肉屋さんは顔を輝かせて訊ねるのでした。

「違うんです、クリーニーさん。主人は考えを曲げないんです」とわたしは答えました。

「また店に戻ってきた理由があるに違いない、アリシア。ビルじゃないかい。育ち盛りだし、育ち盛りの男の子は豚肉を食べないと」と肉屋さんが言いました。

「きっとそのとおりですわ、クリーニーさん」

「奥さんの笑顔をまた見ることができてよかったよ、アリシア」

確かに、ビルは八歳になって、背も高くなり、頭も二枚目で――

はい、普通のきまり文句は「頭も切れて」ということはわかってます、ミス。

ビルは学校で文字を習って、蜂が蜜に引き寄せられるようにパットの本を読むようになりました。

ほらね、ミス。これもきまり文句ですよ。わたしはここの生まれなんです、ミス。

ビルは本がないのがいちばんさびしかったようです。あのころはまだ読める言葉が少ししかなくて、読めないところは飛ばしてました、水の上を飛ぶ石みたいにね。ずっと読書好きのままです。

ミスター・パットに感謝しないと、とのちのち言ってました。

インディアナポリスへの荷造りをするとき、少ない荷物で行くとビルには言ってありました。ミスター・パットの本を持っていってもいいかと訊くので、一冊だけ選びなさいと言ったんです。目につくいちばん厚い本を選んでました。ビルは切れた二枚目なんですよ。

何の本なのか訊ねたら、題名を読んでくれました。『完全版古代ギリシャ神話』

「ギリシャはミスター・パットの出身地よ」それがパットの島の話《ストーリー》のすべてではないとわかっていたけれども、教えてあげました。

ビルは目をまん丸にしてました。その本をインディアナポリスに持っていき、そして持って帰ってきたんです、ちゃんと。まだ持ってるんですよ。

絵ではパットに知ってほしいことを伝えられないので、クリーニーさんに頼んで代わりに言葉で書いてもらいました。

「主人にインディアナポリスのルーシーの親戚の住所を伝えてください」

「本気かい、アリシア？」と肉屋さんは訊ねました。

「夫ですから。わたしがどこにいるのか知るべきでしょう、クリーニーさん」

「それだけかい、アリシア？」

「ええ、それだけです、クリーニーさん」

それだけではありませんでしたが、クリーニーさんの前で口にできることはそれだけでした。

パットの仕事は書くことですから、わたしにも手紙を書いてくれると思ってました。封筒が届き、その中には小鳩とカラスが互いに頭を寄せ合う姿が描かれていると思ってました。パットにはお金があるから、インディアナポリス行きの汽車の切符を買い、シンシナティに旅行かばんを置いたまま、ルーシーの叔母夫婦の家の扉をノックして、ビルとわたしを連れて帰ってくれると思ってました。パットはまだわたしの夫ですから、わたしもまだあのひとの妻だと思っていたのです。

インディアナポリスには何も届かず、誰もやって来ませんでした。ビルとわたしは自分たちでシンシナティに戻ってきたのです。

いいえ、そんなに長くは離れておりませんでした、ミス。

ビルは学校に戻りたがっていたし、わたしも家に帰りたかったのです。

外から見ると、家は前とまったく同じ様子でした。玄関ポーチの枯葉は掃かずに散らばったままでしたが、それは予想できたことでした――パットが箒《ほうき》を手にするなんて想像できませんもの。扉を開けるとあのひとのパイプ煙草の匂いはほとんど消えかけていました。ビルとわたしが出ていくときにもう消えかかっていたのです。家具はそのままでしたが、棚には本がありませんでした。一冊たりとも残っていませんでした。空っぽの書棚を見て、ビルがあんぐりと口を開けていました。台所へ行って水を飲むように言いつけました。二階へ行くと、ベッドは整えないまま、しわくちゃのシーツと枕が丸まったままで、あのひとが起きたばかりで今洗面所で髭をそっていても不思議はないくらいでした。寝台の下に、くたびれた革の使い古された旅行かばんがないか、擦り切れた角の感触を探りました。

あのかばんなら、本をひと抱え、蟻《あり》ほどの文字がゴキブリぐらいに見える拡大鏡《ルーペ》、櫛に髭剃り杯《カップ》と剃刀、黒いスーツに、どちらも親指のところに同じ頑固な穴がある靴下二足、ワイシャツが三枚にスペアの襟《カラー》にカフス、ハンカチ二枚、その上に、きれいに畳んだ肌着が一山――どのシャツも下穿きも最上等の砂糖みたいにまっ白にこすり洗い、原稿用紙のように滑らかになるまでアイロンがけしてありました――それだけ全部入るでしょう。わたしに聞き分けがあれば、洗濯のためにどれだけの時間が奪われることになるか、シャーロットが教えてくれたでしょうに。

あのひとは、黒いスーツのきれいな方と、シャツに襟にカフス、ネクタイ、やっぱり親指が突き出し冷えるままの靴下に靴――たった一足で、いつも磨き足りない状態の靴――それから、くすんだ野うさぎ色で頂は潰れたケーキみたいなつば広の帽子を身に着けて出ていったのです。その衣装の下には、ヘンリエッタ生地の肌着が隠れて肌に寄り添っていました――いくらがんばっても白さが足りず、アイロンが足りず、頑固なシワがなくならず、シャーロットに続いてわたしを悩ませたあのヘンリエッタ。

それもみな今では亡霊みたいなもんです――

いいえ、ミス、肌着についてわたしからお伝えできることはこれ以上ありません。

『インクワイアラー』の読者はそんなことを知りたがるんですか？　男の人の肌着のことを？　そんな陳腐なものに興味があるとしても驚きませんけど、言わせていただければ、話の核心はそれじゃありません。それを求めてここまでいらっしゃったのなら、これからですよ、ミス。

台所は出ていったときそのままでした。悪くなるような食べものは何も残していかないようにしていました。パットはひとりきりなら足を踏み入れないとわかってたんです。でも、八重咲きのバラが二輪ついた盛り皿が見当たらなかったので、入ってきたのに違いありません。きっと割れたんだろう、それであのひとが捨てたんだろうと思います。出掛けにあのひとが旅行かばんにお皿を入れるところなぞ想像できません。

パットは台所にメモを残していきました。ビルが最初に気づいたんです。

大鴉が墓石の上にとまって首を傾け、かぼちゃを切ったような三日月を見上げています。墓石には文字が書かれていたので、ビルに読んでくれと頼みました。ビルは単語じゃないって言うんです。

これです、ミス。アンダソンさんがこのメモをお見せするべきだって。検認裁判所も見たがるだろうって言ってました。

ええ、文字が何を表すのか今はわかります、ミス。

「M・de・M」わたしを埋めるのに、少なくともわたしの本名を使わないだけの礼儀はパットにあったってことです。

アンダソンさんによると、パットは十が二つと七つ、わたしは十が二つと三つでした、ミス。パットと今結婚するならば、写真を撮ってもらうでしょう。アンダソンさんはそうしたんですよ。若い奥さんと誇らしげに並んで立って。奥さんは、今どきのお嫁さん好みの全身白い衣装で。古着はひとつも身につけやしなかったって請けあいますよ。そんなこと考えもしないでしょう。シャーロットとクリーニーさんも考えやしませんせん——三人目でひとり娘のアルマにはいいものしか着せません。そのあと、男の子が三人続きました。アルマにはぜんぶで五人、男の兄弟がいるんです。クリーニー家は男ばかりなんですよ。あの子の名前の最初の半分はわたしからです。後の半分はメアリ、ケンタッキー州を生きて出ていくことができなかったシャーロットのお母さんからです。

写真がなくても結婚許可書と婚姻届が証拠としてあるじゃないか、とアンダソンさんが言ってました。婚姻届はシャーロットとフィールド夫人が×を書いたときに一度見ました、って言いました。結婚許可書については、結婚前にミスター・パットが見せてくれたけど、見たのはそれきりです。ミスター・パットは、バラの皿と一緒にその書類も旅行かばんに詰めたのかもね、とアンダソンさんに言ってやりました。口元の様子からアンダソンさんは面白い冗談だとは思ってないことがわかりましたよ——

いいえ、ミス、アンダソンさんは「ミスター・パット」とは呼びませんでした。ふたりは会ったこともないのに、そんなことありえないじゃないですか。

わたしの言い間違いです。朝からずっと長かったですから。この年になるとね、ミス、名前も忘れがちになって。

結婚許可書の写しが市の裁判所の記録にあるのだけれど、裁判所で火事があってわたしの結婚関係の書類は他のたくさんの書類と一緒に燃えてなくなってしまったって言うんです。『インクワイアラー』の紙面にわたしの話が載れば、検認裁判所へ行って事務官に見せて、わたしがミスター・パットと結婚した記録を「しゅうふく」するよう頼むってアンダソンさんは言ってます。許可書でしか結婚が証明できないのなら、シンシナティには罪深い人生を送ってる人が大勢いるってことになりますよね。

このことは書いておいてくださいね、ミス。

今のところはあなたの手にあるメモがわたしの証拠です。これもそう。

ほら、コーヒー缶五つ分のメモがあるんです。パットがわたしに描いてくれたメモをひとつ残らず取ってあるんです。ヘイスラムさんの下宿にいたころの最初のは、コーヒーの輪染みがあるでしょう。

この紙切れの小鳩と大鴉の意味がわかるようになるには、わたしの話を知らないといけないでしょう。そうじゃないですか、ミス？

この街の出来事を記録する新聞『インクワイアラー』の読者は、日本の女ではなく、わたしこそラフカディオ・ハーンの法律上の妻だって知るべきだとアンダソンさんは言ってます。

ええ、アンダソンさんに彼女の名前を聞きました。

ええ、子どものことも知ってます。

息子が三人に娘がひとり、とアンダソンさんが言ってました。想像しようとはしたのですが、目に浮かばなくて。シンシナティではアイルランドとギリシャと日本の混血なんて見かけたことないですからね。実のところ、ここで歓迎されるかどうか怪しいものです。パットは、自分は混血だ、オリエントのローザとアクシデントのチャールズの子だっていつも言い張ってたけど。

西洋《オクシデント》ですか？　きっとミスの言うとおりなのでしょう。

日本の女に対して、パットと何年も一緒にいたことや、子どもを授かったことに恨みがあるわけじゃありません。彼女もわたしに相続権があることを恨むのは筋違いでしょう。アンダソンさんには、裁判所にはミスター・パットのお金を全部要求しないで、法律上の権利がある分だけ要求してほしいと伝えてあります。

彼女に知ってほしいことですって？　日本でも『インクワイアラー』を読んでるってことですか、ミス？

じゃあ、正直に言います。彼女の前にも他に愛人はいたと言いたいです。そのうち幾人かはここシンシナティにいたんじゃないんでしょうか。ニューオーリンズにも絶対いたと思います。でも、彼女らの話《ストーリー》は彼女らの話ですし、彼女の話は彼女の話です。わたしは彼女やほかの女性の人生にいた男を取り上げるつもりじゃないんです。わたしの夫としてのパットを認めてほしいだけなんです。

ええ、ミス、パットがニューオーリンズへ出ていったことは知ってます。

最初は知らなかったんです、だって、ほら、最後のメモには、墓石に書いてあること以外に文字は書かれていませんでしたからね。

出ていって半年ぐらいして、あのひとの住所を渡すために、パットが人をよこしました。

ええ、ミス、わたしはまだその時同じ家に住んでいました。

パットは出ていく前に一年分の家賃をビルとわたしのために支払っておいたんです。貯金があったとしたらなくなってしまったに違いありません。前も言ったように、ケチなひとではありませんでした。

「太っ腹で愚か」シャーロットに教えたらそう言ってましたよ。あなたのクリーニーさんもそうじやないの、と言ってやりたかったわ。

「雨露をしのぐ屋根があって助かるわ」って代わりに言ったんですけどね。

「これからどうするつもり、アリシア?」

「わたしは料理人よ」ときっぱり言いました。「その腕前にお金を払ってくれる人がまだいるじゃない? また仕事が見つかったら、汽車賃はすぐに返すわ、シャーロット」

「そういうつもりで言ったんじゃないの、アリシア。お金のことは少しも気にしないわ。あなたとビルがちゃんと暮らしていけるか――」

ミス、ペンのインクが切れました? シャーロットの名前が出てきてから何も書いてないですね。さしでがましいようですが、ひとりの男の話だけではわかったことにならないですよ。そのひとのまわりの人間も言いたいことがあるんです。

ええ、ミス、あなたが記者だってことは知ってます。

パットがよこした人? 名前はワトキンさんでした。ヘンリー・ワトキンです。

あの晩、玄関ポーチでわたしが帰ってくるのを待っていて、ラフカディオ・ハーンの長年の友人だと自己紹介されるまで、ワトキンさんのことなんて聞いたこともありませんでした。

いいえ、ミス、ワトキンさんは黒人じゃありません。

最後に消息を聞いたときは、ウォールナットヒルズの老人ホームに住んでました。あのひとも山ほど言いたいこと《ストーリー》があるだろうけれど、わたしの話とは違いますから。

若いころのラフカディオにシンシナティで最初のマトモな仕事をやったのが自分だってワトキンさんは言ってました。あろうことかエデン・パークのベンチで出会ったんですって。ラフカディオはもちろん本を読んでいてね。今までで最悪の活字工見習いだったよ。生まれたてのワン公ほどの視力だろ。肝心の活字以外はあたり一面インクだらけにしてさ。わしの工房から出ていってもらうために他の仕事を見つけてやった。あのころは工房に寝泊まりしていて、家内がそれを嫌がってね。ラフカディオは読書家だったから、図書館のほうが向いているだろうと思ったら、そのとおりだった。ところが、その図書館長がけちん坊《ぼ》でさ。あんまり給料が少ないんで、ラフカディオはあいかわらずうちの工房の床に寝起きするというありさまだ。それでまた次の仕事を見つけてやってね、もっと大きな印刷所の校閲の仕事でね。その上彼にマシな眼鏡を買い与えてね。金も少し貸してやったから、ヘイスラム夫人に下宿代を払えるようになったんだよ。そうしてやってよかった。お前さんに出会えたのがいちばんよかった。お前さんの髪の毛の色の話ばかりするんだよ。シナモン色だって、ラフカディオは言ってたね。

こういった話は後々、ワトキンさんとわたしが知り合ってから聞くことになりました。

最初に出会った晩は、ワトキンさんは焦って心配してばかりでした。工房の店番をしてくれる人がいれば、次の日にでもメンフィス行きの汽車に乗って、そこからニューオーリンズ行きの汽船を捕まえるつもりだ、って。あの地方で報道の仕事をしたご褒美がデング熱だよ、ハーンさん。ルイジアナ名物といやあ蚊と南部野郎と決まってる、と注意しておいたんだ。だがラフカディオがどんな男か知ってるだろ。こうと決めたら、思いとどまらせるのは無理だからねえ。

今日ラフカディオから手紙を受け取った、とワトキンさんは言うのです。ラフカディオが隔離されている病院の住所をおたくに知らせてほしいそうだ。おたくのビルが住所を読めるからって。これ、ビルがわしの手書きを読めるといいが。印刷工はね、字が上手くねえんですよ、ハーンさん。

いいや、ラフカディオはお前さんに何かしてほしいてなことは言ってなかったです、ハーンさん。お前さんと、それからビルが、手紙を送ったらよろしかろう。どんなに威張ってる男も病気で寂しくなるもんだからね、ハーンさん。

差し出がましくなければ、ハーンさん、お願いしたいことがあるんだ。もしラフカディオが残していった服があれば送ってくれんかね？　それよりも、今晩わしが衣装を受け取ってニューオーリンズに持っていこう。ラフカディオはお前さんに知られたくなかったんだが、知らせない理由がないじゃないか。服は質に出しちまってたぶん着の身着のままなんだ。ここシンシナティにたどり着いた時とおんなじぐらいニューオーリンズで貧乏してるんだよ——今じゃ健康さえないわけだから、もっと貧乏だ。

「ここには何も残していってないんです」と言う自分の声が耳に入りました。心臓が喉につかえているような気持ち。心が張り裂けて歌いだしそうな。

だったらわしは行くよ、とワトキンさんは言ったのでした。おたくの玄関ポーチに突然お邪魔する形で会うことになろうとは思ってもみなかったです、ハーンさん。もっといい知らせがあるときにまた会えるといいが、そうでなけりゃ、ニューオーリンズからお前さんとビルあてに手紙を送るよ、ハーンさん。

ワトキンさんはきびすを返して帰ろうとしました。

夜空から吐き出すような雨でしたが、わたしは彼を招き入れることはしませんでした。

それから、突然まるで冬のように、あのひとは振り返ったんです。

わしが証人になるはずだったってことラフカディオは言ってたかい、ハーンさん？って訊くんです。結婚式のさ。あの日、すっかり行く準備をしていたんだが、家内がね——まあ、今となってはそんな話をしても仕方がない。ラフカディオはがっかりしたはずだ。お隣の女性がわしの代わりをしてくれたと言っていた。その節はふたりのためになれず申し訳ないことをした、ハーンさん。わしにとっては息子も同然なんだよ、ハーンさん。

ミス、もう一度言ってもらえますか？

失礼ですが、質問をうかがう限り、わたしの話をひと言も聞いていないんじゃないですか。

はっきり言いましょう。ミス、わたしが前にワトキンさんのことに触れなかったのは、パットの人生に含めてもらうために裁判所に行かねばならないのはわたしだからです。ワトキンさんの交友関係の主張を否定する人間は誰もいないじゃないですか。

いいえ、ミス、わたしは「ハーン夫人」の名は一度も使ったことはありません。

ワトキンさんが勝手にそう思っていただけです。

毎日の生活で、わたしはアリシア・フォーリーでした。シンシナティは大きな街ですが、下宿屋の大家さんはみな知り合いだし、料理人に洗濯屋、その周りで生計を立ててるひとは誰でもそうです。ヘイスラムさんにはわたしが下宿人と結婚して仕事をやめたことを知られたくありませんでした。もしいつの日か誰か他の人の台所で働く必要ができたときに、仕事が見つかるようにしておきたかった。

そう考えておいたのはよいことでした――スウィーティおばさんなら褒めてくれるわ――だって、よりによってヘイスラムさんの下宿に戻ることになったんですから。仕事は仕事。ヘイスラムさんのやり方はわかってたし、あちらもわたしのやり方をわかってた。わたしがやめてから、入れ代わり立ち代わり若い娘《ギャル》を雇って、今の料理人が結婚せずに子どもができてしまって、これ以上隠し続けることができなくなって辞める予定だと聞いていたんです。ヘイスラムさんの台所へ戻ってみると、まるでやめたことがウソのようでした。また料理をして稼げるのは嬉しかった。

あの晩、ワトキンさんが出ていったあと、ビルに頼んでわたしからパットへの手紙を代筆してもらいました。この子の前で、夫に向けて言えないこともありましたが、それは心にしまっておきました。

書き出しはこうでした——パット様、五ドル送ります。もっとあればいいのですが。よくなるといいですね。まだ帽子があるといいですが。あなたがいないシンシナティも、ヘイスラムさんの下宿も、別の場所のようです。これからは下宿の方へ手紙を送ってください。ミス・キャロラインは体が思わしくなく、ボストンへ帰りました。わたしに雪の結晶を全部残してくれ——

ええ、本当です、ミス。

どうしてそんな作り話をすることがあるでしょう？　ここだけの話ですけど、今、雪の結晶をふたつ身に着けてるんですよ。

ミス・キャロラインがボストンに帰る前、本を詰めるのを手伝ってくれと頼まれました。自分は死ぬんだって言ってました。その手の退屈なことをするのにボストンはぴったりなんだって軽口をたたいてました。あそこにミス・ベリルと並んで墓地があるんだそうです。ベリルが遺産を相続したときに買ったの、とミス・キャロラインは言ってました。あのころわたしたちは若かったけど、二度と離れ離れにならないようにしておきたかった。ベリルが墓に入ってからもう十年近くになる。アリシア、自分がいちばん愛している人間がこの世を去ってしまうと、時が過ぎるなんてありえないと感じる。失恋したの、アリシア？——こう訊いたときのことを覚えてる？　あのときのあなたの答えは何だったかしら？　二枚貝だか甲殻類だか？　あのころのあなたはほんと寂しそうだった。でもそれからパトリック・ハーンが下宿に来て、あなたと彼はぜったいおしどりカップルだって思ったわ。わたしには秘めた想いがわかるのよ。今でもそう思うわ、アリシア。彼が『コマーシャル』で働きはじめて、これほど自慢に思ったことはなかった。『インクワイアラー』なんてボロ新聞よ。あそこの編集者はスキャンダルとニュースはまったく同じものだと勘違いしてる。『コマーシャル』に彼が書いたあなたについての特別記事を読んだわよ、アリシア。すぐにあなただってわかったし、下宿が舞台だから確実だった。ビーンさんも出てきたしね。『コマーシャル』が「我が社の南部特派員パトリック・ハーン」のニューオーリンズからの配信を載せ始めたとき、あなたも彼と一緒に南部へ行ったのだと思っていた。結局、アリシア、あなたは行かなかった。出ていく前にあなたに会えてとても嬉しい、でもあなたがヘイスラムさんのところに戻ってくるのは期待してなかった。アリシア、あなたに何か価値のあるものを残してあげられたらいいのだけれど、これだけの本となにがしかの持ち物を売り払っても、せいぜい無事ボストンに帰って安い棺桶に入るだけのお金しかなくて。でもあそこのベッドの上にある四つの包みをあなたにもらってほしいの。こんなピンク色見たことある？　中国人の洗濯屋は紙の好みが独特だけど、絹の扱いならあのひとたちに勝《まさ》るのはいないから、と思ったのよ。中にあるものはかなり変《クィア》な贈り物だとは承知しているけど、アリシア、わたしの好意だと思って受け取ってちょうだい。わたしに劣らずあなたも満足してくれますように。ヘイスラムさんに包みについて問い詰められたら、わたしに話をするように言いなさいね、そして機会があれば、パトリック・ハーンにも下着のことを知らせること。シンシナティに戻ってきて自分の目で見ろと言っておやりなさい。ニューオーリンズには蚊と南部野郎しかいないからって。

ミス、今朝笑うのははじめてですね。ミス・キャロラインの話は知る価値があるってはじめに言いませんでした？

パットはわたしの手紙を受け取ったことも、五ドルについても、雪の結晶についても何も言ってよこしませんでした。あのひとは書くのが仕事だから、わたしに手紙を書いてくれると思っていたんです。代わりに、ワトキンさんがうちに寄って、危ない峠は過ぎたと伝えてくれました。ワトキンさんは自分でニューオーリンズに行くことはできなかったのですが、現地の印刷屋に自分に代わってラフカディオのもとを訪ねてほしいと頼んでおいたのです。ワトキンさんが「ラフカディオ」と言うたびに、わたしは彼が誰の話をしているのか忘れて一瞬ぼんやりするんです。彼があのひとのことをラフカディオとして話すのを聞く方が楽でした。そのひとのことは知らないから。あのひとの姿が心に浮かばないんです。そのひとの記憶はまったくなかった。心が乱されることもなかった。歌で喉が詰まることもありませんでした。

その時はワトキンさんを家に招いたのですが、彼は周りの棚を見回して、残っているたった一冊の本に目を止めてました。彼の視線を追って、それはビルが最初から最後まで読んで、またすぐ最初から読み始めたんだって言ってやりました。ワトキンさんは、わたしが構わないのであれば、またここに来てビルにもう何冊か本を持ってきてやりたいと言いました。そうしてくれたんですよ。そうやってあのふたりは知り合いになっていったんです、一冊、また一冊とね。あとになって、ビルはワトキンさんと印刷工房に行って、あの子が何を読んでどんなことを理解したのかという話をして時間を過ごしていました。ビルはあのひとのことをミスター・ヘンリーと呼んでました。ビルが学校を卒業すると、ミスター・ヘンリーが工房の見習い仕事を持ちかけてくれたんです。

ビルは近ごろもちゃんとやってますよ、ミス。

そうです、仕事は印刷工です。

そうです、今では結婚してます。

そうです、今でもシンシナティに住んでます。

そうです、ミス、毎日顔を見ます。

すみません、ビルは今では自分の仕事があって家族もいますし、彼はわたしと一緒に新聞に名前を出して自分の話を載せると決めたわけではないんです。自分で決心したらきっとそちらに連絡すると思います、ミス。

ワトキンさんが現れてから二年ほどたったころ、わたしが朝食の後片付けをしていたら、彼がヘイスラムさんの台所のドアをノックしてきました。

ハーンさん、いつかはまたいい報せを持って前触れなく訪れたいところですが、今日は違うんです、と話し始めました。ラフカディオがバトンルージュで亡くなったんです。マラリアだって聞きました、と言う彼の目は台所が火事だとでも言う感じでキョロキョロしていました。わしがいない間に知らない人から聞いてほしくなくて。ハーンさん、家内の容態がわるいので、町を出てヴァージニアの家内の親戚のところへ行くことになって。いつ戻るかわからんのですが、きっと戻ります。

その夜、パットのために声を出してお祈りをしました。

神さま、パットは欠点の多いひとでしたが、ここに一緒にいる間だけでなくて出ていったあともビルとわたしの世話をしてくれたんです。ワトキンさんのことも気にかけてて、あのひとはパットのためならどんなこともするひとです。

肩の上に冷たい手を感じました。

パットが信心深くなかったことを許していただくように、天の王国に入れてもらうように神さまにお願いしました。天国にはたくさん本がありますように、パットが読書に飽きたら、雲の隙間からイオニアの青い海を見下ろせますように、とお祈りしました。どうか神さま、パットを安らかに眠らせてください。アーメン。

「ラフカディオ」のためにお祈りすべきだとは思いつきもしませんでした。その名前を声に出して言ったならば、背筋に羽根が触れたはずなんです、だってあのひとは生きて息をしてたんですから。いいえ、ワトキンさんがどうして嘘を言ったのかはわかりません、ミス。もしかしたら、話しながらそれが嘘だとはワトキンさんも知らなかったのかもしれません。あるいは、もっとありそうなことは、パットに頼まれて言ったのかもしれません。パットは残りの人生、わたしのことを考えずに過ごし、わたしにも同じようにしてほしかったのでしょう。

パットが亡くなって、ワトキンさんとわたしのつきあいが途絶えたのももっともなことだと思ってました。奥さんが亡くなってシンシナティに戻ってきてからは、わたしよりもビルによく会ってました。ワトキンさんとビルは本がとりもつ仲だし、それから同じ仕事に就いたわけですから。ワトキンさんとわたしは、ひとりの男しか共通点がなくて、その男のことをふたりは違う名前で呼び知っていて、その男といるところをお互いに見たことがないんですから。

いいえ、パットがどうしてワトキンさんとわたしを会わせなかったのかはわかりません、ミス。パットは気軽にワトキンさんを夕食に誘うこともできたはずです。お客のための椅子もうちにはあったんですから。お皿もお椀もお茶碗とソーサーのセットもあったんです。最初に頭に浮かんだ答えで嫌な気持ちになりました――パットはわたしを恥じていたから――ふたつ目の答えも嫌でした――パットは自分を恥じていたから。だから三つ目の答えをお話しすることにします。

ワトキンさんとわたしが知っていたのは同じ人間ではなかったのです。パットとラフカディオは同じ姿かたちをした分身で、ふたりは違う物語を語り、違う言葉を使い、違う料理を食べ、違う通りに詳しく、違う人間とつきあい、互いの嘘に気がつかなかったのです。

ラフカディオはワトキンさんに自分が死んだと作り話をするように頼んだのです。それから何年もたって、懐かしさに駆られ、ウィスキーの一、二杯も手伝ったのでしょう、嘘をついたことを忘れて手紙をよこしたのでした。

手紙を書いた人間は、わたしの給料だけではあの家の家賃は払えないとわかっていたので、手紙はヘイスラムさんの下宿に送られてきました。そのとおりでした。クリーニーさんはできるときにはビルとわたしが出ていくのを手助けしてくれましたが、彼とシャーロットの家族はどんどん大きくなって、そちらの方の面倒を先に見なければなりませんでした。お肉屋ではそれでもビルとわたしのためにいい肉を取っておいてくれました――そのころには、兄弟で二つの店があり、いまでは三つ店があります。わたしは台所の黄色と白のギンガムのカーテン以外は売るか質に出すかして、でもビルの本だけは別で、本はワトキンさんのおかげで数が増えていきました。ビルが十と八つになるころには、シンシナティのたいがいの大人が読んだよりもたくさん本を持っていたんです。今ではもっとたくさん本がありますよ。

ヘイスラムさんは封筒をわたしに見せ、けげんな顔を向けてきます。封筒を夫人の手から受け取ると、パイを切り取ったようなAの文字と、横に歯が突き出たFの文字からわたしの名前だと見て取れました。夫人は台所の匂いが自分のドレスに染み込むのではといまだに恐れていたくせに、そそくさと出ていく代わりに、立ち尽くしてわたしのことをじろじろ眺めているんです。わたしは封筒をエプロンのポケットに入れると、その日のスープ作りに気を戻しました。

誰から来たのか知りたくないのかい?と訊ねるヘイスラムさんの頭は、紐を結んだおもちゃの風船が上下に弾んでいるようでした。わたしが知りたがっていると決めつけた上で、手紙はハーンさんからだよ、新聞記者になったあのアイルランド人だよ、と言うのでした。あのひとのこと覚えてるかい、アリシア。

それは質問ではなく、夫人の声の調子は――まるでわたしが食料庫から砂糖を盗んだかのような感じで――このひとは台所の事情を口にするよりもずっとよく知っているのではと思わせるものでした。

ハーンさんはね、どこか外国からあんたに手紙を送ってきたんだよ。フランスの地名に見えるけどね、と台所の匂いに鼻をふんふんさせてつけ足します。

絶対表情に出さないようにしました。モリーがそうするのも見てきましたが、やり方と理由を教えてくれたのはスウィーティおばさんでした。おばさんは仮面をかぶるんだって言ってました。仮面をかぶれば、相手はこちらも、心の中も見えなくなるんだ、と教えてくれました。おばさんの仮面は微笑みでした。モリーの仮面は真顔で、眉も唇もまっすぐ、唇はいつもにもまして薄くなるんです。わたしの仮面は子どもが目を見張るような、まるで世界のすべてが目新しいような、言われたこともすべて初耳のような表情でした。

アリシア、何か言うことはないのかい、この件で？　ヘイスラムさんが訊いてきます。

言葉は表情以上に漏らさないように注意を払いました。ひと言も言わずに、代わりに左右に首を振ります。

ヘイスラムさんが台所から出ていくと、エプロンから封筒を取り出して夫人が開けたかどうか確認しました。封には誰も触れていませんでした。夫人はその判断を後悔しているに違いないと思いました。封筒を外套とバッグと一緒にしまうと仕事に戻りました。

そりゃ驚きましたよ、ミス。

でも、ハーンさんとやらが、死んでから何年もたった後に手紙を送ってきたからって、下宿人八人とヘイスラムさんの夕食は待ってくれませんからね。それに、ビルに手紙を読んでもらうまでわたしにできることは何もないんですから。あの子の目が触れるまでは、手紙は無言も同然でした。

ミス・キャロラインがまだ下宿にいたなら、手紙を読んでもらったかもしれません、でも、ミス・キャロラインも、ビーンさんも、その上ウィーラーさんでさえ、みんないなくなって。ミス・キャロラインのふた部屋には女の人がふたり入っていて、またいとこ同士で、デパートの売り子と鉄道会社のタイピストでした。早朝、まだ厚いカーテンが閉じている間、朝食の席に着いているミス・キャロラインの姿が見えることがありましたが、今ではミス・ベリルと一緒なのでありえないことです。幽霊は、愛されているなら、生きている人間に呼び出されるんだってスウィーティおばさんが教えてくれました。もし嫌われているなら、幽霊は自分で出てきて生きている人間を問い詰めるんです。

差出人住所はマルティニークで西インド諸島の島なんだって、その日の夜にビルが言ってました。手紙を書いたのはラフカディオに違いありません、だって言葉づかいがほとんど知らない人みたいだったからです。ビルでさえ、手紙を読み上げながら苦労する箇所がありました。

ミスター・パットはまるで過去に住む人みたいな書きぶりだね、とビル。

いいえ、その手紙は持っていません、ミス。

わたしが手紙を石炭ストーブにくべているところを見て、ビルも今のあなたと同じ顔をしてました。今ちょうど喉から出た声と同じ声を上げてましたよ、ミス。

ビルに言ったことと同じことを言いましょう。あの手紙を書いたのはわたしの知らないひとです。知らないひとから来た手紙をどうしてとっておくんです?

ええ、中身は少し覚えています、ミス。

手紙を書いた人間は酔っ払っていたのだと思います。島とそこの植物や花、朝日と夕日の長々とした描写がありました。それから自分の孤独と後悔が続き、ビルは読みながら真っ赤になってました。ビルの声が興奮して上ずったのは、自分の名前で本を五冊も出したのだと自慢して、これからもっと出すつもりだというくだりでした。そのうちの一冊は料理本だと言うのです。

ええ、それが本の題名です、ミス。

手紙を書いたひとが嘘をついていないなんて信じられませんでした。ビルは十と八つで知恵もあるので、題名はフランス語で、マルティニークとルイジアナで話されている言葉だよ、と言いました。ふたりともミスター・パットはルイジアナに住んでそこで死んだと思ってたんです。「キュイジーヌ」は料理という意味の上等な言葉だってわかりましたが、「クレオール」はわからなかったです。フランス人かスペイン人が祖先の白人か、同じ祖先の黒人の意味もあるとビルが教えてくれました。ルイジアナでは、ある程度肌の色が明るいと、自分たちのことを「有色のクレオール」と呼ぶのだそうです。でも、白人の血はフランスかスペインでなくちゃいけないんだ、とビルは繰返しました。

「アイルランドやスコットランドじゃなくて？」と訊ねると、それではだめだと答えます。

ビルはその料理本を探し出そうとしたのですが、長年探して一冊も見つけることができませんでした。ニューオーリンズの古本屋に手紙を出すまでしたんです。一軒だけ返事をしてきて、それは聞いたことがあるが、もともと部数が少なかったので市内にもほとんど出回っていないとのことでした。

いいえ、見てみたいとは思いません、ミス。

ほんとのことを言うと、パットにせよラフカディオにせよ、あのひとが当時どういう名前だったにせよ、あのひとが丸々本を一冊書けるぐらい台所のことを知っていると誰かが信用したことに面食らってます。クレオール料理が何かは知りませんが、この人たちが黒人ならば、この人たちのテーブルに上がるものについてわたしも少しはわかると思うんです。わたしが知りたいのは、ここに出てくる料理がこの人たちが自分の家の台所で料理するものなのか、他の人の家の台所で料理するものなのかってことです。ふたつは別物ですから。ひとつめは自分の飢えが欲しがるもの、ふたつめは飢えが自分にさせることです。

わたしが言おうとしていること、完全にわかってもらえないようですね、ミス。

ほら、たとえば豚の首の骨。緩火《ゆるび》でじっくり煮て肉汁を添える――まかないで食べる慎ましい料理です。ヘイスラム夫人や下宿の人に作ることは絶対ありませんが、食べたことがないなんて気の毒なんです。オイスターシチューのように目をつぶってでも作ることができるのは、手が覚えているからじゃなくて心が覚えてるからです。パットだろうとラフカディオだろうと、白人の男の人がそんな料理の仕方を知ってると思いますか？

ミス、あのひとが食堂を経営していたのを知ってますか？

マルティニークからの手紙で、ビルは読んだことを忘れてしまっているけど、わたしは聞いたことを覚えています。手紙で、安くて体にいい料理を出す食堂を共同経営してると言ってました。

そうです、ミス、ニューオーリンズで。

「五銭食堂」と呼ぼうかな、という書き出しでした。

五セントの料理をいったいどれだけ作れるものか、そうわたしは思ってひとり笑ったのでした。ロースト、ボイル、フライ、シチュー、スープ、酢漬、煮こごり？　パットさん、それともラフカディオさん、五セント料理にふさわしいお飾りは？　レモンの薄切り？　パセリの小枝？

品書きのどの料理も値段は五銭《ニッケル》だ、と手紙に説明がありました。でも開店する前に、名前が「辛いご時世《ザ・ハード・タイムズ》」〔ディケンズの一八五四年の長編小説から〕に変わり、そんなのもっとひどい名前に思えました。食事をしているときに、いくら安くて体にいいからって誰も悲しい境遇を思い出したくないでしょう。

店のことを聞いたことがないからって驚きませんよ、ミス。誰が思いついた計画か知りゃしませんが、パットだろうとは思うんです、無一文でシンシナティにやって来て、食べていくために土や糞を掻き出して、これっぽっちの食事のためにどれだけお金がいるか決して忘れなかった人だから。

ええ、ミス、あのひとはまた手紙を送ってきました。

それもストーブにくべました。その前にビルに見せることさえしませんでした。

ヘイスラムさんは二通目の封筒を手渡しながら、お前のハーンさんはもうフランスにはいないんだね、と言いました。

訂正したい気持ちに駆られましたが、でもそんなことする理由がありません。

キューバというところにいるんだってね、と夫人は言いました。

ええ、手紙を燃やしたのは理由あってのことです、ミス。

まだ生きて元気な人とわたしが結婚しているという証拠になってしまうからです。手紙が届いたときには、わたしは十が二つと六つで別のひとの妻だったので。

やるべきことはわかっていましたが時間がいりました。手紙がポケットの中やブリキ箱にあることでその時間を奪われたくなかった。ふたつめの封筒は封を開いて閉じ直したように見えました。

ヘイスラムさんかもしれませんが、そのころ夫人にもたいがいの人にも、わたしはクラインタンク夫人で通っていたのです。

フルネームはジョン・クラインタンクです、ミス、ええ、黒人です。ルイジアナに住んでいて父親がドイツ人でなかったならば、有色クレオールって呼んでもいいんでしょうね。

クラインタンクさんとの結婚は結婚許可書も婚姻証明書もあるのはしいいくだってアンダソンさん

が言ってます。いえ、その言葉じゃなくて。アンダソンさんが言うには、証明書類が残っている結婚の方が法律的には合法じゃなかったのはひにくだって。

だって、パットとわたしは離婚してなかったんですから、ミス。

パトリック・ハーンは亡くなるその日までわたしの法律上の夫、そしてわたし、アリシア・フォーリーはその妻でした。

いったん待ちますから、それをちゃんと書いておいてください、ミス。

『インクワイアラー』読者には、わたしがクラインタンクさんと別れたことを知ってほしい。まだパットの妻のままならこのひとの妻になることはできません。怖かったのは法律じゃない、天の神様です。わたしは罪人じゃない。悪魔はそうなるように誘惑したかもしれないけれど、絶対そんなことはありえません。わたし、天国に行かねばならないんです。あそこに家族がいるんです。神様を信じるなら、人生の道のりはたやすくはないですが、はっきりしています。真っ暗な空に北極星〔南部を去る黒人の道しるべであり、奴隷解放運動誌の名前だった〕が見える。オハイオ川の向こうに自由が見える。あの世で母が待っているのが見える。誰にも――それがジョン・クラインタンクであろうと、ラフカディオ・ハーンであろうと、パトリック・ハーンであろうと――天国へ行く邪魔はさせません。

あのときわたしが恐れた証拠こそ、今わたしに必要な証拠です。アンダソンさんならひにくと言うでしょう。わたしなら肘鉄砲って言います。パットは冷たくなって埋められてるのに、それでもあのひとの言うとおりにさせられる。

ミス、前にも言ったとおり、ひと月ほど前に出版社から手紙を受けとったんです。「ラフカディオ・パトリック・ハーン夫人」という宛名で。どこへ送られてきたと思います？　ヘイスラムさんのところです。パットはあそこの住所を日本くんだりまで持っていったんでしょう。ヘイスラムさんの一番下の妹さんが、この方も未亡人ですが、今下宿を切り盛りしていて、料理人を通してわたしに言付けしてきて。ヘイスラムさんの妹さんに手紙の宛先がわたしだってわかったってことは、じゃあ、ヘイスラムさん——安らかにお眠りください——夫人はパットとわたしのことずっと知ってたんだな、ってわかりました。

ビルに渡して読んでもらいました。それでパットがまた亡くなったことを知ったのです。ビルは涙を浮かべていました。この子に何年も前に言ったことだけど、ミスター・パットよりもミスター・パットの本がなくて寂しいと思いなさい、って。本は代わりがきくから。

ビルに知っていたかどうか訊ねました。新聞の通知をきっと見逃したんだって言ってました、じぼうじきを——

はいはい、しぼうきじです。わかってます、ミス。

ボウとキは合ってますよね？　音の並びを忘れてしまうんです。詰め物を入れすぎた丸鶏みたいな言葉ばかり。パンくず、栗の実、玉ねぎ、それにオイスターまで。鶏だけでいいじゃないの、っていつも言うんです。

パットはお前に何も残さなかった——手紙はそう言っているも同然でした。出版社はラフカディオ・ハーンについての本の中にわたしの名前を入れる許可を求めていたので、アンダソンさんがわたしの代わりに返事を書いてくれたところ、電報が届いて、ハーンさんには日本に妻と四人の子どもがいるって知らせてきて。そのひとたちに相続の権利があるから、わたしに支払う印税も何も、送金するものは何もない、って。それから、わたしの名前はフォースカミングの本には出てこないので、もう許可は必要ありません、って。

「『フォースカミング』てどういう意味ですか？」ってアンダソンさんに訊きました。

「出版予定、という意味で、あと、ありのままという意味もある」と彼は答えました。「ミスター・パットの人生からあなたを消し去るなんて許せない」と彼は息巻きます。

ありのままの真実にたどり着く道筋はひとつだけじゃない、というのがアンダソンさんとわたしの意見です。

「法律の判断だけじゃなく世論の判断もある——僕らはどちらも勝利するさ」とらくてんい主義者は誓うのでした。

ねえ、あなたもそう思いませんか、ミス？

エリザベス・ビスランド（1861-1929）

1906年、ニューヨーク

一八七四年の初め……［ラフカディオ・ハーンは］『シンシナティ・インクワイアラー』紙の一般記者として働いていた。当初その仕事は日々の市場報告からなり、彼の才能を何ら広げることもない類の、とりわけ性に合わぬものであったが、あることがきっかけで、自分はもっといい仕事ができると雇い主らの目を開かせることになる。シンシナティの記録では「タンヤード殺人事件」としていまだ知られるとりわけ残忍な犯罪がインクワイアラー社に伝えられたとき、普段この手の仕事を担当するために派遣される人員がたまたま皆出払っていた。編集長は……日々の市場報告「あれこれ」を提出している内気な新米記者がこの惨劇を担当させてくれとおずおず頼んできたのに驚いた……。数時間後に提出された「初稿」を読むと驚嘆で眉を上げ、「ぶち抜き」大見出しにふさわしいと評価され、謎が謎を呼ぶその後の九日間、突き刺さるような言葉遣いで描かれ、ゾッとするような光景に身の毛もよだつホフマン的事件記事を、シンシナティ中が熱狂的に求めたのだった。

・・・・

つづいての年ハーンは『インクワイアラー』紙を去り、『ガゼット』紙のために一八七六年の万博〔フィラデルフィア万博〕の取材をしており、その年の後半には『シンシナティ・コマーシャル』紙の正規記者であった……。

この頃ハーンの仕事仲間であったジョセフ・トゥニソンは、彼の仕事についてこう述べている――……。

「あの頃ニューヨークの日刊紙にいたならば、彼の記事にライバル紙の経営陣から声がかかったでしょうが、シンシナティでは、彼ほどの優秀な才能を鼓舞する存在はないも同然でした。『コマーシャル』紙は週給二十ドルで彼を雇ったのです……《ママ》薄給にもかかわらず必死に働き、業務を軽んじることは決してありませんでした……《ママ》事件を担当するのに困難や危険を避けることは絶対にありませんでした……《ママ》会社が朝刊日刊紙のいちばん骨の折れる仕事、夜勤を彼に続けさせたのは、最も扇情的な出来事が展開するのは夜の現場だったからで、異常で仰天するような事件で彼は最も力を発揮したのです」

二年以上、それが彼の日課となった。内気ながらも彼が親交を結んだのは、非凡な古典的教育を受けた男ジョセフ・トゥニソン、画家のＨ・Ｆ・ファーニー、そして今ではよく知られるようになった音楽評論家で講演者のＨ・Ｅ・クレビールだった。この交流にハーンは若者らしい情熱を注いだ。だがその情熱は通常の密接な交友関係を超えたもので、それは生来の情熱家であったことに加え、より恵まれた境遇ならば当たり前にあったはずの家族の絆を奪われた孤独な生い立ちによるものだった……。

後年、ラフカディオ・ハーンに頻繁に向けられた批判のひとつは、友人関係において移り気だという評価である……。

移り気だという批判は、ラフカディオ・ハーンをよく知る者にとっては、分析に値するほど充分深刻な問題だ……。この時期に至るまで、血縁からも、学校時代の一時的交友からも、あまりに酷な断絶を経てきただけに、彼には他にどんな繋がりもなかったようである。多くの親密な交友関係が突然終わったり、滞ってしまったりしたのは確かに本当だったが、その理由はいく通りかに説明できる。第一の、そして最もわかりやすい理由は、生来の内気さと異常なまでの繊細さであり、これも、幼い頃の経験によって極端になってしまっていて、生来自信に溢れた気質で子供時代に希望を挫《くじ》かれることもなかった人間には容易には理解できないほどだった。ごく普通の逞《たくま》しい性格にとってはまるで大した意味のないちょっとした表情やひと言が、彼の震えるごとき繊細な感受性には身を焼く酸のように堪《こた》えた。それは機嫌を損ねさせた側からすると、殆どいつも常軌を逸しているように見える恨みがましい怒りへ彼を駆り立てるが、この恨みは大概誤解から生じており、禍根となった。同様の感受性に呪われた者だけが――「蝸牛《かたつむり》の角のように繊細な」者だけが――これほどの特異性を理解し許容することができたのだ……。

端的に言えば、人間には極めて稀な完全さ、繊細さをもって愛するのがハーンだった。このような愛し方をする者ならいつの日か悟るように、自分の情愛の対象が同じ優しさを返すことができないと知ると、騙され裏切られたと感じ、その付き合いが音信不通に沈むに任せることになる。

・・・・

［ハーンの］……シンシナティ時代は、非現実的道徳規範を怒りに駆られて追求するがゆえの試みや迸《ほとばし》りが時として汚点を残し、遂には会社との繋がりを断ち、街との繋がりを断つに至る。ジョセフ・トゥニソンによれば、異容の民族や文明を研究する性向から、「怠惰で肉欲的な黒人種」に魅力を見出すに至り、「研究の末、彼だけが導き出せる浪漫の感性で黒人種を染めあげた」という。「黒人にとっては日常の当たり前の物事を、彼の強烈な想像力が夢物語に変えてしまったのだ」

このことが結局彼を無理な試みに駆り立て、友人らの恨みを買うことになるのである。

・・・・

ハーンは病を得て、惨めで、頼る人もなく、他の場所への逃避の思いが自然と頭に浮かぶようになった。トゥニソン氏は、ハーンが一八七七年に敢行したニューオーリンズへの移住について、その決定に影響した要素を以下のごとく述べている――

「ハーンが筆力を養うにつれ、シンシナティでの境遇への不満が大きくなった。肉体と精神が南方の空気と風景を求めていた。ある朝、シンシナティでは珍しいほど陰湿な冬の夜のいつもの激務の後、世間話をしているときに、彼は新聞社の同僚がメキシコ湾岸州の光景を述べるのを耳にした。白い列柱と木々が美しく並ぶ南北戦争前の綿花王の古い邸宅、背後に白塗りの黒人居住区が広がり、苔《スパニツシユモス》がぶら下がる糸杉と常緑の樫、花開くマグノリアの香り、早朝にモッキングバード《マネシツグミ》の歌が聞こえる風景」

ハーンはその一語一句を非常な興味を持って受け止めた……。その風光明媚なさまが目に見え、耳に聞こえ、匂うばかりであった。ニューオーリンズに出立してから間もなくこう述べている――

「いつかは行かねばならなかったのですが、あなたの描写……そして南方が感覚に訴えてくる力が、私に決断させたのです。南部なら気分も上向き、仕事も上向くことでしょう」

・・・・

最初にニューオーリンズで射止めた仕事は『デイリー・アイテム』紙という弱小紙のひとつで、

そこでゲラを読み、交換記事をまとめ、論説記事を書き、たまに翻訳やちょっとした創作作品を寄稿した……。その一方で、古色蒼然として舗装もされず荒れ果てた一八七〇年代のニューオーリンズ——戦争、貧困、疫病、そして再建中の南部で暴利を貪る北部出身者《カーペットバッガー》の失政で瀕死の状態に叩きのめされた都市は、自分が後にした繁栄し右肩上がりの街よりもはるかに好みに合ったので、彼は転地を喜んでいた。

彼が滞在した、陰鬱でメランコリックな大邸宅の並びにある部屋は、放置され壁がボロボロになり、過去の繁栄の輝かしさを伝える内装は破れ放題……朽ち落ちつつある壁に囲まれ釣り花籠が下がる薄暗い中庭、行商人の呼び声、さすらい人の夜半の歌声——多彩な多言語文化の街での亜熱帯生活は、若者の気質の浪漫的側面に絶えず訴えかけた。惨めな都市の状況から生ずる疫病の危険を顧みることはまったくなかったが、翌年の夏に黄熱が大流行しニューオーリンズから人の姿が消える頃、デング熱に罹《かか》り生死を彷徨うことになった……。

日刊報道の軛《くびき》から解放されたいという願望に常に駆り立てられ、経済的実験に身を投じ、一時期は食費を週僅か二ドルにまで切り詰めなんとかかき集めた蓄えを、食堂経営をしていた詐欺師に託したところ、男は事業の失敗が明るみになるや姿を消してしまった……。

その一方で玄人好みの稀書を貪欲に買い集めたため常に貧乏であったが、仕事の道具としてはこちらの方が、他の投機的出資よりも良い投資だと判明した。ついには、自作の初期文学論と、珍奇な文物への彼の典型的好事家振り［傍点原文ママ］を表す切り抜きをまとめた一連の興味深いスクラップブックに加え、相当価値のある蔵書数百冊を収集した。

一八八一年、非常な幸運により、ハーンは新規合併した『タイムズ・デモクラット』紙と接触することになる——本紙の誕生は長らく低迷した地域再生に向けての最初の徴候となるもので、スタッフには……アメリカ人と地元のクレオールがともに参加していた……。

最初の仕事はフランス人作家の作品を毎週翻訳することだった――テオフィル・ゴーティエ〔フランスの詩人・小説家、一八一一～七二〕、ギ・ド・モーパッサン〔フランスの小説家、一八五〇～九三〕、ピエール・ロティ〔フランスの小説家、一八五〇～一九二三〕らの本を英語読者へ紹介した最初期のひとりがハーンで、彼らの美しい文学作法への敬意を一時も失うことがなかった……。大概はこれらの翻訳小説に併せて登場人物や作家の手法を解説する文章や、作品の主題についてのハーンの解題が新聞の別の箇所に掲載され、しばしばこれらの解題文は、歴史上の有名な剣士、東洋の踊りや歌、イスラム教の勤行《ムアッジン》の知らせ、アフリカの音楽、歴史上の恋人たち、ユダヤ教のタルムード伝承、仰天するような文学的偉業など、数多の風変わりな題材について彼の好奇心旺盛な探求の方便となった……。

・・・・

若さゆえの憧れから、私がラフカディオ・ハーンに引き合わせてもらうことができたのは一八八二年の冬のことで、それが彼が亡くなるまで絶えることなく続いた親交の礎となった。

当時の彼はかなり風変わりで忘れられぬ人物であった。五フィート三インチ〔約百六十センチ〕ほどの身長で、その背丈としてはふさわしからぬほど広くがっしりした肩をして、その足取りや動きには女性的とさえ言える優雅さと軽さがあった。両足は小さくきれいな形だったが、常にこの上なく無様で手入れを怠った靴を履き、全体的に衣装も変わっていた。お気に入りの外套は、冬も夏も、厚手のダブルの海軍ジャケット《リーファー》で、つば広で柔らかな帽子は、友人らの間で常に冗談の的だった。残りの衣装も見るからに見映えよりも丈夫さ優先で購入した品だったが、例外は下着《リネン》で、赤貧の日々でも常におろしたてで上等だった。実際、風変わりな清潔さが彼の特徴で、文明に汚されぬ未開人や野生動物の清潔さであり、それに比すると最も身だしなみが良い人間や飼いならされ手入れされた動物でさえ薄汚く見えてしまうほど、本質的かつ生来の雰囲気が充溢《じゅういつ》した清潔さだった。両手はとても繊細でしなやか、すばやくて引っ込み思案な動きでありながら魅力を湛《たた》えていて、声は音楽的でとても柔らかだった。常に短い文で話し、話す態度はとても控えめで丁重だった。頭部はとりわけ目立って美しく、横顔は力強くかつ繊細で、鼻、唇、顎は立派な造形だった。額は四角く目の上が広々として、顔色はくすみなく滑らかなオリーヴ色だった。視覚への負担が過重なため、片目が通常よりもかなり大きくなっており、視力はその片目にかかっていたが、大きくうるんだ茶色でまつげが濃かったので、元々事故の前は凜々しい両目であったに違いない——彼は事故の影響を誇張し大げさなほどに気に病んでいた。会話をしているときは、しばしば、怪我した目をほぼ本能的に片手で覆い、相手から隠そうとしていた。

異常なほどに内気で、とりわけ見知らぬ人や女性に対してそうであったが、それはぎこちない振る舞いとして見て取れるものではなかった。落ちついて威厳があるが、信頼感を得るまでは、極端なほどに寡黙で遠慮がちなのだった。とても気に入り信用している人間の前では、その声と態度は優しさと情愛に満ち、人を信じて疑わなかった。だが、これらの人の前でも、ちょっとした目つきや声の調子や身振りなどが警戒心を抱かせると、突然何も言わずに姿を消し、そのまま数日、数週間もいなくなることがあり、そして突然逃げ出したことについて何の説明もないまま、再び無言で何の予告もなく姿を現すのだった。限られた視力にもかかわらず、第六感か何かで、話し相手のごくごく僅かな表情の変化を察知する能力があり、彼の観察を逃れる気色は何ひとつなかった。話をしている時の彼の癖のひとつは、歩き回りながら部屋の調度に優しく触れて回ったり、庭の花に触れたり、小さな物体を拾ってポケットのルーペで観察したりすることで、そうする間にも柔らかで半ば申し訳なさそうな声音で淀みなく見事に才気走った話をしつつ、相手の意見に常に敬意を払うのだ。差し出されるどのような意見も、自分との相違にかかわらず、彼は敬意を持って受け取り、ある言い回しや提案が気に入ると、その顔は喜びで極めて魅力的に輝き、決して忘れてしまうことはなかった。

これ以上に魅力的で、時として夢のように才気煥発な話し相手は想像するのも難しいが、彼の仰天するほどの神経質さを伝えるのも同様に不可能に近い。よい関係を保つには、チャイロコツグミ《隠遁者》につきまとって巣を探るほど辛抱強く慎重でなければならない。怒りや粗暴さを誰かに対して少しでも示そうものなら彼は飛び去り、精神的、肉体的痛みにまつわる話を聞けばわなないて退き、倦怠や恨みをたとえ一瞬たりとも表情に出せば、もしそれが彼が背中を向けているときであったとしても、すぐさま超自然的な手段で彼の意識に伝わり、一瞬にして彼は消えてしまうのだ。引き止めたり、説明したりすれば、その不在時間が延びるだけである。結果として神経衰弱的印象を与えるとすれば、彼の挙動の奇矯さを述べ立てるのは誤解を招くかもしれない。というのも、この極度なまでの鋭敏さが並み外れて精力的な知能と肉体と合わさっているのだ——繊細なのは精神だけなのである……。

この当時の親しい友人の一人が、ハーンの死後に書かれた文章の中で、彼女の子供たちと彼との交友について語り、子供には情愛深い遊び相手で、子供を完全に信頼してくつろいでいたと述べている。同様の親密さや信頼関係が、彼と部屋の世話をしていた黒人老女との間にもあったという（部屋は兵士の部屋のように清潔で飾り気がなかった）。実際、彼は子供や無学な人間といるときが最も幸せで、それは彼らが、自分が生涯不信の念を抱いて恐れた近代文明の複雑さで自分を悩ませ不安にすることがないからであった。

・・・・

［ハーンの最初の本、テオフィル・ゴーティエの六つの短編を翻訳した『クレオパトラの夜、その他の幻想ロマンス』］……は［一八八二年に］出版社が決まるまで方々に送られ、しかも結局著者が出版費用の半分を持たねばならなかった……。

書評はもっと冷淡だった。『オブザーヴァー』紙は……「自然な情熱に根拠すらない、たがの外れた肉欲の物語」集で、「翻訳からは売春宿の腐臭が漏れる」と宣言した。『クリティック』誌は翻訳者にはまったく触れずに、ゴーティエを軽視することに専念し、これについてハーンは自身に厳しく当たられるよりもさらに憤慨したのだった……。

続いて一八八四年にボストンのジェイムズ・R・オズウッド・アンド・カンパニーが出版した『飛花落葉集』［フィンランド、エジプト、ポリネシア、インドなどを含む国々の伝説や寓話の再話］は批評家の扱いもまだましだった……［が］あまり利益はなく、ハーンの名声のみが高まった。一八八五年に三百五十のクレオールのことわざを集めた『ゴンボ・ゼーブ』という題の小さな本が出版された——地元では「ゴンボ」と呼ばれるルイジアナの黒人方言を研究していた折に作成された本である。ルイジアナの黒人召使いの間だけで話される言葉の文法や口承文学の手の込んだ研究は、当時、過分の努力と映ったが、後々彼が西インド諸島で暮らす際に住民とのやり取りで計り知れぬ価値を発揮した……。

『中国怪異集』［中国の怪談の再話］は少し前に出版先を求めて旅に出ていたが、数ヶ所から断られた後ついに翌年〔一八八七年〕ロバーツ・ブラザーズに採用された。

・・・・

〔ハーンの〕精神状態に……大きな変化が……訪れた。大思想家〔ハーバート・スペンサー〕〔イギリスの思想家。『総合哲学体系』（一八六二～九二）の文明観・宇宙観はハーンの生涯の著作に大きな影響を与えた〕の強い息吹が、若さゆえに発酵し沸き立つ興奮の泡沫《ほうまつ》を吹き払うと、澄んで熟成した酒精が姿を表した。この頃から彼の振る舞いには目に見えて新たな真摯さが加わり、彼にとって美は、単なる形式上の優雅さではなく、形式が体現する意義と真実をも表すようになった。

彼の名を冠した次の本にはこの変化が顕《あら》わとなり、すぐさま好評となった。いまだ異国情緒への愛着は根深いものの、ハーンが珍奇な異国趣味を平凡な日常に合わせて生き生きと語ることを学んだことを示した。

『チタ――ラスト島のおもいで』〔中編小説〕は、一八八四年夏にメキシコ湾、ミシシッピ川河口近くのバラタリア湾に浮かぶグランド島を訪れたことに端を発する……。

グランド島から西へしばらく行ったところにあるデルニエール島は、今では一般にラスト島と呼ばれている。当時は高潮に洗われた砂州に過ぎなかったのだが、それより三十年ほど前はグランド島と同様の島で、半世紀にわたりニューオーリンズの人々や湾岸の農園主らに人気のある避暑地だった。一八五六年八月十日、恐ろしい嵐が島を一掃し数多の避暑客が死亡、数百人のうち僅か一握りの者が脱出できたのだった。親類縁者や友人を失わなかった家族は皆無であった湾岸地方で、この悲劇は長年鮮明に語り伝えられていた。ニューオーリンズに帰ったハーンは、「破れた手紙」という題で、難を逃れたひとりの人物による古い書簡の断片を装って、彼が受けたメキシコ湾の雄大な印象とともに、歴史に残る嵐の短い物語を著した。この短編は『タイムズ・デモクラット』紙に掲載されきわめて好評だったため、一冊本の長さに拡大するよう後々勧められ、すでに彼の筆になる記事をいくつか出版していたハーパー社が自社の雑誌で連載として掲載し、それまでハーンの作品に触れておらず興味をもたなかった広い読者層から早々に認められるに至った……。

〔連載〕『チタ』の成功のおかげで、ハーンは熱帯地域へさらに奥深く入っていくという長年温めてきた夢を実現することができた。ハーパー社からの漠然とした任務を得て、一八八七年にニューオーリンズを去り、ウィンドワード諸島〔西インド諸島南部〕へ出帆した。この旅で、南は英領ギアナまで到達し、その成果は一連の旅行記として『ハーパーズ・マガジン』に掲載される。南国の色彩、陽光、暖かさに夢中になったあまり……この旅から帰還して二ヶ月で確たる財源もないまま、再び熱帯の腕の中に身を投げ出した結果、熱帯への癒えることのない郷愁に一生苛《さいな》まれることになった。

　戻って行ったのは……マルティニーク島のサンピエールだった……。ここ、プレー山の陰に……彼は二年滞在し、そこでの体験から次の本を生み出す。『仏領西インド諸島の二年間』は、ベスビオス山のポンペイのごとく今では跡形もなく消し去られ溶岩と火山灰に深く埋もれてしまった町と人々を、微細にわたり描いた驚くべき記録となるのだ。

・・・・

〔ハーンは〕一八八九年再びニューヨークを訪れ、『チタ』の単行本化にあたっての校正作業に没頭し、この西インド諸島についての本の出版準備をしたが、金銭的に窮乏し、自作品で収入を得るまでの窮余の一策として、アナトール・フランス作『シルヴェストル・ボナールの罪』を僅か数週間の超人的な働きで翻訳した……。ハーパー・アンド・ブラザーズ社との取り決めで、日本に渡って現地から記事を書き送り……後に単行本にまとめることになった……。
一八九〇［年］、ハーンは東洋へ旅立ち——二度と戻ることはなかった。

〜エリザベス・ビスランド著『ラフカディオ・ハーンの生涯と書簡』
全二巻（一九〇六年）より

小泉セツ（1868-1932）

1909年、東京

八雲、子どもらがあなたを恋しがっとります。

毎晩、「パパサマ、おやすみなさい」と写真にあいさつして。最初は日本語、それから英語で、小さい寿々子《すずこ》も言います。わたしがそうしつけとりますけん。

仏壇は今では書斎にあります。あなたのキセル煙草の匂いは、亡くなって二年目の秋には消えて、もうのうなってしまいました。五度目の秋です。日々涼しくなり、庭の萩が白い花を咲かせ、あなたなら、雪降ります、と言うでしょう。

一家の仏壇にはそぐわんと言われるのはわかっとりますが、写真を並べて、あなたのが真ん中、そだてのお義祖父《じい》さまとそだてのお義父《とう》さまが左と右。そだてのお義父さまの前には好物の和菓子、小さい、野りんごの形した、みなが松江にいるころあなたもお好きだったお菓子です。毎日お菓子をお供えするのはしきたりに背くけれど、生きとるときはそれがお好みでしたね。けども、八雲よ、この新しくできた小泉の家にとって伝統とは何でしょう？　お義祖父さまが毎朝召し上がるのはお米のごはん、あなたはパン。

今でも週二回新橋駅の洋食屋多幸屋《たこや》から、一雄《かずお》と巌《いわお》と清《きよし》のためにパンを注文します。兄さんらと違って、寿々子は朝ごはんにトーストと半熟卵を食べたがることはありません。ふたりの弟が何から何までまねっこする一雄は、十五歳になってびっくりするほどの食欲です。十二の巌は日毎に背が伸びとります。九歳の清はまだこまくてついつい甘やかしとります。六歳の寿々子はあなたのこと「写真のパパサマ」としてしか覚えとりません。パパサマは寿々子が生まれて最初の年はお前のこと「アバアバ」て呼んでほっぺに接吻しとったよ、と言い聞かせます。近ごろわたしにえらく似てまいりました。お鼻はあなた似です。息子らも立派なお鼻で、寿々子もそげんなるでしょう。「お前の旦那さまにもお似合いの鼻だったけん、この子らにも似合うわ」とそだてのお義母《かあ》さまも念押しします。お義母さまもあなたが亡くなりお寂しいのです。

八雲、と口にするたびためらいます。あなたもお認めにならんことはわかっとります。

西洋風だと咎めるあなたの声が聞こえてきます。舌に生々しすぎるとあなたなら言うでしょう。「旦那さま」「パパサマ」と呼ばれるのがお好みでしたものね――「ラフカヂオ」に代わって日本での本名になった「八雲」、わたしに呼ばれるのはおいやでした。

けれども、小泉八雲よ、あなたは西洋人、わたくし小泉セツは日本人です。さすれば子どもたちは接ぎ木に実った甘い甘い果実となりましょうか。

この屋根の下で起こるこもごもについてはあなたもご存じのはず、この世の務めを終えられて、ますますもってご存じでしょう。それでもあなたにこの家のことをご報告するのはたいそうな慰めです。あなたにも慰めになるとよいですが。

今夜あなたの前におるのは、打ち明け話のためではなくて――お互いに知っとることを打ち明けることはできません――近ごろご無沙汰しとったことをわかっていただくためです。八雲、わたしが夜分失礼しとりましたのは、物語のためでございました。ラフカヂオ・ヘルンがいかにして小泉八雲になったのか、という物語。最初の物語はあなたもご存じ、あなたのエリザベスの御本のためにお送りしましたが、欠けたところもあり急《せ》いたもんでした。

今夜あなたにお聞かせするのは、二度目の物語です。起こったことはあなたもご存じでしょうが、そのトゲはご存じないのではないでしょうか。それを仕舞い込む前に、それが明かすところをお知らせしておこうと思うのです。

八雲、あとはお任せください——三度目は、切り詰めて最後の物語として語ります。その物語こそが世間に伝わり、今のわたしのように、あなたの思い出の番人役を務めることでしょう。

懐かしいのは——あなたがよく言っとらいたフランスの言い回しはどげでしたかいね？　テッタテット？——そう、懐かしいのは、毎夜のふたりきり《テッタテット》のお話です。

子どもらが寝てしまうと、わたしが書斎のランプを灯し、ふたりで始めます。この唇も、あなたの唇も動きません。それでも互いの声は聞こえる。ふたりが使う言葉は小泉の家の中でしか理解されん言葉で、それは松江で工夫して生まれたのでしたね。あんまり寒いんで松江城も重い雪布団の下で震えとると言われた冬のことでした。

凍《こち》けるような風が日本海から中海《なかうみ》に吹き込み、大橋川とその先に広がる宍道湖《しんじこ》に吹きつけ、夜が明けると、うす氷が、神々が浮かべた煌めく紙片のように広がっとりました。明治二十四年正月ついたちのこと、陸《おか》というには水がちなふるさとを見渡して、昔々の歌人《うたびと》らが「銀世界」と呼んだものをわたしは目にしたのです。西暦一八九一年一月の同じ日、同じ町を見渡してあなたが目にしたものは新世界でしたが、あなたはそれを旧世界だと言って聞かんかったですね。でも八雲、あなたがここにおるのに、松江が昔のままだなんて。

それから幾週もたたんうちに、あなたがようおふざけで「鳥籠」と呼んどったあの住まいで、わたしはあなたに紹介されたのでした。大橋川と宍道湖に昇る月を眺めながら大旦那がお茶やお酒を飲むためにしつらえた織原《おりはら》商店のひろいお庭、その隅の二階建ての離れに住まうあなたは、奇妙な羽の色の住人でした。

もしもあのときをやり直せるなら——今夜からふたりの人生をもう一度一緒に過ごせるなら——

わたしはこげんふうに名乗ったことでしょう。

生まれは慶応最後の年、一年にも満たんかった、慶応四年でございます。

この島の反対の岸では、江戸が東京に生まれ変わり、あの秋に明治元年となりました。それからすぐに東のみやこから本州を伝って、次から次へと変化が、強情で容赦ない海のごとく押し寄せました。

明治六年にはまた別の新しい暦が、今度は西洋の暦がやってまいりました。

それで、学校の最初の日に、わたしが生まれたのは西暦一八六八年二月二十六日と教わりました。

わたしが生まれてひと月も経たんうちに、松江城へ続く雪積もる道に、出雲のさむらいが刀を外して並び土下座したと教わりました。天子様の軍隊に投降したのを提灯《ちょうちん》が照らしていたのです、と先生は仰《おっしゃ》いました。この出来事も授業も提灯がなくては話にならぬわけではないのに、細かいところだけがやけに心に残っとりました。八歳の娘の印象なんてそんなもんです。だけども時が経つにつれ、先生がなぜその瞬く光の源にこだわったのかわかるようになりました。

ひざまずいた者の中にお父さまやそだてのお義父さまも入っとったのかなぞ、家族のだれにも訊けませんでした。昼間なのに雲が垂れとって陽の光が鈍っとったか、日は沈んどったか、それとも月のない夜のことだったか？　答えがなんであれ、いつもと変わらぬ明かりで照らす提灯が目に浮かぶのです。あの明かりが落とす長い影が目に浮かぶのです。いくさに疲れた者どもの手に提灯はなんとはかなく見えたろうか。まっすぐに並ぶ顔々、ピンと伸びた背筋。そののち、旧弊としてご禁制になると、髷《まげ》を切り落とし、帯刀することもできなくなるのです。

恭順の二年後、勅令により松江の町にモダーンの軍隊が駐屯したのだ、と教わりました。お馬に乗ったフランス人が監督し、兵隊さんが肩に銃を担いで行進した、と。

「モダーン」という言葉は、改良という意味、西洋由来という意味、舶来という意味だと教わりました。

モダーンの灯りは石炭ガスの火で、大橋と天神橋を結ぶ通りに据えつけられ、松江のモダーンな仕事の時間が夜にまで延びたので、往来しやすくするためだと教わりました。モダーンの建物は煉瓦製で、椿のごと赤く、透明な硝子《ガラス》板を貼った窓があると教わりました。モダーンの建物には文明開化のお役所に、新しい官制学校、新しい官制病院、新しい郵便局が入っているのだと教わりました。

子どもらはみな、男子も女子《おなご》も、今では官制でタダの学校に四年間通わねばならぬと教わりました。店の裏に、漁船に、近隣の水田や麦畑に、働き手が要るために、学校に行けぬ子が大勢おると教わりました。働かなくてもよい子らは、モダーンの教科書でプラトンやキケロやフランクリンのことを読みました。フランクリンはわたしの兄さまらと同じで、凧揚げがお好きでした。

同級生もわたしも八歳になったころ、そんなことあれこれを教わりました。二つの時代の狭間に生まれて、古い時代に生きるとはどういうことか、この目で見ることができたのです。

大橋は恵まれん者が流れ着くところでした。ひざまずいた男衆の多くが、刀に甲冑、羽織袴を広げて橋に坐《ざ》しとりました。気高く口を閉ざして、値を下げることもせずに売っとります。売るものがない時は、飢えに口を閉ざしてただ坐すばかり。頭を下げることもせんと物乞いするのです。中には誇り高い死を選び、残された妻や娘たちが大橋で物乞いし、ひと握りの米のために女の誇りを売るにまかせるばかり。お父さまと違うて、この男衆らは今までの作法を捨て去ることができきんのでした。下級の商人どもと同等に振る舞わねばならぬことを薄汚く不面目だと感じたのです。

お義祖父さまとお義父さまは、お義母さまがおらんかったら、大橋に坐しとるところでした。お義母さまは、下級の男衆のおかみのために縫物を、稲垣家の者に着物や浴衣をしつらえてもらえるというなら割り増して金を払う織原商店の御内儀のような方から、請け負っとりました。延々続く手仕事や寒さで指がかじかみ固まるまで縫っとりました。〈糸をひと刺し米ひと粒、糸をひと刺し米ひと粒〉と口にしながら働き続けるお義母さまの開いた唇からお歯黒が覗きます。旧弊の名残として明治三年から禁じられとりましたが、さむらいの奥方の化粧を捨て去ることをお義母さまは拒んどりました。口を開くことは罰を受ける危険を冒すこととお義母さまは承知しとりました。時代が変わっても女の定めは変わらんのだと承知しとりました。

お義母さまが必死に糸を刺しとるあいだ、お義父さまは次から次へと事業を企てては失敗し、お義祖父さまはいにしえの詩歌を読み直しとりました。いちばんのお気に入りは、いちばんはじめの歌、愛する松江のある、神々の国出雲の歌でした。その歌が、あなたが日本での本名に選ぶ言葉で始まるのでしたね。繰り返しその意味を口にするあなたのことを思い出します。「八雲」なんて詩そのものだと、星のように目を輝かせて驚いていたあなた。

実のお母さまはわたしがおらねば大橋にいたことでしょう。

塩見家に生まれた母は、三十人のしもべに仕えられて育ちました。自分の代わりに六十の手と足が働いてきたのです。明治三年にしもべを失ったときに三十三歳だった母は、手足がないも同然でした。

わたしが生まれる前から、娘が生まれたら、稲垣家で育つことに決まっとりました。この遠縁の一家には子がおらず、父と母にはすでに息子ふたりと娘ひとりがおったのです。小泉家が下級武士の一家に娘をやるのは構わんと思われとったのです。わたしが生まれて十年も経たんうち、父と母にはあとふたり息子が生まれました。小泉家は息子に恵まれとると言われたもんです。けれども、父が亡くなっても、この息子らは母の手足にはなってくれませんでした。それはわたしの役目になったのです。

明治十二年、西暦一八七九年、わたしの学びの日々に終わりが来ました。十一歳で七年生を終え、県から縫針五十本と三十桛《かせ》の絹糸を賜りました。他の子より二年先に七年生を終えたので、さらに三十桛賜りました。あわせて両手に持っても、なんの重さもありませんでした。

今夜は本当のことだけをお話しします——お義父さまも、たったひとりで家計を支えるお義母さまも、授業料を収めねばならぬ三年間の高等小学校にはわたしをやれんかった。余裕のある家庭の娘子は、卒業したら、松江に新しくできた女子師範学校への進学を心待ちにしとりましたのに。

〈セツよ、その縫針と糸とで、お前の口を縫い付け、まぶたを閉じ、その空っぽの頭を覆う頭巾を縫うがいい〉

〈セツよ、その縫針と糸とで、他所《よそ》さんの着物にお前の血を縫い込むがいい〉

〈セツよ、その縫針と糸とで、お前が口にする米粒ひとつひとつを稼ぐがいい〉

このさだめを耳にして泣きました。失望は苦々しい老女の声がする。この体にキツネが憑いたんじゃろうか、恨みがましい霊が取り憑いたんじゃろうかと恐れたことでした。この声は実は自分のものじゃなかろうかと恐れました。さんざ泣いた末に、この声は三年前にこの世を去ったお義祖母《ばあ》さまの声だと思い当たりました。恨みがましいのではなく、頑固で現実を見ようとせん亡霊。生きているころ、そだてのお義祖母さまは、さむらいの没落を決して認めようとせず、男衆は打ち負かされ、女衆は辱められ、権勢は砦《とりで》で固めたお城からモダーンの銀行に移ってしまったことを認めようとはしませんでした。名門生まれの娘を小学校にやり、下賤な女中のごと町の通りで衆目に晒し、まともに嫁入りできんくしたと、稲垣家の者を叱りつけるのでした。お義祖母さまのものの見方は死ぬまで揺らぐことがありませんでした。わたしのために描く未来は、血染めの布に覆われ荒涼たるものでした。

もしわたしが学校の勉強を続けて師範学校の最初の女子卒業生に入っとったら、八雲には出会えんかったでしょう。出会えとったとしても、女学校の新米先生か、もしかしたら県知事閣下のお嬢さまに英語を手ほどきする家庭教師としてだったかもしれません。

自分の人生がどうなるかわかりもせんわけですし、あなたがこの世におることさえ知らんわけですから、十一歳のセツをなだめることはできません。知っとったとしても、とても信じられずに、もっと泣いたことでしょう。

セツは十二歳で涙を拭きました。もう子どもじゃなかったですけん。織子として働きお給金をもらっていたお父さまの織工場は、元武家が始めた事業としてはめずらしく潰れずにおりました。今でも織り機に腰掛けている子どものころのわたしが見えます。何台も並んだ織り機は、どれも名門生まれの娘が踏み板を両脚で漕ぎ、両手両腕で飛び杼《とひ》を通し、その繰り返し作業で、母親も見紛《みまが》うごと手脚が太うなり、花の重みでしなう小枝ではなく、大の男の重みを支える大枝になってしまったのです。

十八歳になって、婚期を逃しとるのは学校のせいなどではないことを、セツは悟りました。生まれの良い女性の有閑暮らしを感じさせるなで肩どころか、若い男のごとがっちりと肉がついた腕や脚、力強く張った両肩の体つき。十二歳でいいなずけがおったお母さまとは違いました。代わりに、一日一反の布を織るのです。

明治二十四年、西暦一八九一年の一月下旬の朝、二十二歳のセツがあなたの前に立つことになったのは、五年前に父が亡くなったからです。織工場も父とともになくなり、あとに残されたのは借金と涙ばかり。お父さまが亡くなる前の年、いちばん上の兄が小泉の家を去り、二番目の兄はこの世を去りました。上の弟は日がな一日鳥を捕まえては放し、あなたの「鳥籠」よりはるかにお粗末な籠に気に入った鳥を飼っとりました。末の弟は母が甘やかしたため十四にもなっていまだ子どもで、育ちすぎた籠の鳥でした。とっくの昔に結婚しとった姉さんは、よその家の人間で、これは娘の宿命でした。母は大橋で物乞いをするぐらいなら餓え死にしたことでしょう。大橋は川底から鉄柱が伸び、木製の橋桁は真っ白に塗られ、それまで三百年間松江の川渡を担った前の橋がモダーンの化身に変身していたのです。

前の橋が激しい流れやたびたびの嵐にも負けず、生き残ったわけを覚えとらいますか、八雲。あなたにお話しした最初の松江の昔話。同僚の先生らはこんな言い伝えを教えるのは恥さらしだと思ったことでしょう。日本的すぎると思ったでしょう。

橋の真ん中の柱に若い者が生き埋めにされました。開通日に橋を渡る者が身につけんといけん衣装を定めた大名令に背いたのです。たったひとりの人間の犠牲が橋全体を支え続けたのです。

仕方がなかったことなのだとはわかっとります。

この身に起きた不運を言い募れば、あなたはツネの手に小銭を渡して、わたしたちをふたりとも追い払ったことでしょう。

あなたに紹介される前、ツネから何を覚悟すべきか説明されました。わたしが新聞であなたの名前なぞ見とらんかのごと、ツネはあなたのことを「新任の外人先生」と呼んでいました。先生《しえんしえ》は松江におらっしゃってうちが営む冨田《とみた》屋に滞在しておらいました、大変ご満足の様子でした、とツネは自慢しました。ふた月前に織原商店の庭園の離れに引越して、旅館の女中をふたり、おノブとお万を手配してもらい、日に四度離れに来てもらっとった、と。食事を運び、朝と夜と湯を沸かし、家のこと一切の世話をしたと。なにかしょっぱいものを食べたときのようにツネの舌の先が口の端に触れるので、この取り決めでさぞかしおいしい思いをしているらしいと見て取れました。今度の取り決めではいくらもらうのか、と思ったもんです。

先生の左目は曇っとるけれども、右目は晴れてらっしゃる、とツネは言いました。西洋人らしい大きく高い鼻で、先生のはとりわけ先が尖っとる。髪の毛は藁や雲丹《うに》のごと紅毛ではありません。真っ黒な墨色で白髪が出てきたとこです。お顔の毛は唇の上の部分だけで、黒っぽい毛虫ごたあで見るのがイヤでねー、とツネは漏らしとりました。そうしてツネはこちらを見やったのですが、八雲もご存じのとおり、わたしは何を考えているか知らぬ顔の半兵衛ですから、新任外人先生の印象を悪くしてしまったとツネは思い込んだようでした。そこでツネは、先生は松江中の殿方ほとんどを見下ろす背《せい》の高さだとつけ加えました。中等学校教頭の西田千太郎先生なんかは同じ背の高さです。ツネはふたりを褒めとるつもりなのでした。西田千太郎先生は外人ほども背が高く、新しい外人先生は、少なくとも身の丈は、松江でいちばん評判の若い独身教師と互角だというのです。ふたりは仲がよろしゅうてね、とまるで自分だけが知っとる秘密だとでも言うように、ツネはささやきました。

あなたの到着と松江での暮らしぶりは、山陰新聞や松江の他の新聞の記事で読んどりました。中等学校の男子生徒と師範学校の男子学生に英語を教えるために県庁が連れてきたのだと、わたしだけでなく町中の者が知っとりました。前の先生は宣教師で、松江にいる間、あなたほど衆目を集めることはありませんでした。新聞によると、あなたはアビシニア号に乗って、明治二十三年、一八九〇年の四月四日に、桜まつりに間に合うべく横浜港に到着したとか。それから東京へ行き、帝国大学の有名なお雇い外人教師とお会いになったとか。

〈あなたのために桜が咲きましたよ〉

八雲、あなたが最期に旅立ったとき、わたしはそう口にしました。東京の秋のはじめ、九月も終わりのことでしたが、あなたの書斎の外の古い桜が突然花開いたのです。樫の木のような心の持ち主と言われたわたしでさえ、桜が最後にもう一度だけ訪れたのだとわかりました。ふさわしいお別れでしたよ、八雲。いにしえの歌人であれば、その心遣いに喜んだことでしょう。

山陰新聞によると、八月も終わりの頃、西へ向けて汽車と人力車を乗り継ぎ、それから細い山道を歩いて、四日間の旅路についたとか。松江への旅のお伴は、英語の技にかけては松江の西田千太郎に負けずとも劣らぬ真鍋晃青年とのこと。松江には八月三十日に到着し、九月二日に授業を始めたとか。一日五時間の授業で、週に二十四時間受け持っていたと、わたしも含めて町中の者が読み知っとりました。ある新聞はあなたのお扶持のことまで報じとって、県知事さまの次に高い俸禄だということでした。同僚の先生方や生徒らはあなたのことを大変尊敬しとると請けあっとりました。「ラフカヂオ・ヘルンほどの者はこれほど辺鄙《へんぴ》な場所にはもったいない」などと読んだのを覚えとります。八雲、あなたがやって来るまで、故郷を「辺鄙な場所」など思ったこともありませんでした。学校では、町の人口は四万人と教わりましたが、日本海におる魚の数に劣らぬほどだと思い描いていたのです。

山陰新聞によると、県知事閣下が競馬や武術競技や相撲大会、能舞台など、他にも知事公邸での色々な催しに招待してくださったそうで。西田千太郎先生があなたの通訳そしてお仲間として同伴しとるけれども、最近の催しは病気で欠席されとると伝えられました。

あなたが杵築《きつき》の出雲大社へ参った様子にいたく感心したもんも松江にはおりました。前代未聞の異人種を前に、杵築古来の松林も一斉に身震いすべし、と書かれとりました。新聞によると、大社の境内に入ることを許された最初の西洋人だということでした。西田千太郎先生が出雲の宮司さまに紹介状を書いたおかげでお参りが許されたとか。ところが教頭先生はまたご病気になられて、代わりに真鍋晃さんがあなたを案内したとか。

同じ並びに住むおかみさんや娘さんらに記事を読み上げてやると、そのくだりでから騒ぎをするのです。新聞ではふたりは堅苦しい「先生」抜きで、「ヘルンさん」と「西田さん」と呼ばれ、おそらくモダーンな友情を演出したかったのでしょう。お義母さまはとりわけ教頭先生がしょっちゅうご病気の様子であることを気にかけとらいました。「二十七の若さでねえ」と針に糸を通しながら言うのです。お義母さまの言わんとしとることは、殿方は女みたいに真っ逆さまに老けぬけれどもお前はもう二十二で若さも尽きようとしとる、ということでした。

この並びの者で実際に西田千太郎先生を目にしたものは、冨田屋のお万をのぞいてひとりもおりませんでした。「旅館で毎月句会に出てらしたけど、今ではヘルンさんとお食事されたりお酒を飲まれたりで、週に何度もいらっしゃるんよ」

八雲、あなたが旅館で、続いてあの鳥籠でお万に出会ったとき、あの娘は十五でした。人より大人びた目で世間を見ていたことは、わたしがあらためて申すまでもないでしょう。器量よしの娘にはよくあることです。花開くのが早いのです。

「西田さんはええ男ね」少しも頬を赤らめることなくお万はよく言っとったものでした。自分の頬に触れながら、先生のきめ細かい白い肌に高い頬骨を褒めるのでした。深い声も褒めそやします。「威厳があるけど荒っぽくなくてねー」と言います。「西田さんが句を読み上げる番になると、女中はみな部屋の衝立《ついたて》の端から聞き耳を立てるんよ。その後の宴会にはほとんどお出にならん、句会のほんとの目的はそこだどもね」と付け足します。「お気に入りの舞妓が来ん限りは、座に出てこられんけど、あの妓《ねえ》さんは新しい旦那さんができたから最近さっぱり出てこられん。女中らの話によると郵便局長さんだって」常に変わらず、お万の頬は積もりたての雪の色でした。慎み深さはみじんもありません。

わたしがいなければ、お万が新任外人先生の洋妾《らしやめん》になっとったことでしょう。

わからんふりをせんでもいいです、八雲。そんな真相で傷つくのは、とうに昔のこと。

わたしたちが出会うずっと前から、西洋人の妾《めかけ》を指す言葉は知っとりました。その話は、横浜、東京、大阪、神戸、長崎、新潟、函館、神奈川などの開けた港町から、「辺鄙な」松江にさえ届いとりましたけん。

わたしもまた、年よりも大人びた見方を身に着けておりました――その理由は器量ではないし、お万の顔が西田さんの話をするたび輝いとるのも気づいておりました。けれどもヘルンさんの噂をするときに、お万は着物の衿《えり》が交わる衿元を触るのです。ヘルンさんが織原商店邸の庭の離れを借りたという話をお万がしてくれたとき、お義母さまとわたしは目配せしたもんです。ひとり暮らし、それともふたり暮らしかしら、と。ヘルンさんが旅館と交わした手筈について説明するお万は、七人一家に持ち帰る稼ぎが増えると自慢げでした。

お万の両親は、娘が五人で息子がなく、恵まれないと言われとりました。末っ子のお万は家の外で働き始めたのも姉妹で最後でした。学校には一度も出たことがないのは、姉さんどもと同様です。生きているころお義祖母さまは、お万の父親は足軽じゃ、と繰り返し言っとりました。「あのさんらは大橋川の南に住んどるでしょうが」とお義祖母さまは言うのでした。「塩見や小泉や稲垣のようなまことの武家だけが松江の城下に住むことをお許しされたとです」

〈今ではみな同じ並びに住んでいます〉

このまことを口に出してお義祖母さまに無礼を申し上げんかったのは、生きとる間にお義祖母さまの目にもそれがはっきりわかっとったからです。

お万は、お義母さまとわたしが目を交わすのに気づいて、旅館のもうひとりの女中のおノブもお庭の離れで一緒にお仕えするのだとつけ加えました。「おノブも目が悪いので、ヘルンさんは気の毒に思ってらっしゃる」と説明すると、お万はふたたび衿元を触りました。「おノブを西洋医のところへ連れて行くようにと女将さんのツネにお金をくださったのに、女将さんは自分で取ってしまわれた。おノブの目がようならんので、ヘルンさんのお金はどうなったのか西田さんが女将さんに訊ねると、教頭先生に面と向かって嘘をついとった」

「『西洋医ではおノブの目はどうにもならん、あの目はタタリじゃ』と女将さんが西田さんに言ったんよ」とお万は言いました。「次の週、ヘルンさんは旅館を出ていくと教頭先生が冨田屋に連絡したとです」

お万はいつもならこの話題についてもう少し控えめで、片目が見えんこともヘルンさんの「お体のこと」と呼ぶのでした。新聞もそれについては軽く触れているだけでした。記事には、授業をするときたまに眼帯を着けているので、生徒らはヘルン先生を英雄と崇《あが》めている、とありました。先生は戦《いくさ》か決闘で目を失くしたに違いない、と想像していたのです。

ツネがあなたの左目のことであれほど不躾《ぶしつけ》にしゃべっとってありがたかったです。松江城の提灯の話と同様、嵐の雲を思い描くことができました。実際に目で見たとき、夏の夕立の前の瞬間を思い描いて、それは自然の出来事だからと考えれば、右目でわたしを値踏みするあなたの前に立って、あなたが目元に持った分厚いレンズが瞬きせん眼球を拡大しても、わたしは落ち着いていることができました。

〈今ではみな同じ並びに住んでいるのかえ〉

お義祖母さまの声が耳鳴りのように聞こえます。

〈今ではみな同じ並びに住んでいるのかえ〉

わたしをからかうおつもりなのです。

〈今ではみな同じ並びに住んでいるのかえ〉

もう幾日もせぬうちにわたしも二十三です。

〈今ではみな同じ並びに住んでいるのかえ〉

ふたつの家族を食べさせねばならんのです。

〈今ではみな同じ並びに住んでいるのかえ〉

格式と面目ではお茶碗は空のままなのです、お義祖母さま。

〈今ではみな同じ並びに住んでいます〉

視線を落としました。なで肩にしようと努めました。三枚重ねの絹織物が太い手足をほっそりと見せてくれた。お顔合わせのために、お義母さまが一着だけ売らずにおいた上等の着物を貸してくださったのでした。

顔だけは変わってはくれません。今と同じ、地味な顔つきのまま。

ツネと一緒にお庭の離れに上がると、中の様子をさっと見渡しました。畳は新しく緑色で、い草と日向の香りが、部屋に居着いたキセル煙草の匂いの上に漂っとります。部屋の真ん中のこたつは一晩中練炭がついていて、部屋の中は春の日のように穏やかな暖かさでした。厚いこたつ布団の周りには、新聞や本が乱雑に積み重なっとりました。座布団は一枚しか見当たりません。この家ではお客はどこに座るのやら、と思いました。手元に大きな火鉢。さほど広くない部屋にふたつも火を焚いている、と気づいて、ついつい習い性で、ふたつの暖を保つためにどれだけ炭代がかかるか勘定してしまいました。

貧乏すると何もかも勘定になってしまう。近ごろそう思い返すことですよ、八雲。

子どもたちから暖やほかの贅沢を取り上げてしまうようなことはしていません。わたしが言わんとしとるのはそういうことじゃありません。お義母さまとわたしで家庭の出費を抑えんといけんだったですが、子どもたちには気づかれんようにしました。今では、息子たちの私立学校の制服のほかは、お義母さまが子どもらの着るものをすべて縫っとります。制服はイギリスの舶来なので買うしかないのです。小泉の家では、あの子らの教育がいちばんの大事ですから、あとはお任せくださ い。食事もみなお義母さまが作り、月に一度は、ビフテキに青豌豆《あおえんどう》のバタ和えと、小銭のごと横に切って蒸したにんじんを添えた日曜日《サンデー・ロースト》の御馳走を食べられるようにしとります。一雄はあなたと同じで、お義母さまはビフテキがお上手だ、多幸屋のよりも美味しいと褒めてくれます。今では以前ほどあそこで食事をすることはなくなりました。あそこの洋食が食べられなくてもちっとも寂しくないや、と一雄は言い張ります。巌と清がすかさず同じことを言いますが、最後に一家であそこで料理を頂いたのは巌が七歳、清がたった四つのときでした。寿々子はまだひとつにもなってなかったのに、それでもそうだそうだと頷いとります。

八雲、寿々子は兄さんたちとは少し違います。あなたに抱っこされてばぶばぶ言っとったのを覚えとりますか？　今では小川の流れみたいな声ではのうなってしもうて。三年前に高熱でほとんど持たんのではと思われました。わたしは息子ばかり育てたとお義母さまは申して、娘はもっと静かに大きくなるからと請けあっとります。寿々子は一日中ひと言もしゃべらん日があります。名前を呼んでも顔を上げることとさえせん日もあります。あなたもそうだった、たびたび心がここにあらずやったと自分に言い聞かせます。寿々子もたびたび心がここではないところに行っとります。そこで寂しい思いをしとらんといいのですが。

あなたのいない小泉家は違うところになってしまいました。変わってはいないと言い張るのは、あなたがこの家のこころではなかったと言い張ることです。

今ではうちに下宿人がおるんですよ。

下男が住んどった敷地の隅の小さい家、あそこを若い夫婦に貸しとります——デパートの配達係とそのおかみさんです。たいした実入りにはならんのですが、息子らの学校道具代ぐらいにはなります。あなたのエリザベスの御本の印税で私立学校の授業料を、あなたの本の印税で他の出費を支払っとります。マクドナルドさん——一雄と息子らは、海軍の正式の階級で、「アメリカ海軍主計官ミッチェル・マクドナルド」と呼び「パパサマの横浜のアメリカ人のお友だち」と忘れずに付け足しております——マクドナルドさんが、東京で確実に支払いを受け取れるように手配くださり、支払いが滞れば、ためらうことなくアメリカやイギリスの出版社に電報を打って催促してくださいますが、それも最近ではしょっちゅうです。

今では女中ひとりで家のことをすべてやっとります。

それでも相変わらず、あなたの書斎でハタキを使い掃除するのはわたしだけです。なんぴとも八雲の本、八雲の書類、八雲の高机と椅子に触ってはなりませぬ。オイルランプも、使い古したペン先を入れる蓮の葉の形をした皿も、キセルを点ける小さい卓上火鉢も、法螺貝《ほらがい》も、みいんなあなたが残していったままのところにあります。あなたが法螺貝を吹くたびに女中が飛び上がるさまといったら！　ぱおー！　ぱおー！　二度長く鳴るのは、家の反対側から蒸気船が出立するとでもいった風情でした。書生は笑って、あなたの呼び出しを予期できん女中をからかうのでした。八雲、あなたが、ぱおー！　ぱおー！　とする前に書斎に女中を遣ったときのあなたの立腹ぶりといったら！

わたしも以前はその女中だったのでした。

もちろん、あの火鉢の火が切れる頃合いはわかっていました。

わかっとらんかったのは、あの海辺の名残がこの家の部屋を満たすことがなくなる日が来るということでした。

八雲、十四年近くも一緒だったのです、わたしたち。

松江では一年にも満たず、熊本では三年、二年に満たなかった神戸、そしてここ東京での八年間。庭の離れに松江城の陰の家、熊本での二軒、神戸で三軒、東京で二軒。自分の家はこの家だけで、それも庭門から入ってちょうど二年半後にあなたは旅立ってしもうて。足し合わせると、人様の屋根の下に宿り、地もなく、根も張らぬ、はかないさすらいの暮らしでした。

数字で物語は伝わらんものです。

どの町もどの家もふるさとだったのは、八雲、わたしたちふたりがお互いの国だったから。それは「日本」と呼ばれるところとあなたは思っとったかもしれんけど、それは外の国だったのです。内なる国は、思わぬ縁の旅の道づれふたりで創り出したのです。熊本では国の住人が増え、お義祖父さま、お義父さま、お義母さまをお迎えしました。それから一雄が加わり、最初にこの国で生まれた人間になりました。他の三人の子らも東京で国民となりました。あなたが去って、わたしは外の国に流浪の身となりました。この家からなくなったものを懐かしく思い返します。

はじめ、庭の離れは、わたしにとって今までいちばん松江から遠く離れた外《と》つ国でした。不慣れな旅人だったわたしは、見慣れたものを探し出してはそれにしがみついとりました。顔合わせの朝、大きな檜の鳥籠の鶯《うぐいす》に慰められました。県知事閣下のお嬢さまからの贈り物だとツネから聞いとりました。離れのあまりのぬくさにもう春かとだまされた鶯は、恋の歌を歌っとりました。

自分が居続けるためにはまず何をすべきかはわかっていました。小鳥の籠にいちばん近い窓の障子を開けて、冷たい隙間風を入れ、松江はまだ冬なのだと知らせてあげるのです。

八雲、あなたは知らされずともわかっとりましたね。あなたは外套を着ていて、釦《ボタン》が二列に並んどるから、それが船乗りのもんだと後で教わりました。その下には、袢纏《はんてん》と、洋袴、足には白い足袋、両手には革の手袋、首には襟巻を巻いて、頭には国籍不明の帽子――柔らかくつば広で舞茸色をした帽子。寒さにお弱いと予《あらかじ》め知らされておらねば、ご乱心かと思ったことでしたよ。

ツネはこう申しとりました。「新任の外人先生は、熱とぜいぜい言う咳でもう何週間も伏せっとらいて。離れは隙間風が多いけん、こたつと火鉢と、それに自分を暖かくしておくために、お万とおノブにもっと足繁く通ってくれと文句を言ってねー。住み込み女中をお求めやけど、お万は旅館も手が放せんけん。それに、もっと年上の女中をご所望でね。読み書きができる者と言うからね。どちらも外人にしては妙な注文だわ」

「行き違いがあったんでは」とわたしはツネに知らせました。「わたしは英語はわかりませんので」

「日本語の読み書きができる者です」

「はあ、日本語ですか。気が利かんことで」とわたしは答えました。「お訊ねしても？」

八雲、このときにツネが嵐雲のことを漏らしたのです、とはいえわたしはあなたの左目について質問や関心があったわけじゃあないのですが。

「おツネさん、英語はおわかりになりますか？」

「当然ですわよ。『おおきにだんだん《サンキュウ》、よろしう《プリーズ》、すんません《ソリー》、はい《イエス》、いいえ《ノオ》、よし《グッド》、よろしくな《バッド》い、食べる《イート》、飲む《ドリンク》、どうも《ハロー》、さようなら《グッドバイ》、殿方《マン》、奥方《ヲマン》、大きい《ビッグ》、小さい《スモール》、あとそれから、お代《ビル》』」ツネはまくしたてました。

「それから新しい外人先生は日本語少しはおわかりで？」とわたしは訊ねました。

「先生がわかるのは、おおきにだんだん、よろしう、すんません、はい、いいえ、よし、よろしくない、食べる、飲む、どうも、さようなら、殿方、奥方、大きい、小さい、あとそれから、お宮」とツネの答え。「日本に来て五ヶ月ですが、物覚えは早くのうございますね」と言って笑いました。

「お宮？」

「へえ。神社に行くのがお好きなこと、たいがいの西洋人よりもお好きです。旅館の外におる俥屋《くるまや》が先生のことはなんでも知っとります。お気に入りの神社で手を振って『ミヤ！』と仰るとです。それで俥に乗るたび新しい神社に連れて行けと申すんですよ。先生はおたくにもきっと同じことを御所望なのでは」

「同じこと？」

「おたくは住み込み女中になられますけんね。おたくと先生とで先生が求める他の務めについても取り決めしてくれなされ。手筈はおわかりですか？」

「手筈はわかっとります」わたしは答えました。

「立派なおさむらいの娘御にお会いするのを楽しみにしてらっしゃいます」ツネは付け加えて、「外人にとり、おさむらいはまだ大したもんですからね」と蔑みを隠すことなく言うのでした。

「そげですか。ではせいぜいがんばります」

「そげしていただかんと！　この仕事が欲しい人は大勢おりますけんね。もちっと余裕があったら、新任の外人先生自ら選んでもらうとこだども。でもすぐ誰かに来てほしいと仰るから、おたくしか見つかりませんで」

「先生とどうやってお話しなさるんですかね？」さらなる無礼を聞かなかった振りをして、わたしは訊ねました。

「指さしです。絵も描きます。あと身振り手振り。旅館に帝大の方がいらっしゃるときはまだ楽だったですがね。今ではささいなことなら師範学校の生徒さんがことづけや頼みごとを伝えに寄ってくださいます。大事なことなら、外人先生は西田先生を寄こしますけん。おたくとの取り決めについては、西田さんは関係ありません。外人先生はあたくしを信頼しておりますんでね。なんにせよ、こげなことはささいなことですから」

ツネは横柄な女でした。

わたしはよく気がつく女でした。

あなたがツネを信頼していないことはすぐにわかりました。わたしもツネのことは信頼ならんと思いました。ふたりは最初から気が合ったのです、八雲。

「コイズミ？」あなたが訊ねました。

わたしは頷いて父の家柄を認めました。

「シオミ？」

ふたたび頷いて母の家柄を認めます。一瞬伏せていた目を上げました。

手にした片眼鏡の奥で大きく見えるあなたの右目は優しげでしたが、錆《さ》びた鋳鉄のごと鈍い色でした。よう見覚えのある表情です。殿方にがっかりされるのはこれがはじめてではありませんでしたから。

積み上げた本のいちばん上にあるもんを取り上げたあなたは、本を開いて日本語のお題に指を当てました。ページの反対側には英語でお題が書いてあると思われました。ツネとわたしが正直であることを試すために、日本語の方を声を出して読めというわけです。

わたしは「かいせい、ぞうほ、わえい、えいわ、ごりん、しゅうせい」と応じました〔J・C・ヘボン著の和英英和辞書〕。「へい、ぶん……先生、著?」外国の作者の名前に戸惑いながらも続けました。

「ジェイ・シー・ヘボン」と正すと、ふたたび右目に柄付眼鏡を引き寄せます。

そこで彼の右目に変化がありました。苔の輪の中に金色の破片が浮かび、その真ん中にはイガイガから出てきた栗。

わたしたちはおそらくかなりのこと、そげん風に立ち尽くし、その間も鶯が籠の中で歌っておったのです。

ツネはしびれを切らしてあなたを指さし、わたしの訪問着の袖を引っ張ります。

お義母さまが着物を貸してくださると言ったとき、なかなかその気になれませんでした。

「あちらは武家の娘が来ると思っとるんやから」お義母さまは食い下がります。

「袖が短いことに気がつかれてしまう」娘用の振り袖に伸びてくれんものかと袖の布を引っ張りながら、わたしは言い返しました。

「お嫁さんを探しているわけじゃないんですよ」

「知られてしまったら」

「旅館のあの女はもう知っとらいます」お義母さまが言いました。

「ツネが?」

「ええ、知っとります。お万が言ったに違いない。わしを旅館に呼び出して事情を訊いてきました。

本当のことを言いました」

「本当のこと？」

「お義父さまが自分のお決めになったことを後悔しておられると」お義母さまは答えました。「お義祖父さまは最初から反対だったのです。言うことを聞いておくべきでした。因幡《いなば》もんは信用ならんと前田為二《ためじ》のことを戒めとりました」

「その名は言わんで」

「因幡の元武家の前田家の次男だと仲人からの手紙にはあったけん。結婚のあかつきには稲垣家の養子になると」

「手紙のことは覚えとります、お義母さま」

「願かけが叶ったと思ったのに。嫡男として稲垣家を継いでくれる者、それでお前が名実ともに娘になってくれれば。しかもお前はもう十九歳でしたから」お義母さまはそう付け加えて、婿取りの言い訳をまたもや始めるのでした。

「願かけのことも覚えとります、お義母さま」

「仲人の手紙も八重垣神社のお告げのとおりでした」義母は続けます。

「お告げのことも覚えとります、お義母さま」

「鏡池のいちばん向こう側までお賽銭を乗せた紙が浮かんでいったとですよ。イモリが触ってチョッと向こうへ押してくれてねー。婿が来ると喜んだもんです、遠いとこからやって来るとはわかっていてもね」

「お告げのとおりになりました」わたしは言いました。

「鏡池に偽りはありませぬ」お義母さまが同意します。

「細かい部分を抜かされましたが」

「そげですね」とお義母さまも認めました。

「一年ももたず」

「一年ももたず」お義母さまが繰り返します。

「ツネは婚姻解消のことは？」わたしは訊ねます。

「お前の名前は稲垣の籍から抜かれて、小泉家に戻ったと知らせておきました——婿さまがおらんくなってから」

「おらんくなったのではありません、お義母さま。大阪に行ったとです」

「そげなら大阪でお陀仏《だぶつ》しますように」

「コイズミセツ？」ツネのしつこい仕草と袖引きをよそに、あなたが訊ねました。

「こいずみせつ」わたしは頷きます。

あなたは柄付眼鏡を下ろしました。

ツネが指さしてつつき続ける中、あなたはまたもや語林に没頭しておりました。座布団に座りページをめくります。そうしてある言葉を指さすと英語の言葉をわたしに読み上げました。「アグリー」

わたしはあなたの傍らの畳にひざまずき、それに続く日本語を読み上げました。「同意」

あなたはさらにふたつの言葉を探し出しました。「ビギン」「ツデー」わたしはその日本語を鸚鵡返しに、最初は問いかけとして、それから答えとして繰り返しました。

そのころには、ラフカヂオ・ヘルンと小泉セツの間に取り決めができたことをツネも納得したのでした。

とりもち料を摑もうと、ツネが割って入りました。またもやあなたを指さします。両脚を上げ下げして、歩くような仕草をしてみせました。出ていくかのようにあなたに背中を向けます。みたびあなたの方を向き、空のお椀のように丸くした両掌を出しました。「お代」と最初日本語で言って、それから同じ意味の英語に違いない言葉を口にしました。

あなたはツネの両手にお札を二枚乗せたのでした。

ツネは蟹のハサミがパチンと閉じるようにお札を摑みました。

あなたが首を振ります。

ツネも忘れた振りをして首を振っていましたが、やがてお札の一枚をわたしに渡しました。

ひと月分のお米の重さがあの両手に乗っていたのです、八雲。

「もうどうすりゃいいかおわかりってことかい」去り際のツネは吐き捨てるように言いました。

あなたはこたつに戻って両脚を布団の下に隠します。語林のページに戻り、言葉の目録を作っていました。作業に集中しています。

鶯は鳴き止んどりました。離れの暖かさで寝入ってしまったとでしょうか。竹の止まり木がゆっくりと揺れとりました。

あなたがこちらを向くまで座っておこうと、わたしはまたもや部屋の中に空いてる座布団を探しとりました。

お前はお客様じゃないんだよ、セツ——そこではたと思い起こします。

わたしはその場を失礼しました。

あなたは手元の書きものから目を上げなかったですね。

磨き上げられた階段を昇って離れの二階に上がると、部屋は寝息と洗わんままの着物の匂いがこもっとりました。障子窓と雨戸を開け、宍道湖と大橋川を生まれてはじめて見るかのごと眺めました。見たこともないほど大きな雪の結晶が降ってきたかと思ったら、いなくなった鳥の羽でした。湖を囲む丘や山々は雲の中へと退いてしまっとりました。羽と山の間の大橋はほとんど見えず、松江の風だけがいつものように吹いてきて、部屋へ吹き込むと窓を揺らして障子紙をかたかたと鳴らしました。

障子窓を閉じ、振り返りました。

腹に灰の詰まった火鉢がひとつ、部屋の真ん中に冷たく座っとります。吐く息が見えるほどで、冬の間の稲垣の家と同じでした。隅の押し入れには昼間のうちは布団がたたみこまれて、その上に座布団が三枚積み上げられとりました。

今晩はこの座布団をつなげてその上に寝ればいい、とつぶやきます。鶯の籠をここに持ってきて、つきあってもらおう。ヘルンさんはここに寝たらいかん。ずっとご病気だったのもごもっとも。お万もおノブもなして気がつかんかったんか？　今晩布団を下に持って行くのを手伝ってもらわんと。あの語林で「運ぶ」を探そう。「手伝う」も。

八雲、わたしも目録を作っていたのです。わたしの言葉は実用一点張りでした。あなたの言葉には他の目的がありましたね。

お昼時になると、おノブと、旅館のもうひとりの若い女中でこの日以来お万の代わりにやって来るようになったヤオが、昼餉《ひるげ》の入った塗りの重箱とお義母さまがわたしのために揃えた着物と食材の包みを持って庭の離れにやってまいりました。八雲、あなたが月の終わりまでのお代をツネに先払いしてしまったので、女中の日課を変えることも、あなたに払い戻すこともないとツネは踏んだのです——ツネが新任の外人先生から大儲けしたことが窺い知れました。

おノブが盆をしつらえ、お茶を煎れる間に、わたしは二階に戻り、ヤオの手を借りてお義母さまの訪問着を脱ぐと、いつもの着物に着替え、その日の仕事に備えてたすきを掛けました。

お義母さまは包みに、ずっと前にお父さまとお母さまがくださった鏡と象牙の櫛を入れておりました。わたしが生まれて七日目、わたしはこの品と乳母ともども、雪の地面に足を着けることさえなく、屋根付の駕籠《かご》に乗せられて稲垣家へ送られたのでした。その後、家計が苦しい年には、櫛と鏡を売るように申し出たもんですが、お義母さまは受けつけませんでした。お義母さまもわたしも、いつの日かは、手元の値打ちものはひとつ残らず売ってしまわねばならぬとわかっとらいました。

袖の中にお札を忍ばせて、紋付きをお義母さまの元へ送り返しました。これからもっと送れるようにと願いながら。

それが話のはじまりでしたね、八雲。

エリザベスの御本のためにあのひとに送った話とは違います。

あなたもわたしもはじまりから真珠ではないことを知っていました。はじまりは砂粒の核だったのです。

八雲、話の次第を、マクドナルドさんを除いては、あのひとやほかの赤の他人にする気なぞ毛頭ありませんでした。

あなたが旅立って幾日もせんうちに、マクドナルドさんは電報を打って出版社に印税や著作権の具合を問い合わせてくださいました。わたしに代わって東京の銀行口座を確かめてくださいました。それから幾月、マクドナルドさんは横浜と東京の間を何度も往き来するたびに、子どもたちにおもちゃや舶来のお菓子を持ってきてくださいました。あの方の見極めははっきりしとりました。小泉家のために新たな生計の元を求めねばならぬ。

マクドナルドさんは固く決意し急《せ》いとりました。わたしはまだ「たったの」三十六歳だと申すのです。「おばあさんというわけではございませんから」とあの人特有の端正な日本語で言いつのります。小泉の子らも今後何年も経済的援助が必要だと申します。

マクドナルドさんはある計画を練り、伝記を新たな生計の元に加えることにしたのです。追悼記事がアメリカとイギリス中の新聞に載って、あなたの人生、あなたの本は注目の的だと仰るのです。「ウェトモア夫人」という方が伝記を書いてくださる予定だけれど、あなたの日本時代についてわたしの回想が要るというのです。「ウェトモア夫人は今では財産のあるお方だから、印税はいりませんし受け取りたくないそうです」マクドナルドさんが仰いました。「印税はあなたに送られます、小泉さん」その売上で一家はこの家に留まれると請けあってくださいました。

ウェトモア夫人の名前が最初に出たとき、その方に今では財産があるとは知りませんでした。夫人のことは何も知りませんでしたが、八雲、あなたが亡くなる三年前に、ある本を「エリザベス・ビスランド・ウェトモア夫人」に献じとったことを思い出しました。娘時代の名前「エリザベス・ビスランド」であなたの伝記を出版することになるとうかがって、わたしはこのひとのことをずっと知っとったのだとわかりました。

エリザベスハ、空腹デス。

エリザベスハ、立腹デス。

エリザベスハ、ワタシノ帽子ヲモッテイマス。

一雄の帳面はエリザベスでいっぱいでした。あなたは自分の長男に毎日英語の授業をするときにあのひとの名前を使っとりましたね。パパサマの授業を受けられるあの子をどんだけ羨ましう思ったことか。あの子がこの世に生まれる前に、あなたはわたしに英語を教えることは止めてしまっとります。あなたが「ヘルンさん言葉」と呼ぶもんで充分に用を足せるとあなたは考えとったのでした。

あなたが身につけた日本の言葉は結局正しい順序に収まることはなかったですね。松江のあの冬の朝にそうであったように、それはカケツギの繕いもんやったのです。わかりにくくて珍妙な自分だけの意味をつけて別もんにしてしもうて、意味不明のことがようありました。

「ヘルンさんは歌人のような日本語を話しなさるなあ」お義祖父さまはよくわたしに言ったものでした。「酔っぱらい歌人だがの」とつけ足して。お義祖父さまがお酒を飲み過ぎると、さらにもっと詳しくなります。「酔っぱらいの女歌人だがね」と言って、明らかにわたしの言葉のこだまの高い声であなたの言葉を真似るのでした。

日本語には女だけが使う言葉があるのですよ、八雲。冨田屋での月一度の句会の後に芸妓と舞妓が一緒の宴会で、同僚の先生方にそう教わったことかと思います。女言葉の由来と役割について西田さんから教えてもらったはずですが、おそらく、言葉のあやは殿方の集まりでは失われて、その後のことに及ぶに至って忘れ去られてしまったとでしょうね。

お義祖父さまがあなたを気に入っていらっしゃったことをお義母さまはご存じでしたが、お義祖父さまがあなたをからかうのを聞くたびに、唇をきゅっと一文字に結んでおらいました。「ヘルンさんはお好きなごと日本語をお話しになっとったらいいんです」ふたりっきりになると義母はわたしに言うのでした。「実家とそだての家とふたつの家を食べさせているお方は、存分お好きなようにお話しになっとったらいいんです」と、まるでわたしが忘れてしまったかとでもいうように念押しするのでした。

松江を出ると、この歌人さんにはもうひとつ癖があるとわかりましたね。お義祖父さまなら「出雲出身の酔っぱらい女歌人」と仰ったでしょうが、お義祖父さまは出雲弁がとても自慢でらしたので、そうは言わんかったです。わたしは自分の国訛りをとりわけ自慢も贔屓《ひいき》もしとりませんが、わたしが知っとう言葉はそれしかないのです、八雲。

酔っぱらいで、歌人で、女で、在郷《ざいご》もん。

ヘルンさん言葉があなたを何者にしてしまうかはわたしにもわかっとりました。あなたは同僚の先生方や生徒の前では決して日本語を話しませんでしたね——自分が誰よりも上手に英語をあやつれるのだからなにゆえ英語を話さずにおくというのでしょう?——でも売り子や車夫や蒸気船の乗客、漁師、お百姓、ほかにも出会った人の前ですすんでヘルンさん言葉で話しかけとりましたね。お義祖父さまが出雲弁を自慢するように、あなたもヘルンさん言葉が自慢でした。

あなたが話をしようとする間わたしは脇に控えており、何もうまくいかんときは、あなたが訊ねようとしとったことを、まるでわたしがあなたに訊いとるように口にします。相手はそれを漏れ聞いて、そこではじめてあなたが訊きたかったことを理解し、通詞のわたしを交えて改めて会話が始まるのでした。

女言葉はこの口から出てくれれば、女だと目に見えているのでわかってもらえます。出雲弁も、とりわけ東京の博学な殿方に交じっておれば、学のない女のこと、あるいはせいぜい地方の色あいとして丁重に耳を傾けるとまではいかずども、わかってはもらえます。

子どもたちも順番にヘルンさん言葉を身につけていきました。家の外で使うのではないかとハラハラしましたが、これは家族の中の言葉で、庭門の外では通じんと言われずとも理解しとったのです。

八雲、息子たちが寿々子に最初のヘルンさん言葉、「谷ノ音」の意味を教えてあげたと知ったら、お喜びでしょうね。近所の丸々太った猫が竹林をガサガサと抜けてくるのを目にするたびに、言っとりますよ。

松江で相撲見物にお供したとき、優勝した地元出身の力士の四股名が「谷ノ音」でした〔一八九四年に関脇となった谷ノ音喜市〕。あなたは力士もその名の響きもたいそうお気に入りでした。数日後、その四股名を話しかけてくるので、ツツジだか、蓮の花だか、ヒキガエルだか、あの日の朝、織原家の庭で目をつけたものの日本語を探しているのかと思って、わたしは誤りを直そうとしたのです。あなたは池の端の方を指さしながら、首を振って「タニノオト!」と繰り返します。そうして相撲の四股を真似してみせましたね。

「ああ、あのヒキガエルが谷ノ音! ハイ、あなたもそうねー」とからかうと、あなたは四十路の殿方ではなく、少年のように声を立てて笑っていました。

ヘルンさん言葉にも役割と魅力があることは否めませんが、後々、一雄の英語練習帳を見るたびに——年を経るごとにしっかりした書きぶりになっていくのを見るたびに——わたしもその言葉を身につけたいと思ったことでした。時が経って、わたしにもそれぞれの文字の区別はつくようになりましたけんど、それが組み合わさっても意味がわかりません。一雄の帳面の中で、この文字はまるで一本の糸のごと繋がって、とりわけＥの文字は、丸みがあって真ん中がほっそりしとって、残りの文字より抜きん出とって、繰り返し姿を見せました。

エリザベスハ、空腹デスカ?

エリザベスハ、立腹デスカ?

エリザベスハ、アナタノ帽子ヲモッテイマスカ?

八雲、今ならわたしにもその答えはわかります。そうでない振りをするまでもありません。「エリザベス・ビスランド」――それがいつもあなたの舌先にあった名前だったのですね。

人は誰しもふたごころあるものだとわたしは自分に言い聞かせます。わたしもそうです、八雲。あなたならふたつよりも多いのかもしれません。世界が静まりかえった深夜、異国の言葉と聞き慣れた言葉で複数の胸騒ぎが、心の中がざわめくのです。昼間の光の中で勝るのは、誰よりも近くにいる心。自分を慰めて言っとるんじゃありません。そのおかげで女房はしゃきっとしっかり挫けずにおられるとですけん。近くにおることが妻の強みなのです。

あなたが旅立たれてひと月のこと、あなたのエリザベスが「ウェトモア夫人」を装って、アメリカからの電報で催促をしてきました。「ラフカヂオノ日本時代ニツイテ。遅クトモ一九〇五年半バマデ。スグ送レ。世間ノ関心保ツタメ。伝記一九〇六年ニ出サルルベシ」

マクドナルドさんはわたしが心配しているのを見て、わたしが書き送るものの中からウェトモア夫人が細心の注意と思慮分別をもってごく一部を選び、彼女が書く八雲の伝記中に抜粋として入れるだけだから、と請けあいます。「この仕事の重責は夫人の肩に掛かっているのです」

アメリカ人は変わったやり方で喪に服すのだと思いました。中身よりも早さ優先で、タガの外れた信書を送りつけてくる。亡くなった者にはお構いなしに先の計画を立てる。生きとる者のあれやこれやで忙《せわ》しない。

でもわたしは日本人です。

八雲、またふたりのためにひと息つけるまでは、あなたの物語を手放しとうない。誰かの話をすることは、そのひとを蘇らせること――それに、旦那さま、あなたはまだここにおるじゃあないですか。あなたが、そして哀しみが、来る日も来る日も、朝日とともにわたしの中に立ち昇る。

この家の庭にあなたがいて、青い筋の入った朝顔を愛でています。あなたのいない秋がやってきても、しつこく庭垣に絡み、日増しに涼しくなるにつれ葉は黄ばみ、花は小さくなっていく。あなたはこの時期の朝顔がいちばんお好きでしたね。ツヨシ、イサマシ、と最後の花に名前をつけとりました。

息子たちにパンと卵が出されると、あなたのお姿が食卓に見えます——夢見心地でコーヒーに塩を入れてしまい、子どもたちが笑うと自分も声を出して笑っている八雲。

あなたよりもわずかに年上だったわが家の車夫は、主従の契りを守るかのごとあなたと同じ日に旅立ったというのに、それでも、あなたが大学で講義をされる日には庭門からふたりが出ていく姿が見えます。洋装で舞茸色の帽子姿のあなたが、わたしがこの手で白と青の風呂敷にお包みした御本と書類、女中がお包みしたお弁当を抱えて。あなたはご自分の国の正装を蔑んどられて、見るからに洋装に難儀しとりましたね。わたしは白《ワイ》シャツの固苦しいカラーの釦を留めながら、大学も学生さんも先生に期待してらっしゃるのだから、と言い聞かせます。足を閉じ込め締めつけるとあなたが文句を言う革靴の紐を結びながら、みなさんが待ち望んでおられるのは西洋の先生ですよ、谷ノ音の日本人ではないです、とからかいます。

ラフカヂオ・ヘルン、出勤いたします！ あなたはまるでわたしが命令を下した提督かなにかのように敬礼していつも応答するのでした。

午後も遅く、俥の音と車夫の草鞋《わらじ》駆けの音が戻ってくると、玄関であなたをお迎えし、女中はいつもの習いで風呂を焚き始めます。あなたはにっこりしてわたしの両の頬に接吻し、今日アメリカから手紙や小包は届きますか、と訊くのです。

八雲、そうやってあなたのエリザベスの消息を訊ねとったのですか？

あのひとのお手紙が「ウェトモア夫人」を装い書斎であなたを待っています——あなたは高い机

に坐して、日の光が陰り始めるまで、顔の右側を机の表面に傾け、右目は紙と墨に触れんばかりにしています。わたしはオイルランプを灯します。キセル用の卓上火鉢を消えたままにしておくのは、法螺貝のぱおー！　ぱおー！　が聞こえるのを心待ちにしとるからです。

夕餉《ゆうげ》で家族が食卓に集まるとき、最後に歩いてくるあなたの姿が見えます。今でもあなたを待って食事を始めるのです。でもときには、あなたは飢えも家族も忘れてしまい、明かりを落とす瞬間まであなたの姿が見られん晩もありました。

失礼ながら、お先に寝させていただきます、とあなたの眠たげな声が耳をくすぐります。

八雲、あなたの声が聞こえる。

毎晩。

「失礼ながら、お先に寝させていただきます」というのはわたしの言葉でした。松江の鳥籠以来、あなたにその意味がわからん頃から、意味を気にせず使っとった頃から、あなたに語りかけていた言葉でした。

八雲、あなたが先に寝たことは一度もなかった。

今このときまで。

目を閉じると、夢の世界であなたに出会い、嘆きは地平の下に隠れ、昇る月のように思い出が現れ、ふたりはふたたび松江で鶯の歌に耳を傾けます。

はじめの日々、あの小鳥さんとヤオがたいへんな心の慰めでした。わたしとヤオと小鳥はじき仲良くなりましたが、鶯はヤオにお熱でねー。あの娘の姿が見えとるとずっと、あの娘のほうへばかりさえずり続けるとです。あなたはツネを好かんかったけども、ヤオが鶯とわたしのお相手ができるごと、ずっと旅館に世話してもらおうかと考えたほどでしたけんねえ。

わたしは片方の手の指であなたがツネに払った額を、もう片方の手の指であなたがヤオに直《じか》に払える額をお見せしました。誰が金をもらいすぎとって、誰が請け負って働かんといけんのか、すぐにわかります。

八雲、わたしの判断にあなたが同意したとは、情愛の仕草のつもりやったことはわかっとったのです。ヤオが新たに住み込み女中になれば、わたしらふたりのあいだには、別の取り決めができることになります。けれども、わたしはあなたの決断を信頼の始まりと受けとりました。信頼と情愛では重みが違います。信頼は努力で手に入れるものですから、わたしはむしろ信頼のほうがいい。情愛は同情心やら金を出す者の良心の咎やらが姿を変えたもんかもしれませんけん。

鳥籠のような狭い住処《すみか》では、長年機を織って荒れてしまった両手を隠すことはできません。家の世話を軽うしてくれたんは、あなた自身が手間だったけんですか？　下々の女工のごた手がのうなって高貴なたおやめの手が戻ってくると思ってらしたの？　情愛は、そんな疑いを強めるだけ。信頼はそげんな恥ずかしい問いを投げかけることはありません。

あなたの生徒さんに言付けて知らせれば、ツネは騒ぎ立てるかわからんふりをすることはわかっとりました。西田さんも家の世話に手を貸してくださいましたが、教頭先生の目に映るわたしはまだ信頼置けるもんではなく、それでわたしの目にも先生は信頼できませんでした。新任外人先生の心変わりがわたしの口から知らせられれば、ツネに残された手は、松江中の旅館の女将や、店主、車夫、女中らに世話話をしかけ、町の新聞よりもてきめんに噂を広めることしかありません。

〈あの洋妾《らしやめん》めがもうあげこげ手を入れとらいよ〉
〈あの洋妾めがトンビのごと降りてきて他のわしらの取り分がのうなった！〉
〈あの洋妾めは松江の恥さらしだけん！〉

やがて鳥籠を出てお義母さまを訪ねるたびに、「洋妾」という言葉が飢えた犬のようにわたしの後について回るようになり、わたしはそだてのお義母さまや生みのお母さまの袖にお札を残していきました。

〈少なくとも飢えた犬ではないですから！〉ピンと伸ばした背筋で申し立てます。

〈お義母さまも飢えた犬ではないですから！〉新しい着物の絹地が声を合わせます。

〈お母さまも！〉結いたての丸髷もきっぱりと言い切ります。

ヤオに続いて鳥籠へやって来たのはヒノコで、小泉家に飼われる最初の猫となりました。春もまだ先の頃、離れの縁側は夕日を眺めるには寒い場所でしたが、一日のわずかの間に、柿色、藤色の反物が川や湖に晒されるのを眺めては、自分の気を和ませ、慰めます。日が落ちてくると、風に乗って哀れっぽい鳴き声が聞こえてきました。赤子かと思ったもんです。続いて風が運んできたのは、「投げろ！　投げろ！」という声で、繰り返されるにつれゆるぎない合唱になっていきます。その声の方へ、近くの川岸へ駆け下りていくと、植木屋の息子が、ずぶ濡れになってもがいている子猫の長い尻尾を摑んでいます。小僧は子猫を大橋川に浸けるとまた引っ張りだしました。八つにもならんこの子が織原商店の庭で父親の脇で働いているのを見かけたことがありました。唇を引いて歯を剝き出しにし、寄せた眉はひと繋がり――それは人の子とは思えん形相でした。猫を渡しなさいと小僧を怒鳴りつけました。他の子らは逃げ去り、植木屋の息子は言われたとおりにしました。

その晩、離れに戻って来たあなたは、黒いふわふわの毛玉が鶯の籠の脇で眠っているのに気がつきました。それから、瞳の金色の火の粉にちなんで名付けたヒノコの物語が始まったのです。わたしが語り部で、あなたが聞き手、という役割はその後何年も続くことになりました。

そのころには三月《みつき》を迎えた住み込みの結果、数は少ないけれども語林のページを繰らなくてもやりとりできる言葉がありました。これらの言葉はふたりが一緒に年を取っていったような、何年も一緒に過ごす内に選《よ》りすぐられていく語彙を彷彿とさせました。親睦の印象も与えてくれました。そのようなかりそめを、「怒り」や「恐れ」や「困った」や「弱い」といった言葉を招き入れることでかき乱すのは嫌なことでしたが、ヒノコのお話をあなたに伝えるには、そんな言葉こそが要ったのです。

あなたは目を見開き蒼白になり、あとさき歩き回って、今まであなたの口から聞いたこともないような叱責の言葉を吐いていました。植木屋の息子とその一団への怒りは明らかでした。身を守るすべもないヒノコへの同情も。そんな怒りと傷心が湧き上がってくるのを再三目にすることになりました。弱き者の窮状は、それが獣であれ人であれ、いつもあなたを傷つけたものでしたね、八雲。

物語が終わると、あなたはヒノコに寄って腕の中に抱きかかえ、泣いたのです。

八雲、殿方が泣くのを見るのはそれがはじめてでした。

ヒノコは目を覚まし、眠たげな舌であなたの手を舐めました。長い尻尾が不吉だからといじめられたのですが、それがあなたのシャツの前と袖を優しくなでました。

ヤオが織原家の台所からアワビの殻をもらってきて、ヒノコに餌をあげる碗としました。あなたが畳に降ろしてやると、ヒノコはお粥を入れた貝殻に寄っていきます。餌を最後まできれいにぺろぺろ舐める姿は滲《にじ》んだ墨の点のようでした。あなたは語り部の傍らに戻り、その手を探り握ったのでした。

そのままヒノコの飢えが満たされるまでふたり立ち尽くしていました。

まるで唇が触れるように指が触れ、頬に触れるように手のひらを優しくなでで、手脚を絡めるように指を絡める——肉体の求めるものとそれに従う心の内を、あなたは手をとおして伝えるのだとわたしは徐々に会得していったのです。わたしは語り部の手をあなたの手から引き離すことはしませんでした。その夜が信頼のはじまりだったのです——あなたが思っているような情愛のはじまりではなく。

八雲、あのときはあなたの差し迫った求めに応じたのですが、正直、どうでもいいことでした。傷つけるつもりはないのです、ただ、過去を、あの凍《こち》ける夜のことを、ありのままに見なければ。

閨《ねや》の取り決めが落ち着くと、あなたに新しい布団と袢纏を四枚誂えました。鳥籠の二階にあった黴臭《かびくさ》い布団をちゃんと洗って乾かすには寒すぎたからです。お義母さまが五人のお針子の手を借りて差配しました。一週間の内に新品が完成し、お義母さまの袖にさらにお札を置いていくことができたのです。

それからさらに家のことを改めました。ヘルンサンハ、空腹デス。ツネが旅館からよこす和食で満たされているようには見うけられませんでした。足りん分の代わりに、ガラスの瓶からお茶の色をした液を何杯もお飲みになり、後にそれがウィスキーとわかりました。鎌田才次《かまたさいじ》の洋食店のこと、あそこの厨房には松江に数少ない洋竈《オーブン》があることは耳にしとりました。県知事さまの厨房にもあるらしいです。鎌田は「パン焼いたりね、牛肉やらほかに肉を炙《あぶ》るのに要りますねん」と教えてくれました。

最初鎌田の店に行ったとき、まだ開店前でしたが、わたしが雇い主の名を告げると招き入れられ、厨房におじゃまするると、玉葱を刻んでいるところでした。

「ヘルンさんのお腹があんさんをよこさはったね？」と鎌田は訊ねると、自分の奇妙な言い回しに気づいて、忍び笑いを漏らしました。

「お腹によこされたのではございません」と応じました。「ヘルンさんの差し金でもありません」

「失敬失敬。病気やったと聞いとったさかいにね。ようなるには洋食が食いとうなるやろ」

「足しになると思いますか？」わたしと同じ考えがコックの口から出てきてほっとして訊ねました。

「そーら、そうやで！」鎌田が応じます。「うちで食事しはるときは、ヘルンさん、いっつもご満悦でっせ」

「ここでよく召し上がっとるんですかね？」

「あんたでも驚きまっか？　ご存じかと思うとったが……」

「まだ雇われたてですけん」

「ほうか。まあ、誰やって秘密に食べる好物がありまっしゃろ、な？」

「おたくの料理は秘密ですか？」

「あんたも知らなんだ。冨田屋の女将さんも知らん。もしわしが博打《ばくち》打ちやったら、連れの教頭先生でさえヘルンさんがうちの常連さんやとは知らんと賭けてもええですわ」

「でもあのひとは日本のお料理がお好きで」とわたしはがんばります。

「はいはい、しかしそれもヘルンさんには調査研究やろ」と鎌田は説くのでした。「しっかも新聞が和食好きを『見上げたものだ』とあれほど書き立てよるさかい、先生も面子があって和食を止《や》められへん」

鎌田は大阪出身の男だと聞いて、信頼できんような気持ちになりましたが、あの開港都市で英国式の料理を学んだのだと言いました。「イギリス生まれでのうて、インドちう国で生まれた人らに教わりましてん。あの人らほどイギリス料理に堪能なコックはおりませんな」と鎌田は請けあいます。

「イギリス式のお料理ばかりを？」

「はい」

「ヘルンさんはアメリカから来たとですよ。そこからアビシニア号で出航されたと、新聞に書いてありました」鎌田の嘘を見破ってやったとばかりにわたしは言いました。

「ヘルンさんはイギリス人ですがな。お父上はアイルランドの出とご存じか？」

「いいえ、知りませんでした」

「あー、まあ、先生が英語をしゃべる調子でわかりますな。歌っとるように聞こえまっしゃろ、ね？」

「いいえ」

「ほんだらわしの言うこと信じるしかないですな」

「そうします」とわたしは応えました。

「鶏のロースト、ロースト・ビーフ、ビフテキ、肉のパイ、リンカンシャー・ソーセージ、マンチェスター・ソーセージ、パン――わしが焼いたコッテージ・ローフ見て、ヘルンさん、泣き出さんばかりでね――もちろんあと、イギリス人が食事の最後に食べる、あの『プヂング』ちうやつね、朝始めに食べる血入りのしょっぱい『プヂング』と一緒にしたらあかんよ」と言って鎌田は献立を挙げていきます。

「今晩見つくろって、織原さんの庭の離れに届けてもらえますか？」何を選んだらよいかわからずに、わたしは頼みました。

「承知つかまつります。明日はわざわざご足労は結構ですさかいに。今週いっぱい配達続けましょか、おたくさんから止めてほしいと仰るまでね」厨房からわたしを見送りがてら、鎌田は言いました。

「まだお代を払っとらんですけど」

「次にヘルンさんがいらっしゃったときにもらっておきます。もうそろそろ来はるわ、てわかりまんねん」

鎌田の店から来たお重が、イギリスの食事に合うとコックが勧める「バス・エール」の瓶三本と一緒に届いたのを目にして、あなたはさして心惹かれることもないご様子でした。いつものてきぱきした調子で冨田屋の夕食を食べると、こちらを見やって、もっと頂戴、とお願いする子どものように、にっこり微笑んだのです。鎌田が届けた料理にあなたがうなずいてみせたところで、わたしは料理をお出ししたのでした。あなたが使えるようにと鎌田は西洋の箸道具も入れて、わたしのためにもひととおり入れておく心遣いをしてくれたのですが、あなたがすべてひとりで平らげてしまったので無用になり、後に残ったのは厚切りのパン一枚のみでした。これは明日の朝のお茶用にあなたが自分のために取っておいたもので、朝の食事も鎌田に仕出しさせるようにとあなたは申しつけたのでした。

それから何ヶ月も経った後、ヤオと、鶯と、ヒノコとともに、母屋とは別にちゃんとした台所もある松江城の陰の家に引越したとき、ヤオを鎌田の元へ送り、基本の料理を習わせ、ヤオはさらにそれをお義母さまに教えてくれたのでした。鎌田は、朝のコーヒーにイギリス式のお茶の煎れ方、半熟卵とトーストの作り方に、フライパンでビフテキを焼く段取りもヤオに教えてくれました。その他のものは鎌田の洋竈《オーブン》から送られてきました。八雲、あのコッテージ・ローフをお気に入りだという鎌田の言葉は本当でしたね。あの厚切りパンを口にするとき、そうでもせんと涙がこぼれると言わんばかりにあなたは目を閉じとったもんでした。

「ヘルンさん肥えはったやろ？」うちとの取り決めからひと月ほどして、鎌田が訊いてきました。

そうして、もうわかっているとばかりに、忍び笑い声を漏らしました。

「わたくしにわかるとでも?」とわたしは訊ねます。

「顔や。男は顔を見たら、肥えたかどうかわかるやろ、な?」

「まあ」

「ほいで?」

わたしは「ええ、肥えましした。たいそう肉がつきましたね」と認めて、鎌田に背を向けました。

鎌田は大阪で洋妾を大勢知っとったのでしょう。わたしへの態度も最初から馴れ馴れしく、妹か長年の顔なじみに話しかけるような感じでした。わたしはこののっけからの無遠慮さで、いっそう辱められた思いをしたのです。

母がわたしの境遇が変わったことを聞きつけ、それを実際目にしたときには、言葉もないといったありさまでした。そのだんまり具合で知りたいことは伝わりました。結婚を解消してからわたしの名は小泉家の籍に戻っておりました。今やそれを悔いていたのです。

お母さまの話をするには幾晩もかかりましたね、八雲。

六月になったばかり、松江城の陰の家の庭のあじさいが満開になるのは数週間先のこと。大家は松江の元武家の中でも、最後まで自分の屋敷に住み続けられたうちでした。もう幾月もお義母さまを通して空きを問い合わせとったのでした。時機を求めてお屋敷を待ち受けるわたしの目は、おそらく、無作法なものだったでしょう。こいつが空腹に弱り果てて住処を捨てるのはいつのことだろう? 結局みなそうなったわけで、そこに他の動物が入ってくるわけですが。ゆとりのある十四部屋、庭は三つ、しかも隣の林のある丘は鳥の鳴き声に満ちて、きっとあなたを喜ばせるだろうとわかっとりました。

わたしは先手を打ったのです、八雲。川と湖のそばであなたがまた冬を越すことは無理だとわかっとったから。わかっていなかったのは、松江でもう一冬越すことはないということでした。縁側に腰掛け、あの家の深い軒の下、蛍と満月が照らす庭を前に、わたしは話を始めました。はっきりわかりやすく、というご所望でした。語林では微妙な表現にそぐわないからです。

ヒノコの物語のあと、一連の他の話が続きました。当初、繰り返しは避けられませんでした。というのも、語林を使っていては、いちいち言葉を引くのに手間と思案がかかり、お話を引き留め遅らせてしまう。わたしが話の終わりにたどり着いた頃には、あなたがはじまりを忘れるほど。それで、あなたが必要に合わせて物語りを仕切り、ゆっくり話したり繰り返したりがお好みの手順となりました――「さむらいが目が見えないの琵琶法師に何と言ったのか、もう一度言ってください。血を見たのおばあさんが何と言ったのか、もう一度言ってください」鍵は、同じ話を繰り返すほどに、言葉を少しずつ減らしていくことだと会得しました。言わずともわかるから、くどいから、的外れだから――理由が何であろうと、いつも海に投げ戻すことができる言葉があるのです。はっきりわかりやすく話すのは、その海の中から真珠を探すことでした。

あの夜の真珠はお母さまでした。あなたにお母さまを見ていただきたかったのです。

同僚の先生方から塩見の家の男たちの勇ましさについてはお聞きになっとったことかと思いますが、誰も塩見チエの話はしませんでした。女の話だ、と見過ごしとったのです。口にするのも無駄な風説だと。

お母さまはふたりの夫の未亡人となったのです、とわたしは話を始めました。

十三になるなり、母は今では口にするのもはばかられる武家の一家の嫡男に嫁ぐことになりました。婚礼の初夜、夫が閨に現れんまま母は待ちながら寝入ってしまいました。圧《お》し殺すような音がして目を覚ますと、新郎と年若い女中が、しばらく前に女中自ら掃き清めた中庭に相思相愛の仲を晒して横たわっておりました。血は鮮やかに赤く、女の首と男の腹から流れとりました。塩見チエは主人の顔を見、それから女中の顔を見やります。なるほどこれが相愛というものか、とチエは思いました。それから心中の最中に目を覚まさなかった正門の見張りをたしなめると、閨に戻り、未亡人の命運を待ったのでした。

まもなく武家には涙の川が、若殿様とユキのあいだの情事を長らく知っていた女中たちが流した涙の川が流れました。塩見チエは一滴も涙を流しませんでした。亡くなった夫の一族に謙虚な態度と服従の敬意を示し、それから長い間、決してその名前と行いを口にすることはありませんでした。女中の名前はその死体が冷たくなる前に物語から消し去られてしまいました。朝になる前に、心中の噂が松江中に広まり、松江城下の家々では、塩見の名にふさわしい女御として塩見チエは讃えられ、家々に仕える女中たちの間では、塩見チエの名は「氷御前」として知れ渡り、若殿が亡くなった家の女中の間では「血潮御前」として知られるようになったのでした。

この言葉を聞いて、あなたは息を呑んだのでしたね、八雲。

もう一度言ってくれと請うてきます。それからこれはすべてまことのことかと訊ねてきました。

「いいえ」わたしは白状しました。

「ああ、なおさらよろしいです！」とあなたは声を上げ、膝を叩いたのでした。

あなたはヒノコの物語には涙を流しましたが、お母さまの物語には目を輝かせ、あの夜の月よりも明るいほどでした。

六月の末になると、山陰新聞に、情け深く気前のよいラフカヂオ・ヘルンが、洋妾の生みの母親が立ち退きを食らいそうになるところを救ったという詳細な記事が載りました。新聞によると、お母さまがヘルンさんから毎月の仕送りを受けとっているとのことでしたが、実はそれだけではありませんでした。新聞はお母さまの困窮ぶりに触れとりましたが、わたしは上の弟と末の弟も食べさせねばなりませんでした。上の弟が売り払った家財一切合切を長年かけてふたたび取り戻し、控えめとはいえ新たに借りた家に息子らと落ち着いた母は、わたしの訪問を拒んだのでした。

新聞で小泉家が洋妾の生家だと明かされると、セツは二十三にして、長く巻く煙となって体から抜け、空へ昇っていきました。後に残ったセツは、根を絶たれたことで足が軽くなり、突然漂泊の思いに駆られるようになりました。先人の旅人ら同様、セツも家を失い、別の家を求めとったのです。

わたしはあなたを追ったのです、八雲。

最初は杵築までついていくのがやっとでした。松江の七月半ばの暑さを逃れるために、あなたと西田さんは、稲佐湾に面した海辺の旅館の因幡屋に部屋を押さえておりました。あなたは出雲大社をまた見に行くのを心待ちに、朝と夕べに日本海で泳ぐのを楽しみにしておりました。

「わたし、半分魚です」わたしが旅行鞄を詰めている傍らで、あなたが声を上げます。

「あなたの一族は漁師さん?」とわたしは訊ねました。

「いえ、軍隊と医術です」

「お母さまが治療師?」

「いえ、わたしの父、軍隊おりまして、医者だった。わたしの母、塩見チエ」

のちにあなたはヘルンさん言葉でこの言い回しを縮め、「チエ」は高貴な生まれで美しく勇ましいご婦人のことを指すようになりました。悲劇的な最期も含みにありました。

あのころはそんな流れでお話をしとったのでした。織原商店の家の格式張った庭の小径《こみち》のように、曲がりくねった道ばかりで、あなたが一方へ向かうと、わたしがもう一方へ向かう。その途中で出会うふたり。

母はまだ生きておるのですよ、八雲。

消えていなくなる者の街、大阪に住んどります。そこから、悔いを残してこの世を去るが、わたしのこともそのひとつだという手紙をよこしました。

母の悔いは、仔細を述べるならば、わたしがあなたと過ごした人生のこと、松江の鳥籠で始まった人生ではなく、海辺の杵築で始まった人生のことです。

あなたはあそこに到着して翌日、西田さんに頼んでわたしに宛てて手紙を書いてもらいましたね。すぐさま旅館に来てくれという訴えでした。教頭先生の筆だとわかって、わたしは一瞬、先生からの手紙かと思ったのでした。「あなたなしで一日が過ぎ、もうこれ以上は待ちきれません」とあなたが始めたとき、先生の手は震えとったに違いありません。

杵築に向けて、あなたと西田さんも宍道湖を横断したときに乗った小さな蒸気船を捕まえました。庄原《しょうばら》の村で降りると、俥を雇ってあなたの足跡を追いました。何時間も、青田と蛙の歌を抜けて細く長い道が続きます。日が沈もうかというころになって、遠くに鳥居が現れ、俥屋が杵築に着いたと申しました。玄関で迎えた女中は外人さんはまだ海に入ってなさると教えてくれました。わたしが来るのを待っていて、ためらうことなく二階のあなたの部屋へ通してくれて、続きの間もわたしが使ってよいと言ってくれました。西田さんは女中に予め何て言わいただらか、と考えました。わたしを出迎えたいだろうとは思いもよらなかったので、西田さんの居所は訊ねませんでした。

八雲、あなたの着物はしわくちゃの山。お金は巾着からこぼれたまま。わたしが餞別としてあなたにあげた手ぬぐいの上にひと握りほどの貝殻が寄せられとりました。青海波の文様が海遊びにふさわしいなどといったことはひと言も言わずに、わたしが手ぬぐいを旅行鞄に押し込んだのでした。

青と白の波の模様は気を遣って選んだのに。内側にため息が込み上げてきたのでした。あなたはもう心ここにあらずだと思ったのでした。

お部屋の窓から表通りに並んだ提灯に照らされて、あなたが宿へ歩いてくるのが見えました。お迎えしようと下へ急ぎます。玄関では女中がきれいに畳んだ浴衣を手にすでに待っとりました。日課が決まっとらいわ、と目を留めました。こぎゃんほど海に近い場所に住む娘にしては色白でした。体つきはせいぜい十五というところ。お万の双子みたいだと思いつつ、わたしの心はくすんでむなしい羽を羽ばたかせる蛾のようでした。

わたしの姿を目にして、あなたは気がつくなり一瞬で有頂天になりました。こちらへ駆け出す両脚は四十一の男のものではなく若者のものでした。黒髪は濡れていて、灰色の浴衣は海で濡れた体にまとわりついていました。あなたは両腕を回してわたしを抱き抱え、空に捧げるように持ち上げたのです。女中があなたのあけすけな情愛に潮風の中、息を呑むのが聞こえました。

蛾は飛んでいってしまいました。

次の週にふたりは出雲大社で夫婦になったのです。縁結びの神様、大国主神《おおくにぬしのかみ》が立会で、もうひとりは西田さんでした。

もう幾月も男と女として一緒ではありました。鶯の籠に布を被せてからのこと。互いへの覚悟はあとからやってきて、杵築の手紙がその仕上げとなり。婚礼の祝儀はいちばん最後でした。

あなたのエリザベスの御本のためには、この三つの段取りの順番をひっくり返さねばなりませんでした。それが亡くなった者と生きている者のためだったのです、八雲。真実なぞ、あなたの遺徳のためにも、子どもたちのためにも、今やあなたなしで暮らさねばならぬわたしの現在のためにもどんな御利益があるというのです？

あなたの一周忌が近づいたとき、前にも劣らず息をもつかせぬ勢いで、またもや電報が届きました。「ヘルン夫人原稿デキタト信ズ。翻訳中ト察ス。原稿ハ当方ノ夏ノ在所ニ至急送レ」一雄が翻訳してくれると、あなたの伝記作家はしびれを切らして待っていると、十一歳の子どもの声で急かされました。

エリザベスは、空腹です！

エリザベスは、立腹です！

エリザベスは、わたしの帽子を持っています！

わたしは自分の物語を手放すまいと心を決めとりました。あなたのエリザベスに何ひとつ送ってやるつもりはございませんでした。お義母さまも察しとったに違いありません――その夜、わたしを脇に呼んで、お義母さまが自分で仕切っとったわが家の勘定を見せたのです。あなたの大学講師の給料もないまま丸一年近く――家のことで切り詰めることができる部分は、家そのもの以外にはあまり残されていませんでした。

わたしはチエにはなるまい、干からびて、小泉の息子たちを道連れにするようなことはすまい、と決心しとりました。それに小さい寿々子、あの子をわたしのような目に遭わせることなんてどうしてできるでしょう？

それでもまだふたり分の息をすることははばかられたのです、八雲。それからあなたの物語を最初に語り始めたとき、あなたの霊が側にいてわたしの手を握っていてくれた。書記は三成重敬《みなりしげゆき》でした。もともと悪筆でしたから、自分で書いたものを翻訳者に見せることはさらに気がひけました。それに、わたしができるのは物語で、書くのはあなたの領分です。八雲、あなたに劣らぬ注意深い聞き手がいることで気持ちが落ち着きました。この遠縁の者にはじめて顔を合わせたとき、あなた何を言ったか覚えてます？　腹を立てた振りをして、セツは日本中の者と親戚だと口走っとりましたね。それから重敬は徳川のさむらいのような面構えをしていると感心して。あの険しい面長には、八雲さえも驚くような飲みこみが早く細やかな叡智が隠れとりました。あなたは喜んで書生としてこの家に住まわせ、彼はあなたのために調査をして恩を返したのでした。蛍を歌ったいにしえの詩歌が最初の依頼でした。ありとあらゆる古典に蛍を見つけて、でもあなたに言われる前は目にも入っていなかったと。「ヘルン先生は魔術師ですよ」と彼はわたしに漏らしたものでした。

重敬は今でも史料編纂係に勤めとりますよ、八雲。独身のままです。ずっとそのつもりだと知られとります。昔の名残、倒錯、退廃だと今どきの東京の新聞は男色の習いを謗《そし》ります。この町のモダーンな若者も同意の様子です。重敬が古文書を好むのも無理はありません。

自らの心を秘めねばならぬ男になら、信頼して自分の心を打ち明けられる。

あなたの帝大の元学生、落合貞三郎《ていざぶろう》が翻訳方です。報酬は何も要求してきませんでした。彼もまたヘルン先生のためなら何だってやると誓ってくれます。あれほど急いで翻訳を終わらせたので、もし何か間違いをしでかしていたら申し訳ないと何度も謝っとりました。わたしのためにこれほど急がせたのですからとわたしの方も何度も謝るありさま。あなたの物語を彼に渡したのは、あなたのエリザベスの手に英語版を渡すまであとひと月というところだったのです。

あの最初の語りは、あなたが旅立った日から始めたかったのですが、そこで八雲、あなたのご意見が聞こえてきたのでした――お終いはお終いに残します、可愛いママさん《スウィート・ワイフ》！――代わりに松江の紹介から始めました。けれどもまもなく時の流れに我を失い、内情を明かし分別のないことを言ったかもしれません。

それまで黙って書き取っていた重敬が、口述中に、ひと言よろしいでしょうかと言ってきました。「事実というのは魚の骨のようなものです。身をお出ししたいのなら、骨は捨ててしまってもよろしいでしょう」と彼は勧めるのでした。

心を秘めねばならぬ男は、巧みな語り部でもあるのです、八雲。

わたしは骨を捨てて、以下のことをあなたのエリザベスにお出ししました。

明治二十四年、西暦一八九一年一月の初め、ラフカヂオ・ヘルンと小泉セツは松江で結婚しました。ツネはふたりの引き合わせには無関係ということにして消えてもらいました。代わりに西田千太郎が華麗に登場します。西田家は足軽から上士に昇格、塩見家と縁戚関係ということにして、信頼できる仲人としてのふるまいももっともらしく見えるようにしました。鳥籠での最初の沈黙の日々や、ふたりを結ぶおぼつかん橋だった語林にはさっと触れただけ。代わりに、そこにはいつもわたしたちふたりの共通の知人として西田さんがいて、通訳として仕えてくれたのです。西田さんはあなたのそばにはずっといたのだから、だから八雲、これは半分本当です。

エリザベス・ビスランドは山陰新聞とは違いました。これはありがたかった。結婚のときのわたしの年齢を訊ねてきましたが、どうして二十二にもなって夫がいなかったのか説明を求めてくることはありませんでした。そういうわけで、最初の結婚のことは、まるで大阪にでも行ってしまったように、一度目の物語とそれに続くあなたのエリザベスの本からはすっかり消えてしまったのです。山陰新聞だったら根掘り葉掘り聞いたでしょうね。骨のない魚なぞうんざりだと思ったことでしょう。

エリザベスはアメリカ人だからと、原稿を包みながら自分に言い聞かせました——あなたの物語は翻訳されて、もうわたしには見分けがつきませんでした——海を渡って届いたときもきれいにまっすぐのままであるよう、あなたがいつもやっとったように薄い板をあてがいました。八雲、あなたが微笑むのが見えるようです。〈可愛いママさん！〉と思っとらいますね。「可愛い」はヘルンさん言葉では「うぶ」と同じことでしたっけ、八雲？

今ではあなたのエリザベスのこと色々知っとります。ウェトモア夫人になる前はニューヨークの有名な記者だったそうで、山陰新聞も喜んで雇ってくれましょう。あなたと同じで、エリザベスも後世に名を残す旅人だったとは。

一雄が最近パパサマの伝記作家について知りたくなって、名に聞くエリザベス・ビスランドの世界一周競争について彼女が書いた本を読んだそうです。そのとき二十八歳だったとか。独身だったのですよね。競争ではネリー・ブライという別の記者に負けたけれど、エリザベスはあなたを負かしてこの国に到着したのですね――アメリカ人にとって旅行は競技なの、八雲？　西暦一八八九年、明治二十二年の十二月に横浜に到着したエリザベス・ビスランドは、合衆国海軍主計官ミッチェル・マクドナルドに会い、彼はあなたの友人になる前に、彼女の横浜の友人になったのですね。

この世界はなんぼ小さいのでしょう、八雲。その小さな世界のお話に耳を傾けなければ人は砂粒のごとなってしまうのです。ようやくお話を聞くと、それらは波となって、足元をさらうのです。

八雲、マクドナルドさんは毎年クリスマスにかなりの金額を小泉家に贈ってきます。

去年はそのおかげで下宿人を取らなくても済んだのでした。この家を下宿屋に改造することを考えると、夜も眠れません。マクドナルドさんにも養う家族がおりますから。そこで自問し、今あなたに問いかけるのですが、実はこの贈り物は今や財産のある奥方となったウェトモア夫人からなのでしょうか？

その伝記の印税も徐々に少なくなり、マクドナルドさんは今度はわたしの番だと仰います。わたしの名前を冠した本ならたいそう内外の読者の興味を引くだろうと言うのです。ウェトモア夫人に向けてすでに語ったことをもとに膨らませればよいと勧めます。八雲、マクドナルドさんはすでに書名も考えてあるのですよ。英語の「レミニスンス」を提案なさるのですが、一雄によると「メモリイ」に近いって。

一雄に「違いはどんなかね?」と訊ねると、その答えが十五歳にしてまったくあなたの息子らしゅうて。

息子は「詩人にはレミニスンスがあり、母親にはメモリイがある」と言ってのけました。

そこで、また物語を始めることになったわけですが、今度は、八雲、あなたなしなのです。

あなたのエリザベスが二十八でひとり世界を旅することができるなら、セツは四十一であなたがいなくても物語することぐらいできますよ、旦那さま。ふたりを比べるのはまったくまともではないかもしれんけど、えいままよ。先に眠ってしまわれますけん、こんな目に遭うんです。残されて起きとるもんは、ひとりで好きにやりたいことをやりますから。

セツは、空腹です。

セツは、立腹です。

セツは、あなたの帽子を持っています。

ふたたび重敬を書記として、わたしは松江城の陰の家の最後の日々に戻ってまいりました。木と紙でできた部屋の中を風が抜け乾いた莢《さや》のようにカラカラと音を立てると、あなたはあたりを見回し、ぶるっと震えて、南の地方に出ていくのはせいせいすると言います。わたしはといえば、ラフカヂオ・ヘルンという名の夫など想像したこともなかったごと、九州、熊本での生活など想像したこともありませんでしたが、今やあなたの目的地はわたしの目的地です。

「お給料、倍です、スウイト・ワイフ」と言ってましたね。「講義時間、長くなります、でも、あまり長くなりません」

「そうですか」とわたしは応じます。

「そうですか、ですか？　『なんぼうよき知らせ！』です」と訂正されます。

「なんぼうよき知らせ！」鸚鵡返しに応じます。

「稲垣の家、迎えます。スウイト・ワイフ、熊本市、長いこと、寂しくありません」

小泉家の三人を連れて行くと申し出ることはなかったですね、八雲。もしかしたら、西田さんが山陰新聞の記事のこと、それで生家の名が辱められたこと、あなたにお話ししたのでしょうか。イギリス人と日本人の結婚はどちらの国の法律でも拘束力はないけれど、講師としての職位、学者、作家としての面目を考えるに、名目上の妻の方が、公の洋妾よりはマシだと西田さんが申し添えてくれたとかもしれません。その話が、次にどうするんかを考えるためにおふたりを杵築へ向かわせたとかもしれませんね、八雲。そうしてその話で、あなたがわたしを呼び寄せることになったとかもしれません。

あなたが西田さんに「新婚旅行」という言葉を通訳してくれと頼んだとき、あのひとがなんぼ真っ赤になったか覚えとりますか、八雲？　わたしに説明してくれとあなたが迫るので——つまり、西田さんがわたしに西洋の「新婚旅行」という風習はいかなるものかと説明する羽目になるわけで——あのひと、そのまま宿から駆け出して海に突っ込んでいくのではと思ったぐらいでした。その夜の終わりには、わたしまでお酒をいただき、あなたが杯を掲げて「ハニームーンに！」、それから三人で「乾杯！」と言ったとき、声を出して笑ってしまいました。

稲佐湾の岸辺の杵築で、二十三歳のセツは生まれてはじめて、生まれの言葉で殿方が自分に愛を語るのを耳にしたのです。西田さんにあなたの通訳をしてもろうたので、わたしが耳にしたのはあのひとの声で、わたしがのみこんだのはあのひとの言葉でした。

前田為二が十九歳のセツに語った言葉は、飢えに体の欲求ばかりでした。その言葉さえも「家族」や「名誉」と一緒に忘れ妻や他の重荷を投げ出して、あのひとは大阪へ逃げた。夜、寝つけんときに、セツは残された年月を数えたもんでした。夫婦が長く連れ添えば白髪と沈黙が訪れると思っとったのに。闇の中で、この体の中でもうひとつの心臓が鳴ることは決してないという運命を受け留めようとしました。夫も子もない女の人生は、降る雪のように静かなもの、と教えられとりました。闇の中で、雪が降り始めたことをセツは悟りました。横たわるこの身を、ついには雪が覆ってしまうことを悟りました。

気がつけば二十二歳のセツは鳥籠にいて、聞こえてくるのは鶯の歌だけ、それは沈黙の逆だと思ったもんでした。まさか新しい人生が始まるとは思いもせんかったのです。それはひとつの人生が終わった後の余生だと思っとったのです。

八雲、西田さんが側にいると、次から次へと酒の杯を重ねたとはいえ、あなたはもはや酔っぱらいの歌人なんぞではありませんでした。杵築のあなたは、朗々と謳う言葉が夕暮れの空を星の光の渦に変え、月を羽ばたく翼と化す、詩人でした。

あの夜、あなたと西田さんはフランスの作家のことで言い争いをしましたね——あなたは作品に感服していて、西田さんは逆。何を書いた人かと訊ねたら、あなたが長々と説明するのを、西田さんが「フランス海軍士官と菊という日本婦人の小説」〔ピエール・ロティ『お菊さん』(一八八七)〕とまとめてしもうて。

あなたは不意を突かれてまごついとりました。自分が言ったことを友人がひと言残らず通訳しようとせんのは、裏切りだと感じたご様子で。最初ちょっと額が縮こまって、それから右の目尻が引きつったのが顔に見て取れました。後々《のちのち》ならば、目の前に座っとるお方は玄関へ送り出されて、わたしは二度と庭門をくぐらせるなと命ぜられるところです。

あなたと西田さんは、何か言ってみろと言わんばかりにお互い睨みあって、言葉の代わりに外で波が砕ける音が聞こえるばかり。あの夏の日々、おふたりとも髪の毛が伸びていて、毛先が肩に触れ、厚い前髪は横に寄せて耳の後ろに掛け、額や睫《まつげ》にかからんようにしていました。あの瞬間、ふたりとも意地を張って身動きがとれんくなっとるときに、ぱらりと西田さんの髪の毛が目の前に垂れ、続いてあなたの髪の毛もぱらり。ついつい習い性で、わたしは手を伸ばしてあなたの髪の毛を耳に掛け直したのです。それから西田さんにも同じことをして。その手が膝に戻った瞬間、自分の手がしでかしたことを悟ったのです。はっと息を呑む音が潮の音に取って代わりました。

八雲、あなたが先に笑って膝を叩いた。西田さんは、わたしの許しを求めるようにこちらをチラリと見て、そうして一緒に笑っとらいました。

わたしは両手に顔を伏して、両手に向かって、セツはこれからは手脚と心、体のすべてをもっとしっかり律していこうと誓いました。

潮風が蚊を追い払う中、あなたと西田さんの会話がまだ続きます。

夜明け、海鳥が朝一番の食べものを求めてキーキー鳴く声で、目が覚めました。着物を着終えたところで、宿の廊下に足音がしました。いつもよりおめざのお茶を早くいただきとうて、女中だろうと、すっと戸を開けると、代わりに西田さんの背中が見えました。西田さんは振り返って会釈をします。その後に従い階下へ降りますと、まるでわたしがご自分のご母堂かのごとくかしこまって挨拶をするのです。そうして詫びるのでした。

「京都で思いもよらん用事が起きまして。旅程を変更せざるをえないのです」そう言って、これからしばらくあのひとがあなたと――わたし抜きで――旅する予定だった村と宿の箇条書きをよこします。「これが役に立つかもしれません」と言い添えて。

わたしは頷きましたが、何と言ったもんかわかりません。口を開いたのは西田さんでした。「ハニームーンはふたりだけのための風習ですから」そう伏し目がちに言うさまは、畳に書いてある文字を読んどるかのようでした。

ふたたび習い性で、わたしも西田さんがまるで父上であるかのごとくかしこまって応えてしもうとりました。「かしこまりました。せいぜいがんばります」

西田さんは思わず笑みを漏らしました。わたしが新婚旅行で「せいぜいがんばる」様子は、どちらにとっても恥ずかしいものでした。互いの赤面を隠そうと深いお辞儀を交わしたところで、西田さんは京都へ出発し、わたしはあなたのお部屋へ戻ったのでした。

八雲、あなたと旅をすることは、一時もあなたの傍を離れないことでした。

杵築に滞在中は、近隣の日帰り見物で稲佐湾から日御碕《ひのみさき》へ行き――ここでもまたあなたが人里離れた村とお宮を最初に訪れた西洋人だと知ってあなたは喜んだのですが――日御碕に渡る小舟を借りることから、船を漕ぐふたりの漁師へのあなたの質問をひとつ残らず通訳することまで、西田さんが何から何まで面倒を見てくださりました。

「この岩の形には名前があるのですか?」あなたが西田さんに訊ねると、西田さんが漁師に訊ねます。「どうして『亀石』と呼ばれているのですか?」あなたが知りたがるので、西田さんがあなたのために訊ねていました。何度か漁師ふたりとやりとりをした後、ひとりが西田さんにお話しをして、西田さんがそれをあなたに話して聞かせました。わたしはひとり、群らがる岩や深みからそそり立つ岩肌が過ぎゆく海辺の景色を楽しむままでおりました。

ところが、西田さんなしの旅が始まると、あなたと陸や海とを繋ぐのはわたしの役割でした。陸と海の境、岩肌に張りつく村や、隠れた浦のあたりに団子になる村、それよりも、日本海からわずかに姿を現し、夕闇とともに海に沈んでいきそうな島々を旅するのがあなたはお好きだとわかりました。海岸線こそ島への旅人が最初に触れ、旅の終わりに触れる部分だとあなたは言っとりましたね。神聖なのだ、と。

八雲、わたし、せいぜいがんばりました。

松江では、お店のご主人も、風呂屋の世話人も、行商人も、食材の御用達も顔見知りでしたし、顔見知りの誰かを知っていました。西田さんが選んだ行き先はみな近くの伯耆《ほうき》地方にありました。西田さんはあなたと海岸沿いの村々を訪ね、それから東から内陸へ、東郷池へと向かうつもりでした。伯耆の人間などわたしは誰ひとり知りません。

旅のはじめ頃、ふたりが広々としてにぎやかな宿に着くと、羽振りのいいお客が陽気に騒いでおりました。宿の主人がわたしたちを出迎えると、あなたはあたりをさっと見回して、たったひとこと英語で挨拶を返したのです。それからヘルンさん言葉で「地獄です！」と言って首を振りました。「地獄です！」と繰り返しますが、今度はわたしに向かって言っとらいましたね。わたしがあなたの無礼を宿の主人に謝るのを後に、あなたは外で待っとった俥に向かいました。無言のまますいぶん長く俥に乗っておると別の宿に着き、老夫妻が切り盛りするずいぶん小さな宿で、あなたの顔を見たときはびっくりして息を呑んでおりました――あなたはいつもの旅のお供である語林の手を借りて説明しようとしましたが、それも西田さんの身代わりとしてはお粗末で、日本語でも英語でも「地獄です！」というのは、最初の宿は煙たすぎ、うるさすぎ、酒を飲んでいる男たちはみな成金で、谷ノ音すぎて、そんな目に遭いたければ、自分は松江に残って織原商店を訪れただろう、という意味だと申すのです。

八雲、わたしは二度と過ちは繰り返しませんでした。

旅の間、俥屋を雇う前に、予定の目的地に、古くてこざっぱりしていて、すばらしい料理を出し、なおかつ客がほとんどいないような宿を知っているかと、必ず訊ねることにしました。「幽霊屋敷ですかね？」などと俥屋は冗談を言ったものでした。

逢束では、あなたの条件にすべて見合って、加えてもうひとつ、なんとも捉えどころがないのだけれど英語の「コージー」という言葉がいちばんうまく表しているという、小さい宿に泊まりました。とても寒いの夜に、熱いお茶、茶碗に飲みますのとき、体、如何《いか》に感じます、というのがあなたの定義だったと覚えています。逢束にはちょうどお盆の頃を見計らって着きまして、そこで毎年先祖の霊を迎える盆踊りをあなたが面白がるだろうと西田さんが考えたことでした。伯耆の海岸では、村ごとに踊りが違っていると聞いとったのです。西田さんが思いもよらんかったことは、逢束と近隣の村々は、年に一度帰ってくるご先祖さまが異人を見て怯えるのではないかと嫌がったことでした。村人は、あなたの前で盆踊りを踊ることを拒んだのでした。干からびた梅干しのように皺だらけの顔をした旅館の女将が、わたしにそう告げたのです。逢束の人々がいったんそう決めると、他の村々もそれに倣い、宿に遣いを送って、外国人と洋妾を村へやらんようにしてほしいと女将に求めてきたのです。

「外人さんは何の悪気もないのです」わたしは思わず女将に言うのでした。「浴衣を着て笠を深くかぶれば、ご先祖さまもまったく気づきません」

女将の目が、まるで見えん指がこじ開けたみたいに大きく開き、わたしは一線を踏み越えたのだと言わんばかり。あの世から戻ってくるひと夜にご先祖さまをだますなんて、許されない罪だったのです。

「コレラ」と代わりにわたしは口にしました。「大勢の集まりはみな禁止です。今年は盆踊りはありません。残念ですね」

旦那さま、あなたはわたしを信じたのです。

逢束の村人が出ていくわたしたちに砂をかけても、あなたはわたしを信じたのです。許して、八雲――村人たちの張りつめたのちに緩む腕、あの体の仕草はあなたの目にも見えないわけではなかったのに。

わたしがもっと怖かったのは村人の沈黙でした。野次ったり怒鳴ったりしてもあなたにはわからんだろうと、無駄に言葉を使うことさえしなかったのです。

目に見えていても見えんのがわたしたちでした。戻ってくる魂でありながら、迎える一族さえおらんのです。見知らぬ人々に紛れて死んでしまう。そんな呪い。

「穏やかで静か」というのが松江に帰ってあなたが西田さんに言ったことでした。

「伯耆海岸の村人が穏やかで静か？」西田さんは本当にそうだったのかとわたしに訊くのでした。逢束を通ったことのある友人が、村人がまったく違う話をするのを耳にしとったからです。

逢束で味わった恥ずかしさで顔が真っ赤に燃えましたが、それを見せるわけにはいきません。

西田さんは判断違いをしてしまったことをすばやく詫びました。「伯耆海岸にヘルンさんを行かせない方がよかった。でも先生は、ご存じのように、旅先で最初の西洋人になるのが大好きだから」

「わかっております」

西田さんは「あなたのことを気遣うべきだった、セツ」と言ったのです。あのひとがわたしの名を呼んだのは、これが最初で最後のことでした。

唇から「セツ」と漏れるのを聞いた瞬間――籠められた親しさ、ぽっと火の灯った思い、歩み寄る心を耳にして――それまで自分の名前は、殿方の生活では遅《おく》れ馳《ば》せに浮かんでくるものでしかなかったことが聞き取れました。

「わかっております」と繰り返した声音は自分でも驚くほど鋭いものでした。

あなたは信じ続けたのです、八雲。

またのちに、あなたが最初の西洋人となる辺鄙な村を訪れることがありました。行く先ごとに、あなたが公言するのは――そしてわたしがあなたに代わって声にするのは――神社仏閣や地元の民話、迷信、信仰に非常に興味があるということでしたが、あなたが何よりも見出したいと願っていたのは、自分の中に秘められている信念だったのです。まわりの人々の体を見て、穏やかだと見なす。あの体の中に、自分が知っている野蛮な体とは違う世界の何かを見出したかった。

八雲、体は体――穏やかであり野蛮なのです。実のところ、あなたとあのひとたちを分かつものは何もなかったのです。

覚えとらいますか、御津浦《みつうら》でわたしたちを取り囲んだ体から昇る熱と匂い。松江から俥で二時間半、それから歩いて急な坂を登り、足元が危うく狭い崩れ落ちそうな小道を降りていくとたどり着く小さな漁村の御津浦さえも、まだその日の目的地ではありませんでした。海の洞穴を童子らの霊が夜ごとに訪れ、あの世での孤独を癒やす守り神の地蔵がいる砂州に足跡を残していくのだと、あなたは松江の誰かに教わっていたのです――そのひとが未来永劫あの道をさすらい旅させられますように。その洞穴へ行く船頭を御津浦で雇おうというのです。

俥屋が洞穴まで舟を出せる者を探しに行っている間、日に焼かれるままにならぬため、かなりの額を払って漁師の家で待たせてもらいました。村は小さすぎて宿屋も茶屋もありません。ほどなく漁師の家と近所を隔てる路地に村の人々がうようよと集まってきました。漁師に建具を閉めてほしいと言いました。夏の熱気と、今や自分も注目の的であるのとで、気が乗らぬ様子でした。

御津浦には沈黙もありましたね、八雲。

集まった村人たちに、あなたは会釈してヘルンさん言葉で挨拶をしたのでした。村人は、まるであなたがもっとよく見ろと誘ったかのように、そのたびに近寄ってきます。漁師は結局わたしがお願いしたとおり戸を閉めてしまうしかなかったのですが、あちこち障子の紙が破れていて、異人さんとその洋姿を小さくバラバラに切り取った姿が覗けます。相変わらずじろじろ見るので、「異人のお客さん」に礼儀を払わんか、と漁師が家の中から怒鳴りました。この人はおたくのお客じゃありません、と漁師に言って聞かせたいのを必死にこらえました。八雲、汗が粒になってあなたの顔を流れて、影が、あるいは何かの思い出が、あなたの目を暗くするのでした。

俥屋が戻ってきて人だかりの中を抜け、夫婦二人の漕手が待つ舟へ向かいました。村人は道を開けて通してくれましたが、ぴったりとついてきて、わたしたちが沖合の点になるまで岸におりました。別れの挨拶や航海の無事を祈るためではありません。釣り上げた魚が口を開けて最期の息をつくのをじっと眺めるわらべと同じごと、じっと待っとったのです。

舟が御津浦の浜を離れると、あなたは海に飛び込みました。漕手の夫婦にこの人は気が変わったわけではないんですと念押ししました。漕ぎ続けてもらって結構です、休みたくなるまで舟の後を泳いでくるから。女房は、自分と同じ言葉を喋っているのかどうか怪しいもんだといわんばかりに、わたしをじろじろ見ます。異人はあのひとでしょう、わたしじゃなかです！と口にせず黙っとったのは、もしかしたら、もはやそうじゃないかもしれんかったからです。代わりに静かにして、あなたの腕が海面を切るのを、あなたの見慣れた顔が現れるのを見守りました。

汗を流してさっぱりしたあなたは舟に乗ってくるなり、質問を始めました。漕手にはヘルンさん言葉はまるきり耳慣れず、わたしが頼りない通詞でした。亭主はわたしに向かって話しかけようとしません。わたしの質問、つまりあなたの質問に答えてはくれるのですが、まるで、自分の女房が訊いてきたので答えはそちらへ向けるのが当然だと言わんばかり。洞穴はあなたが聞かされとったようにひとつではなくて、ひとつながりの洞穴が日の当たる水面でつながり、すべて崖の背後で視界から遮られておりました——舟が洞穴に入っていくと、女房が裸足の足で小岩を摑み上げて舟の横を叩きました。こだまがうるさくてあなたは耳を覆います。わたしもそうしました。なぜあんなことをするのかあなたは知りたがるので、わたしが訊ねます。この洞穴を詣でる者は皆、かように挨拶をするのだと女房が答えました。誰への挨拶かあなたは知りたがり、わたしが訊ねます。女房はすぐには答えずに、記憶の中に正しい返答を探しているようでした。けれども女房が答える前に、あなたは舟の脇から片足を振り出して、またもや泳ごうと水に入りかけました。女房が通詞役のわたしの腕を引っ摑むさまが強引すぎて、わたしもあなたの腕を摑みます。舟は横に揺れ、よろめく三人が釣合いを取って元の場所に落ち着くまで、亭主は何も言わずに眺めていました。

「ご禁制じゃ！」女房がわたしを戒めます。

「ご禁制です！」わたしがあなたを戒めます。

「すぐ泳ぐです」とあなたは請けあいます。

「少し泳ぐだけです」とわたしが女房に請けあいます。

それに対して女房は、また岩を拾って舟の横を前よりも強く激しく叩きます。こだまは目に見えん強い波となって舟をひっくり返さんほどの勢いでした。互いの声が聞こえるようになると、亭主が唸るように小言を言ったので、わたしはあなたに言ったのです。「鮫が！」

八雲、あなたは信じたのでした。

けれどもいったん松江に戻ると、あなたは舟の亭主のごとく、わたしに口を利こうとせんのでした。同じ屋根の下に暮らす日々の生活上、ささいな言い争いは以前にもありましたが、声を荒らげることも手を上げることもありませんでした。最初はあなたのだんまりが怒りのためだということさえ気づかんかったです。洞穴のことを書くために想像の中のここではないどこかに閉じこもっているのだと思っていました。確かに、洞穴は苦労して旅をした甲斐がありました。あなたが聞かされとったとおりに、砂の上には小さな足跡がありました。巡礼者たちが童子らの霊のために残していった草履の山は、足跡よりも心に残った光景でした。生きる者の世界と目に見えぬ世界とが重なり合う洞穴を後にするとき、そこに残されたままの小さな魂に思いを馳せずにはおれませんでした。

まだだんまりのまま目を覚まして四日目の朝、わたしはがっかりさせたことをあなたに謝りました。あなたが腹を立てているのは、ひっそりとした日だまりの海で泳げなかったからだと思っとったのです。

「あなた嘘言いました」

「はい」わたしは認めます。

「可愛いママさん《スウィト・ワイフ》、わたし、『霊』の日本語知ります。舟の亭主、言いました、ね?」

「はい」

「ではなぜ、わたしに『鮫』言いましたか?」

わたしは目を伏せました。

「あなた、わたし知りますね、スウイト・ワイフ」あなたは続けます。

「はい」

「わたし、泳ぎより、まだまだ霊求めます」

「はい、旦那さま」

「話聞けるない、惜しいです、スウイト・ワイフ」

「そうですね、旦那さま」

あなたの目が陰るのを加賀浦でふたたび、それから一年後、隠岐の浦郷《うらごう》で目にすることになりました。村人が群れて暴れだし、騒ぎを鎮めるために警官が呼ばれても、八雲、あなたは信じ続けた。人の体はどれも同じ体――穏やかで残酷なのです、八雲。

時とともにあなたのわたしに対する怒りも消え、松江城の陰の家にヘルンさん言葉が戻ってくると、この新しくて小さな国はその言葉で順調に回っていきました。けれども、一家と一緒に熊本に移ることを望まなかったヤオは、まもなく別れを告げることになります。鶯はヤオなしでは寂しくて死んでしまうのではと、ヤオの元に残していくことになりました。ヒノコはもう幾月も前に猫のお相手を見つけて姿を消していました。

西暦一八九一年、明治二十四年の十一月十五日、二百人を超える生徒がわたしたちを松江の波止場まで送ってくれ、同僚の先生方も一緒に熊本への送別に集いました。お義祖父さま、お義父さま、お義母さまもいらっしゃいましたが、まもなく同じ旅路を経て合流することになるのです。ヤオもおりました。鎌田もおりました。冨田屋の前に俥を待たせとった車夫らもおりました。ツネにおノブにお万までおりました。わたしは西田さんの顔を探しました。お別れにやって来られんのは病気以外に考えられません。調子がいい日でさえ、咳の発作で血の飛沫《しぶき》を吐いておられたのですから。

あの夏、杵築で三人一緒の時にわたしは見たのです。

波止場にも遠ざかっていく松江の湖岸にも西田さんの姿がないことは、八雲、わたしにとって失意の瞬間でした。西田さん抜きの松江など考えられん。西田さんを思わずに松江を懐かしむことはありません。あのひとがあまりに早くこの世を去ったとき、松江も消えてしまいました。まるであの町にはたったひとりしか住人がいないみたいに――三十四歳でまだ見ぬ世界へ旅立っていかれたとき、わたしの記憶の地図の中の町の風景も色褪せてしまったのです。あのとき以来ずっと自問してきました――どうやってたったひとりのひとがその中に町をまるごと抱えてしまえるのか？

こんなこと、妻から夫に言うわけにはまいりません。こんなこと、妻から聞けば、問い詰めずにはおれんでしょう――なぜ自分が松江と結ばれた男ではないのか、と。

八雲、信じてください。あなたの物語をふたたび語ることで、西田さんとわたしの物語を見出すことになるとは思いもせんかった。短くて始まったばかりとはいえ、あのひととわたしが共通の言葉で何度も書き直し、わたしが内に抱えてきた物語は、杵築の後は――「セツ」「わかっております」という言葉を交わした後は――行き先もなく、語り続ける言葉もなかったのです。八雲、あのひとの心がわたしのふたごころ。あなたの心が近くの心だったのです。

旦那さま、このことは今聞いておいた方がよいでしょう。わたしがあの世であなたにまみえるころには、その傷も癒えているでしょうから。

八雲、松江を去る前に、あなたが聞けなくてあれほど悔しがっとった幽霊譚をお聞かせしましょう。

船頭はあなたが聞き取ったとおり「霊が！」と言ったのであり、わたしが言ったように「鮫が！」とは言わなかったのですが、それはあなたへの警告ではなかったのです。あれは霊への警告でした。御津浦の村人たちと同じく、この夫婦もまた、あなたをよそ者と見なしたのでした。伯耆海岸の村人たちと同じく、この夫婦の忠誠心は異人とその洋妾ではなく自分たちの先祖にあったのです。わたしはこの夫婦にあなたの命を預けてしまった。この夫婦の舟に乗って、あなたとわたしの体は遠く離れた崖裏の海へ行き、船頭に岩や櫂《かい》で頭を叩き割られて叫び声を上げたとしても、誰もふたりの声を聞くことはなかったでしょうし、ふたりの叫びのこだまも、ふたりと同じく、死に絶えてしまったことでしょう。

「鮫が！」と大声を出したのは、あなたが従わねばならなかったからです、八雲。船頭の女房は海の洞穴の神水を汚されたくなかった。亭主もまた同じ考えでした。あなたはわたしから離れてはならなかったのです。あそこで果ててしまうことのないように。誰かが探しに来る頃には手遅れになっとったでしょう。御津浦の村人はわたしたちが浜から出ていくところなど見なかったと言い張るでしょう。松江からの俥を引いてきた俥屋は濡れ衣を着せられることを恐れて、お代は何も受けとらなかったと言ったでしょう。

この不真実について、あなたの赦しを請うことはしません、八雲。あなたともう一度生きられるとしても、同じことを言い、同じように振る舞ったでしょう。命を救う方法は思うほど多くはない。命を全うする方法は、自分にはどうにもならんめぐりあわせがあるから、なおさらです。

八雲、あなたもわたしについての不真実を語ったのでした。刺草《いらくさ》のように刺すもんですね、不真実は。

十五になった一雄はあなたの『知られぬ日本の面影』を読んでいます。英語の練習だとわたしには言うのですが、あなたがこの家の外の世界について描いた最初の本をあの子が読んでいるのは、寂しいからに違いありません。お義祖父さまが夜一雄を寝かせるときに話してくれた幽霊やさまよう亡霊の物語が書かれているのがわかるそうです。他の話についても、繰り返し家族で語られてきたパパとママが出雲地方とその周辺を旅したときの話だとわかるそうです。一雄は一巻を読み終え、今では二巻の終わりに差し掛かっとるところです。わたしに色々質問をしてくるのですが、わたしには答えられん問いがあるのです、八雲。

「パパサマはママのことを書いているね」と最初は言っていました。

「あらそう?」

「いや」一雄は応えました。「違う。ママの名前のことを書いているだけだ。漢字の『節』は意味がふたつあって、ひとつは竹の節、もうひとつは『節操、貞節、忠誠』だって」

「わたしはどちらだってパパサマは言ってた?」

「言ってない」

「あらそう」

「竹についてのくだりで、松江の人がどうして新年に竹を飾るのかという話」

「あらそう」

八雲、年を取るにつれ、この顔も心の内を明かすようになってきました。一雄もわたしの顔を見て胸の内を垣間見たのでしょう、二巻の「英語教師の日記から」という章に出てくる「松江の御婦人」はきっとママのことに違いない、と言ってくれました。ママが小さい頃の話で、パパに話して、自分やきょうだいにもいつも話してくれたことを思い出した、と。

わたしは二歳で——とはいえ、おそらく、覚えているには幼なすぎる年なので、この思い出は誰かが話してくれたお話かもしれませんが——松江城のそばの広場でモダーンの軍隊が新しいこぎれいな制服を着て、ぴかぴかの銃を持って、行進と射撃訓練をするのを見物に連れて行かれたのです。指揮官は栗毛の馬に乗った西洋人でした。釣りたての鯛のような顔色で。立派な顎鬚を生やしとったので、赤ら顔が小さく、日本の男の人の顔の半分ぐらいにしか見えません。馬から降りて、子どもたちが寄り集まるところへ馬を連れてきたのを覚えとります。すぐさま逃げてしまった子もいれば、残って泣き出した子もおりました。

わたしは逃げも泣きもせなんだです。西洋人はわたしの前にひざまずいて——「お鬚は毛むくじゃらの動物のごとでねえ」とこのくだりになるとよく言ったものですが——いつも子どもたちが声を出して笑い、八雲、あなたも笑ったものでしたよね。それでその人はわたしの年を聞いてきたのです。西洋人は指を広げました——最初にひとつ、それからふたつ。わたしはそのものまねをしました。お鬚が動いてちょっと上向きになり、目が輝いたので、喜んでいるのだとわかりました。ぴかぴかに磨いた釦がたくさん付いた外套を着とったのを覚えとりますが、その人は制服の懐中に手を伸ばすと、何やら細い葦のような持ち手が付いた小さな物を取り出して、それは受け取った手におさまってみると小さくはなかったです。それから馬を引いて泣いている子どもたちから遠ざかり、子どもたちはわたしだけが贈り物をもらったとわかってますます悔しがりました。それが何なのかは誰にもわかりませんでしたが、贈り物は、一部は金ぴかで、他の部分は透明で、松江の昼下がりの光を捉えました。

お義父さまに見せたところ、小さな楕円の硝子は柄を握って持つのだと教えてくれて、アザミの花が咲いている茂みへ向かって這っていく一匹の蟻の上に硝子をかざすので、見下ろすと、蟻がものすごく大きくなったのです。虫の上にあまり長く硝子を当ててはいかん、とりわけお天道《てんと》様が照って空高く昇っとるときは、虫ンコが死んでしまうけん、とお義父さまは注意したのでした。殺してしまう力があると聞いてからは、贈り物なんて欲しくなくなって、お義父さまにあげてしまったのでした。お義父さまは、贈り物はセッだけのものじゃと言いました。びくともせずに勇ましかったけんの、と称《たた》えてくれました。

それから何年もして、わたしが学校に入ってから、あの方はフランスという国からやって来たフレデリック・ヴァレットで、明治三年、西暦一八七〇年に松江にやって来た最初の西洋人だと教わりました。

八雲、一雄に続いて巖と清も、フランス人の硝子を見せてとせがんだのを覚えとりますか？ 代わりにあなたが机に置いているルーペを見せて、パパサマの拡大鏡はママがずっと持っとった古うて小さなルーペよりも何倍も強いんよと言ったものでした。息子たちがあなたのルーペを見てからあなたを見上げるさまがそれは可愛らしかったですね。この子らの目には、フランス人よりもパパサマの方が偉かったのね。

「松江の御婦人」がわたしの話をあなたの本の中で再現している様子を、そして御婦人の話の細かいとこがわたしの話とは違っとるさまを一雄が話してくれました。勅令ではのうて、大名がフランス人を松江に連れてきたとなっとったこと、その日、お義父さまではなくて、母が娘と一緒で、硝子に大きく映った虫は蟻でのうて蝿になっとったとか。一雄はパパサマと同じで細かい部分にこだわります。御婦人のお話とわたしの話の違いを並べ上げて論ずること、水も漏らさぬほどでした。

八雲、あの子はわたしのことを疑っとったのです。

どうしてわたしがあなたの本のどこにもおらんのか一雄は知りたがりました。まるでわたしがこの世におらん証拠だといわんばかりに、この体が骨と肉とあの子と同じ血でできていないとでもいわんばかりに訊くのです。あなたが海の洞穴の話を書いたページを指さして訊くのです——あの子やほかの子がお行儀悪かったり、自分たちが恵まれていることを感謝せんときにはとりわけわたしが話して聞かせてきたから、あの子らもよく知っとる場所なのに。とても小さかった一雄が、小さな草鞋のくだりで悲しくなって泣いてしまい慰めようがなかったのは、八雲、あなたが自分の目で草鞋を見たときに泣いたのと同じでした。十五になった一雄は、ママではのうてなぜ車夫が一緒に舟に乗っていたのか問い詰めてくるのです。

「ママがその俥屋さんよ」

気がついたら、訂正しておりました、八雲。

一雄は声を出して笑いました。そうしてわたしに非礼を詫びます。

一雄はしばし母の言葉に思いをめぐらせると、八重垣神社のパパの「道連れ」はママだったのと訊ねました。

「ママがその道連れよ」

「人形に魂が宿る話をパパにして聞かせた『愛らしい日本の娘』はママだったの？」と一雄は訊ねました。「『杵築雑記』の章、一八九一年の七月二十日のことだとパパが言ってる章に出てくるんだけど」

「ママがその愛らしい日本の娘よ」

八雲、あなたの覚え違いですね。あなたと西田さんが杵築に着いたのは七月二十六日。わたしが着いたのはその二日後です。「ハニームーン」はその後でしたから。

一雄は納得しませんでした。あなたの本をパラパラと見直すと、改めて読み直していました。

「伯耆でパパの『付き人』で『通訳』だったのはママ？」

「そうよ」

「浦郷でパパの『道連れ』だった『友人』はママ？」

「そうよ」

「松江にパパと一緒に旅した『アキラ』は？」

「違います」

八雲、真鍋晃を本に登場させたとは。あなたの道連れだったことを記録に残してもらえてさぞ喜んどることでしょう。それぐらいの礼儀をわたしにも払っていただけてもよかったのでは、旦那さま。

「松江の老庭師キンジューローは？」と一雄が訊ねました。

その昔の名前を耳にしてにっこりしてしまいました。「違います。でもママはパパサマと庭師の通詞でした」と答えます。「金十郎は松江城の陰の家の植木屋で、でもおじいさんではなかった。人生も盛りの頃で、女中のヤオが松江を後にしたがらんかったのはそのためじゃなかったろうか」

「パパはどうして金十郎を禿《は》げで『象牙の玉』のような頭にしたの？」

「そうなの？」

「うん」

「パパサマが書いていたのは何のこと、一雄？」

「パパサマは金十郎に魂について訊いて、自分にはいくつ魂があると思うかって、質問するんだ」

そのやりとりは覚えがなかったけど、一雄に父親を疑わせることはしたくなかった。刺草《いらくさ》よりも痛い一刺しになるとわかっとりますから。

「一雄、魂について、人生の終わりに差しかかった御老人と、元気で男前の若者と、どちらの言うことを信じますか？」

「体は体だから」大人びた魂をした一雄は応えるのでした。「その人の言葉によるよ」

「読者はあなたほど賢くはなくて、若者より御老人の方を選ぶことを、もしかしたらパパサマは知ってたのかもしれんね」

「そうかもしれないね」一雄も受け入れます。

わたしもせいぜいがんばったのですよ、八雲。

一雄もこれで質問は終わりかと思ったら、無理難題を最後に残しとったのです。

「僕はアイノコなの？」と息子は訊ねてきたのです。

九つの清がこう訊いたのなら、「あなたは半分パパサマで半分ママよ」と答えて、あの子もにっこり笑ったことでしょう。十五の一雄はそんな甘い言葉に乗せられやしません。

「そうね」わたしは恥じることはないとわからせるために、息子の目を見据えて答えました。

「だったら僕は死んだ方がよかった？」

「誰かがお前にそんなこと言ったかいね？　学校のお友だち？」

「パパサマが」

「一雄！」

「ママ、本当だよ。誰もが読めるように、パパサマが御本に書いたんだ」

「一雄――」

「墓地で地蔵の顔を探していたとき、死者の村できれいな青い目をしたアイノコの女の子をパパサマが見かけたんだ。生きた人間といるより死んだ人間といる方がマシだってパパサマは書いたんだよ。あの子は『異人種の幻影』だって書いたんだよ」

「一雄――」

「ママ」一雄はまたもや、今度は門を閉じてしまうような厳しさで遮りました。

そのままにしておく訳にはいきません。この子を自分たちの元に、わたしたちの国の中に連れ戻すため、わたしは息子が生まれたときの話を聞かせたのです。

　お前はね、一雄、パパとママが熊本に住んどるときに授かったんよ。稲垣家に、女中に、俥屋に、書生――合わせて十人に膨らんだ家中みんなが、お前のことを、十一人目がうちに来るのを待ちわびていた。パパサマはママのそばにひざまずいて、ほぼ夜通し手を握っとった。お義母さまはパパサマが部屋にいるのを嫌がったけど、追い払うことはできんでね。

「仕事して、仕事して」とわたしが言うと、しぶしぶ言うことを聞きました。

　出ていく前に、かがみ込んで、お前に、まだわたしのお腹の中にいた満月さんに、ヘルンさん言葉で言ったんよ――「よき目を持って、この世、来てください！」って。

　明治二十六年、西暦一八九三年十一月十七日、ラフカヂオ・ヘルンは――まだその頃はこの名前だったけれど――生まれ変わった。お前の最初の泣き声で、あのひとは書斎から呼び出されて、走ってきたの。

「パパサマ」わたしが声をかけると、おじいさんのようなお前のお顔からお義母さまがおくるみを除《の》けました。

「男の子ですよ！」とお義母さまが知らせます。

「男の子ですよ」とわたしも繰り返します。

　パパサマは泣いとりました。

　お前も泣いとりました。

　わたしも泣いとりました。

　お義母さまは三人を見て笑っとりました。

　一雄、パパサマはお前の目をのぞき込まずにはおれんかった――びっくりするような青色で、海とパパサマは呼んでいたけれど、それは後々色が深まって、今のお前の不思議な灰色になったんです。パパサマは、お前にはふたつ名前があるのがふさわしいとお考えになりました。

レオポルド、と名付けたのがパパサマ。

一雄、と名付けたのがママ。

その朝、日が昇ったとき、パパサマはまだお前の横にいたの。「新しいの日！」とパパサマはお前にご挨拶をして、両の頬に接吻をしたのです。

ラフカヂオ・ヘルンはお前のために小泉八雲になったのですよ、一雄。

パパサマは、のちのち巌と清と寿々子が加わることを知らんかった。確かなことは、今は自分の血を継ぐ、自分の名を繋ぐ息子がおること。でも一雄、お前が「ヘルン」になり、イギリス人になり、ママもお前に続けば、もう生まれた国の臣民ではのうなってしまう。自分の国の中で異人になってしまったら、ちっぽけな土地さえも買えんくなり、自分の国の中にわが家と呼べる場所を選ぶこともできんくなる。開港都市でしか暮らせんくなり、熊本では暮らせんくなる。あのころはまだヘルン家だった小泉の家は熊本にあったども、それはパパサマが官立の高等中学校の教師だったけん。この仕事がなくなれば、パパサマとイギリス人の息子と妻は、そこに住む権利がのうなってしまう。十一人の所帯をどうするか——この問題が、熊本でパパサマが夜遅くまで書斎の机に向かっていた理由だとわかっとりました。

二十五歳のママは、のちのち人生には別の心配があるということを知りもせんかった。四十三歳のパパは、自分が父と呼んだ男が四十八でこの世から去ったことを知っとった。もしも自分ラフカヂオ・ヘルンが国籍の問題を解決せずに死んでしまうと、この結婚はイギリスの法律にも日本の法律にも当てはまらずに、自分の財産は海外の家族に渡ることをパパサマは知っとった。小泉家、日本人の息子と妻の家庭に残るのは、悲しみと無だけ。

一雄、お前の誕生こそ、パパが日本の臣民になるきっかけとなったのです。このおかげで、のちに生まれてくるあなたのきょうだいやママは、自分の国と縁を切るという不面目を逃れました。国籍取得の手続きは、めったにないことで、いちいち異議申し立てを受けましたが、ようやく明治二十九年、西暦一八九六年の二月十日、あなたが二歳のとき、ラフカヂオ・ヘルンは四十五歳にして「小泉八雲」として生まれ変わりました。改名は義務で、新しい名前は小泉家の戸籍に加えられました。パパは自分に開かれた唯一の法的選択肢を選んだのです。日本の国の養子となるために、日本の家族の養子になったのでした。

小泉の所帯はそのころは神戸にありました。あなたが一歳になりかけのころ、パパが英字新聞の記者として仕事ができるように、この貿易港へ引越しました。わたしは松江に帰って最後の年を過ごすことにしたお義祖父さま宛に毎週お手紙を書いていたのですが、家のことを知らせるというよりも、実のところは、お義祖父さまは「歌人さん」と呼んでいたパパサマのことが名残惜しかったからで、パパサマの名前の問題を解決してくれたのもお義祖父さまでした。

自分の名前を決めることがどれほどの重荷か――一雄、パパがその立場になるまでママはそんなこと考えたこともなかった。人は誰でも名前を与えられて生まれてくる――それが最初の贈り物で、願わくば最後の贈り物にはならぬように、と。お前もパパサマも訊いてくれなんだけど、一雄、もしママが名前を選ぶとなら、竹の節の「セツ」に決めたと思います。もうひとつの意味は荷が重すぎる。

パパサマはなかなか決められのうて、これはそれまでわたしも知らんかったあのひとの性格でした。縁《ゆかり》の地からお義祖父さまが送ってこられた「八雲」という名はそれはお似合いで、パパサマはいつまでもいつまでもずっと唱えとりました。「八雲はそれ詩そのものですね」とパパサマは感服しとりました。パパはママの腕からお前を取り上げて、お前を抱いたまま神戸の家の部屋をひとつひとつ回って、ヘルンさん言葉で、それから英語で歌っとりました。「小泉一雄レオポルドさん、はじめまして、小泉八雲です！　小泉一雄レオポルドさん、はじめまして、小泉八雲です！」

八雲、あなたの長男はわたしの話に耳を傾けてくれたが、墓場で幼女を見つけて、死よりも惨めな運命をその子に託した作家を、あの子が許してくれたかどうかはわたしもはっきりわからんのです——そんな子が本当におったんですか、八雲？　作家とパパサマはもはや同じ人ではないのだということを一雄にわからせるために、わたしもできることはやりました。

一雄の誕生の物語について、あの子に言ってやれんかったことは、あの子が生まれる前、あなたが悲惨なありさまだったことです。熊本に移ってから、布団に巣を張ったみたいに何日も出てこんかった。辛すぎて、日の光どころかそよ風さえ入れることを拒んで。辛すぎて、目の痛みを訴え続け、昼夜構わず、冷たい水に浸した布を当てとった。辛すぎて、ウィスキーが糧となり、夜遅くひとりで歌っとったですね。何を嘆き悔やむ歌なのか、あなたの生まれの言葉でしたけん、わたしにはわかりませんでした。

ええ、八雲、わかっとります。英語はあなたの生まれの言葉じゃないって。お父さまの言葉だって。

「母、英語知りません」そう言っとりましたよね。

「お父さまとお母さまはどうやって話をしたのです？」わたしは訊ねました。

「父、少し知ります、母の言葉」とあなたは答えます。「でも足りないでしたね」

ヘルンさん言葉では「充分ではなかった」ことと「お腹が空いていた」ことは同じ言葉なのでし

た。

松江城の提灯の明かりや嵐の雲があなたの左目の中に見えたのと同じく、あなたの中の「飢え」がふたりの姿をわたしに見せたのです、八雲。あなたのお父さまとお母さまが向かい合わせで座り、半ば空の皿を前に、足りずにさらに求める姿を。

もしかすると、辛すぎて、あなたは英語以外の言葉でも歌っとったのかもしれません。八雲、わたしにはどれも異国の言葉でした。あなたの回復を待って、ふすま越しに隣の部屋で寝とったとき、あなたの声が聞こえました。「ア、エ、テ、ア」というのがいちばんよく唇から漏れとりました。「ア、エ、テ、ア」で始まる寂しい歌は、いつ終わるともなく続きました。ウィスキーでろれつが回らなくなっても、「ア、エ、テ、ア」が出ると、それ以外の言葉は消えましたね、旦那さま。

あなたが亡くなってから何年もア、エ、テ、アのことを考えとりますが、きっと名前だと思うのです。女のひとの名前なのでしょう。男衆はお酒を召し上がって叔母さまやお婆さまの名前を口走ることはまずありませんけんね。このひとがふたりめのエリザベス？　一雄の英語練習帳にア、エ、テ、アを探しました。名前のはじめは「A」に違いないと思うとですが、自信ありません。何も見つけられずにいます。一雄に頼んであなたのエリザベスに問い合わせてもらおうかとさえ思ったこともありましたが、ア、エ、テ、アに違いないと思う婦人の名前を表す文字さえ知らんことが恥ずかしゅうて。それよりも、あなたのエリザベスが返事をよこしてきたときに、最初に一雄に知られてしまうのが恥ずかしゅうて。

八雲、あなたに直に訊ねたいところですけど、今宵小泉家にはウィスキーがありません。違います、旦那さま、ウィスキーはわたしが飲むんです。

あなたについての物語の最初の語りと二度目の語りで、熊本と神戸とははっきりと区別がつかんのです。どちらの町もあなたは軽蔑していましたね。西洋文化にのぼせとることを責めていました。赤煉瓦の建物は侮辱だと。眺めを損なう電信柱を嫌っとりました。町から町へ急ぐ蒸気船や汽車にも難癖をつけるのでした。なんぼうるさいです、と文句を言うのでした。なんぼ速いが過ぎるです、と罵るのでした。生徒たちは鈍くて扱いにくい。同僚の先生方は酒とキセルよりもビールと葉巻がお好きで、もっとひどいことに基督者《キリスト》だと。洋装に帽子姿の日本婦人に機嫌を損ねて。踵の高いひどい長靴が足をだめにしてしまうと毒づいとりました。婦人が英語を話すと嫌悪ですくんどりましたね。八雲、このご婦人らの息子を教育する仕事だというのに、モダーンな日本人を忌み嫌っとりました。そんなあなたはお父さまの言葉に引きこもって、原稿に突っ伏して寝入ってしまうまで、書き続けたのでした。

わたしは熊本へ、神戸へ、それから東京へとあなたのお伴をして旅をすることはできましたが、八雲、あなたが苦しんでいるとき一緒にいてあげることはできなかった。そのときふたりを分かったのは言葉ではなかったのですが、言葉が――英語の言葉が――あまりに長い間苦しむあなたを連れ戻してくれるとわたしは信じていた。

一雄が生まれる前、教えて欲しいと請い願ったことでした。「英語、醜いです。日本人の口から出ると」――日本人女性の口から出ると、と言いたかったのですよね、旦那さま。

八雲、沈黙の言葉はふたりとも使えます。最初はわたしのだんまりが怒りだとは気づいてくれなかった。一緒に住み始めてはじめて「失礼ながら、お先に寝させていただきます」と聞こえなかったとき、何かが変だとわかったはず。でも、わたしがあなたに背を向けたのは、珍しくうっかりしていて不注意なのだろうと片付けてしまった。だがそれが四晩も続くと、旦那さまも背を向けるわけにはまいりませんでした。五日目の夜にわたしを起こして言ったのでした。「スウイト・ワイフ、明日に始めましょう」

わたしは瞼《まぶた》をこすりながら「何を始めますか？」と訊ねました。

「始めます、英語」とあなたは答えました。「可愛いママさん《スウィート・ワイフ》、醜いないです」とあなたは謝るのでした。

その夜、わたしがあなたの両手の甲に口づけすると、四十二にしてようやく物わかりがよくなったあなたは、忍び笑いを漏らしたのでした。

それから幾月か、わたしたちは毎晩一時間向かい合って、あなたが声を出して英語の言葉を繰り返すのを、わたしはその音にいちばん近いカタカナとひらがなを選んで帳面にゆっくり書き留めていきました。わたし以外の日本人の目にはまったく訳の分からん言葉の羅列。セツ言葉とあなたが呼んだ言葉。ひとつひとつ単語を足すごとに、この音が日本語で何を意味するのか書き加えていきました。授業の終わりには、この「英単語」をあなたに読み上げて聞かせました。

最初は卓にある食べ物から始めました。「玉葱《オーニオン》、じゃがいも《ポテートー》、椎茸《マーシルーム》、麺麭《パン》、塩《ソルト》、砂糖《スガー》」

それからうちの他の部屋にあるもの。「本《ブーク》、紙《ペエパー》、帽子《ハート》、皿《ヂース》、茶托《ソーサー》、石鹼《ソープ》、靴《シウ》」

続いて毎日の生活の表現。「空腹ですか？《アー・ユ・ハングレ》　わたしあなたの帽子を持ちます《アエ・ハブ・ユア・ハート》。紙は持ちますか？《ハブ・ユ・デ・ペイパー》　わたしあなたの砂糖を持ちます《アエ・ハブ・ユア・スガー》。いいえ、持ちません《ノー・アエ・ハブ・ノート》。はい、持ちます《イエー・アエ・ハブ・イト》」

何週間も経つと、あまり役に立たん言い回しが出てきます。「あなたわたしの古い鉄砲持ちますか？《ハブ・ユ・マエ・オールド・アエアン・ガン》　いいえ、わたしあなたの古い犬持ちません《ノー・アエ・ハブ・ノート・ユア・オール・ドーグ》。あなた、あなたの悪い帽子持ちますか？《ハブ・ユ・ユア・バード・キアプ》　わたし醜い《アエ・ハブ・デ・》革の靴持ちます《アグリー・レーダー・シウズ》」

わたしは忠実に繰り返しました――授業が途切れるのがいやでしたけん。でも一雄になる新月がわたしの中で満ちてくるにつれ、授業は途切れてしまったのでした。

どうして英語の文字を教えてくれなかったのかとあなたに問うたとき、英語を読んだり書いたりする前に、まずは最初に舌と口を使って英語の音を出せるようにならなくてはだめだ、文法は一番最後だと説明されました。

一雄が英語の授業を始める段になると、ありがたいことにあなたの教え方も変わっていましたね。小泉家が東京に移って一年半ほどのことでした。あなたは息子自慢のパパで、東京帝国大学の英文科の講師でした。八雲、あなたが満面の笑みを浮かべて、「わたし大学の免状ありませんが」とわたしに言い、最初の講義をするために俥に乗って出かけたのが、またもやあなたが生まれ変わった瞬間でした。

一雄は四歳にしてすでに、お義祖父さまの言葉を借りると、歌人さんのように、小泉家の三つの言葉を話していました。英語に日本語にヘルンさん言葉。将来日本語と英語とどちらも必要だから、どちらかの言葉がもう一方を乗っ取らんように、ゆがんだ見方を与えんように、英語と日本語の読み書きをまったく同時に習うのが最善だとあなたは考えたのでした。「一雄、日本人の息子見えません」まるでわたしがあの子の顔を忘れることがあるとでも言わんばかりにあなたはしつこく言ってましたよね。「背高いになります、お医者さんの予想」と言って、一雄の丸々した手脚を眺め、いつの日か、一雄が同国人を見下ろす背の高さになるのを思い描いておられました。「日本語、一雄実用の言葉です。英語、一雄魂の言葉です」とあなたは決めとりました。後々、この点、一雄の魂にひとつの国家への忠誠をあてがったことについては、あなた自身の忠誠心が揺らぐにつれ、ためらうこととなりました。最後には、あの子の魂は、自分の魂と同じく、まったく日本のものだとあなたは決めてしまったのです。

どちらにせよ、それは誤りです、八雲。

魂の中に言葉の縄張りはありません。言葉は、体と同じく、亡くなるとき後に残していくもの。間合いを誤り、選択を誤り、似た語を誤り……言葉の気まぐれに振り回されることがなくなって、八雲、あなたは今ではよどみなく語っているでしょう。わたしもいつの日かそうなるのです。

いいえ、この考えは本や昔話にあったわけではありません。わたし自身の考えですよ、旦那さま。一雄の毎日の英語授業は、大学の講義の前の朝早くで、そのため朝一番の生徒は眠気でたびたびぼんやりして、あなたが辛抱を切らすたびに弱音を吐いとりました。「運がいい坊やね」あなたが出ていった後にあの子に言ったものです。「パパサマは帝国大学の先生ですよ。この国でいちばん優秀な若者だけがパパサマとお勉強できるのよ」と一雄にいいました。

それは、この授業が続いてもらわんければ、一雄も、わたしも困るからでした。

部屋の敷居で耳を傾け、わたしも英字とその音を自分に教え込もうとしたのです。あなたが一雄のために古新聞に書いた特大の文字を勉強して、わたしも文字の形を自分に覚え込ませようとしたのです——「A」は神社の切妻屋根、「B」はふたつ突起がある瓢簞《ひょうたん》、「C」は髪に飾る櫛——けれども残念なことに、この文字は一雄のためには手を繋いで踊ってくれても、わたしのためにはまったく踊ってくれません。

その頃にはすでに巌が小泉の家に加わり、それは長男の時に比べると盛大な出来事ではありませんでした、というのも、巌が生まれてからひと月、わが家は深く喪に服していたからです。

西田さんが三十四歳でこの世を去ったのでした。あなたは四十六歳、わたしは二十九歳。あなたは泣いて神々の残酷さを厳しく咎めました。あなたは西田さんの運命と自分の運命を取り替えようとしておりました。もし西田さんが生き返るならば、自分の何もかもすべてをあげてもかまわないと声に出して神々に誓ったのでした。

八雲、何もかもって？　一雄に巌も？　わたしは東京の夜に叫びたい気持ちでした。そうかこれが愛か、と思ったのです。

旦那さま、わたしもまた悲しみに打たれました。西田さんの手は、わたしがあなたから受けとったたった一通の手紙を書いた手です。それは愛の手紙でした。距離がふたりを分かったのでしたが、今やわたしたちだけが残され、両岸を繋ぐ橋はなくなってしまったのです。

あなたの願いが叶わなかったことを神様に感謝し、お礼の奉納をしました――あるいは神様の耳に入ったとしても、あなたの愚かでわがままで情に駆られた誓いなどすぐさま打ち棄てられたのでしょう。

自分も西田さんのように手紙を書けるようになろうとあなたは決心したのでしたね。「わたし、書きたいです、手紙、あなたに、スウイト・ワイフ」とあなたはわたしに言ったのでした。「どこかへお出かけになる予定ですか？」わたしはふざけて訊ねました。

あなたの応えは「はい」であり「いいえ」でもある、微笑み半ばでした。

わたしが一雄に日本語を教えるとき、ひらがなとカタカナの基本を学ぶ決心をしたあなたも隣に座るようになりました。パパと息子ふたりとも、感心するほどの早さで習得しました。けれども、一雄が漢字を、幾千の漢字の初歩を習い始めると、何画もあって、書き順も決まった順番に書かねばならず、あなたは蔓の厚い茂みにぶつかって抜けられなくなったのでした。身につけたもので充分にこと足りる、わたしたちは飢えてしまうことはない、とわたしはあなたを励ましたのでした。

わたしたちに残された年月のあいだ、八雲、わたしはあなたの手紙一通一通がありがたかった。遠くから送られるわけでなく、海の向こうから来るわけでもないことも、ありがたかったです。あなたが「恐ろしいの東京」と改名した東京が茹《う》だってゴミの腐る臭いがする八月、太平洋に面した小さな漁村の焼津《やいづ》は夜行列車で一晩の距離でした。あなたがいつも「小泉の夏の家」と呼んでいた、乙吉《おときち》漁師の家の簡素な部屋。そこに、半分魚のパパサマと四分の一魚の一雄が泊まって、毎日毎日まるひと月も泳いで。夏の家には巌と亡くなる前のお義父さまも加わりましたね。滞在も終わりの頃になると、清が小泉家に加わってからは――「わたしたち恵まれています、息子に！」と言ってましたね――わたしが清を連れてきて、最後にあそこで八月を過ごしたときは、まだ一歳にもなっていない寿々子を抱いて連れて行ったのでした。

小泉家の女中や書生もそれに加わり往き来をして、旅する一団は、互いの関係を判じようとする汽車の乗客の視線の的となるのでした。

焼津には砂を投げる村人はおらんかったけども、牛肉やパンやウィスキーなど目にしたこともない人は大勢いました。あなたは自分のお酒を持参していましたが、瓶を空けることはまずなかった。「海の空気です、スウイト・ワイフ！」あなたは感激しきりに説明します。

あなたがわたし宛の手紙を書くのは朝ごはんの前でしたね、八雲。あなたの手紙は、アメリカやイギリスに向けて書くような何ページにもわたるものではありませんでした――海外への手紙はその長い旅路の出立をきちんと見送ったことをあなたに請けあうために、ヤオや他の女中ではなくわたしが手ずから松江、熊本、神戸、東京の郵便局へ届けたもんです。この役目がはじめてわたしの日課に加わったとき、その週、ヘルンさんの人生に何が起こったのかといぶかしんだことでした。厚い封筒を見て、誰か亡くなったのだろうか、結婚したのか、子を生んだのかと想像たくましくしとりました。毎日の生活のことだけで、これほどの枚数を記録し伝えねばならんとは信じられず。

八雲、あなたがわたしに書いてくれた手紙は一枚にも満たず、ときにはわずか二、三行の文でした。「テンキよろし。カツヲよくベンキョーします。ほかしらせなし」

焼津であなたの筆は手紙の読み手が声を出して笑ってしまうような他の表現法も見つけだしました。眠たげな目をしたカタツムリが片隅に描かれていて、痩せこけた鴨がもう片隅に――ほかに谷ノ音ヒキガエル、とぐろを巻いた蛇、さまようカラスなども紙面に登場しました。あるときなぞ、お地蔵さんが小石の涙を流しているのもありましたね。この小さな姿がおもしろい脱線になって、あなたの書くゆらゆらした仮名書き文の腰を折る。この手紙は――ヘルンさん言葉にせよ、子どもっぽいお絵かきにせよ、この地味な顔をまた見たいという強い願いにせよ、八雲以外の人間には書けんものでした。

あなたの八月の手紙は東京の西の外れにある富久町《とみひさちょう》に届けられ、またもや借り住まいの屋根の下、そこではこの町へ移り住んだ小泉家が、数を増やしとりました。八雲、あなたの手紙が、あそこではなくこの家に届くようになってからわたしがどれだけ喜んだことか。

「地図によると、その家は大久保村にあって、東京の市境のすぐ西です」この家を見つけたとき、わたしはあなたに告げました。「小さいのでもっと部屋を足さねばいかんですが、庭は古くてしっかりしとります。あなたがよく言う『世の中を見た』庭ですよ、旦那さま。裏には竹林があって、鶯が鳴いているのも聞こえましたよ、旦那さま」

あなたが何と応じたか覚えていますか、八雲？

「お金ありますか？」書き物をする手元から目を上げることもなく訊いてきましたよね。

「はい」わたしはあなたのからかうような口調を返すことはせずに、真面目にきっぱりと答えました。

顔を上げるあなたの目に映ったのは、見返す地味な女の顔で、そのまっすぐな目つきに、筆を置いて話を聞けというたしなめをあなたは見て取ったのです。

「よろしい！　詳しく教えなさい、スウイト・ワイフ」

「旦那さま、その村の家はすべて昔風です。あそこにはまだ西洋式の建物はございません」あなたは頷いて、まもなくこの家を買うことが決まったのでした。

けれどもこの大久保の家の普請が始まると、あなたはそのことはひと言も聞きたがらなかった。自分が知っているのは「書くこと、少しだけ」と言い張って、他はすべてわたしの縄張りだと。あなたからの願いはふたつだけ、書斎にまつわることで、好みの西向きに高机と椅子を置き、ストーブを入れることでした。建て増しする棟に入る書斎は、玄関からできるだけ離れたところ、息子らの部屋から離すように計らいました。大工には、あなたの書斎には障子に加えて硝子窓を入れ、寒い季節にあなたが二度と難儀せずに済むようにお願いしました。書斎は「コージー」でなければならぬともわかっとりました。西洋の段通、あなたが言うには「東洋の《オリエンタル》」段通、を畳の上に引いてみましょうかと申し上げると、その案はすぐさま突っぱねられました。八雲、今段通がここにありますが、わたしが思ったとおり、コージーですよ。書棚を作り増しする費用を見積もってもらうときには、すべて書斎に収まるように、家の他の部分は日本式のままにするように申しました。当初、大工はこういった指図を家の主の口から聞きたがりました。大工らはわたしには思慮がないのではないか、あるとすれば、違う風にするはずだと案じとりました。八雲、あなたは普請が終わるまではこの家にやって来ることを拒んどられましたね。「時間無駄です」と受け入れず、手を一振りし、わたしの両頬に接吻するのでした。そんなわけで、職人たちは、ひとり残らず、臨機応変、この女《おな》子《ご》の言葉に従わなければ一文も支払いはないことに応じたのでした。

引越しの日、あなたは富久町の家から東京帝国大学に出勤して、わたしは家付きの車夫に、講義が終わったら、すべて準備が整ったこの大久保の家にお連れするように指示を出しました。

家と一緒に引き取った庭師にあなたが初めて会って、芭蕉の苗を二株渡して敷地に植えてもらったのでした。その日、在所が変わることをあなたがわかっているというただひとつの徴《しるし》がそれでした。「どこでもいいですが、いちばん太陽ありますところ」とあなたは植木屋に伝えたがったので、わたしは伝えました。「あのつやつやの葉、思い出しますね、西インドのプランテーンの木」とあなたが説明するのを、わたしは伝えました。植木屋は頷きながらも、西インドが世界のどこにあるのか訊くことはしませんでした。植木屋が専念しとったのは、この大久保の片隅でこの苗がいちばんよく育つのはどこだろうか、ということでした。翌朝、わたしは植木屋に芭蕉は育てば実がなるのかと訊ねました。「はい、でも食べられねえす」と男は答えました。「苦くって小さい種がいっぱいでね」

「役にはたたんのね」とわたしは言って、それでも植え付ける場所を見つけるよう申しました。庭の日に焼けた片隅をあなたは「西インド」と呼ぶようになり、植木屋が芭蕉を植えましたが、まだ実はなっておりません、八雲。

引越して数ヶ月後のこと、気がつくとあなたの心は西インドにあって、泣いていました。

「全部行ってしまいました」と言う自分の言葉さえ信じられん様子でした。

「何が行ってしまいましたか？」植木屋があなたがかわいがっとった植木を取り上げてしまったのではと心配してわたしは訊ねました。

「サンピエールです、スウイト・ワイフ。二万と八千人の町です」

「地震？　火事？」

「火山です」と答えるあなたの両脚がくずおれます。砂利道にひざまずいて泣き続けました。

「旦那さま、息子たちに聞こえます。パパサマが泣くと怯えますよ」と囁きました。

西インドは世界の反対側にある島の集まりで、あなたは日本へ移る前、マルチニーク島のサンピエールという町に住んでいたと、一緒に暮らし始めて間もない頃、教えてくれました。そこで書いた二冊の本も見せてくれましたね。あなたはその言葉から離れるのが心残りな様子でゆっくりとページをめくっていました。手仕草と語林の言葉を使って、西インドの蛇は松江の蛇と違って、人好きで、腕に這い上がってきて一緒に日光浴をするのだと教えてくれました。宍道湖と大橋川を燃えるように染めて沈む日を見て、西インドの夕日は松江の夕日とは違ったとあなたは嘆いたものでした。

八雲、わたしは信じとらんかったのです。

実を言うと、あなたがそんな比較を始めると耳を傾けるのを止めてしまい、ふたつの夕日の違いが何なのか思い出せんのです。行ったことのある場所に求めるものがあったのなら、なぜ新任外人先生は旅するのかと不思議に思いました。同じものなぞ見つかるはずもない、と思ったのを覚えとります。だったらなぜ探し求めるのか、と。

それなのに、この大久保の家については、建て増しの新棟と旧棟がまったく同じに見えるようにとわたしは大工に指図したのでした。どちらの半分もお互い全体の一部であるかのように見えねばならぬと告げたのです。どうして洋妾は異人の旦那のために西洋式の家をまるごと新築せぬのかと大工らはいぶかしがりました。わたしの前で問い詰める度胸がなかったのは、おのれの日当に関する限り、わたしがこの大久保の家の主人だったからです。わたしがどちらの棟もゆったりと深い軒にするよう細かく指示したときも、頷いて言うとおりにしておりました。松江城の陰の家の軒と同じぐらい深く、と言いたかったのですが、辺鄙な出雲地方に行った者はないので、口に出しませんでした。この大久保の家に求めた細部は、多くは松江、熊本、神戸で借りた家々から、または泊まったことのある一連の宿屋から拝借しました。同じものを求めるのではなく、わたしたちが訪れた場所の思い出を求めるこの気持ちは、旅が芽生えさせた——いえ、諸国を旅し終えたことが芽生えさせたのでした。二十二のころのセツが、四十歳にしてすでに地球をひと廻りして、心に憧憬《あこがれ》の地図集を抱く新任外人先生への同情心に欠け、何もわかっとらんかったことが悔やまれます。

あなたの西インド諸島に、あなたは焼津から持ち帰った珍しい竜舌蘭《りゅうぜつらん》の株を庭師に植えさせ、息子らが「刀」と呼んどりました細長い灰銀色の葉は、細かな灰に覆われとるかのごとでした。竜舌蘭は、失われた町の形見だったのですね、八雲。サンピエールの崩壊は、それに続く悲しみの先触れだとわたしは知るよしもありませんでした。

それから数ヶ月の間、あなたはいつにもまして心ここにあらずでしたが、いつものそれではありませんでした。早起きして手紙を書くこと、近年まれに見るほど。朝ごはんの卓で、自分の寄宿学校時代について、わたしには嫌だったと言っていた時代について、八歳の一雄にしつこく言って聞かせました。わかい男子、野獣です、と言って、嵐雲が湧く目を指さしていたものです。一雄が興味を示さんと、あの子の「蚊の泣くような」声を叱りました。あの子が熱心に聞いとると、一雄の背中を叩いて、もっと背が高くなるようにトーストと半熟卵をおかわりしなさい、と励ましました。巌と清とわたしがあなたのひと言ひと言に耳を傾けているのに気づくと、ヘルンさん言葉から英語に切り替えます。昼になると、あなたは西インド諸島で口笛を吹いとりました。午後も遅くなると、この大久保の家の軒の下を、息子たちと一緒に飛び跳ねて回るのでした。そして東京の夜が更けるなか、寝る時間は無駄とばかりに、書き続けとりましたね。

八雲、あなたがそんな感じで心ここにあらずだったのは、帝国大学で最終講義を終えたからでした。

翻訳方の落合貞三郎はいまでもあなたの扱いについて怒りで毛を逆立てんばかりです。「この国で最も権威のある大学が、日本について最も名高い西洋作家を切り捨てるなんて」以前ふたりがこの大久保の家にそろったとき、元教え子の貞三郎が書記の重敬に問い詰めとりました。

「金ですよ」重敬の返事はたったひと言、いつになくぶっきらぼうでした。「後任の夏目金之助がヘルン先生の給料のほんのわずかで雇われましたからね。普段は静かな我々の研究所にもこのひどい話は回ってきました」

「ああ、でもそう長くは続かんさ」貞三郎は重敬に請けあいます。「漱石は昇給を求めるか、辞めるかするだろうとの噂だからな。猫がしゃべる小説を書いて世に知られるようになるなんて誰が想像したかね？　そんなの馬鹿馬鹿しい気まぐれな流行だったが、それから何冊も小説を世に問うて、『草枕』は前作にまして評判ときた。正直、たまげたね」

「この漱石についてヘルン先生ならどうお考えになったでしょうね？」重敬が訊ねました。

ふたりともその答えはわかりませんでした。あの猫のことは気に入っただろうとわたしは思いますよ、八雲。

大学の講師職もなくなり、あなたは大久保の家の庭門から足を踏み出す理由さえなくなりました。小泉八雲は五十三歳にして、内なる国に隠れ家を見出したのです。書斎から西方を眺め、波にさらわれ、疲れ果てて、流されてきた若き日々の遠い岸辺を振り返る八雲。

八雲、誇りはあなたの体から去ってしまいましたね。あなたに先立つ小泉家の男たち同様、それは精神が去っていったのも同然でした。二十三でセツから誇りが去ったとき、体から立ち上り松江の空に昇っていったとき、残された体はもはや地上につなぎ止められることもなく、羽根がついて宙に浮かぶ紅葉の種のようでした。八雲、あなたの後に残された体は、種を抜かれて空っぽになった莢のようでした。背中が曲がりました。雪が降ったような髪になりました。歩みがのろくなりました。目が引きつるようになりました。頬が痩《こ》けました。口に血が溜まりました。血管が破裂したのですな、と主治医の木澤《きざわ》先生が仰いました。声を出すこともなく幾月も過ぎました。毎日の散歩もなくなってしまいました。

すでにこの体には、寿々子のものになる心臓が宿っとりましたが、その丸い姿はまだあなたの目には見えとりませんでした。四人目の小泉家の子は、息子だったとしても、めでたいことには思えんようでした。けれどもその後秋になり寿々子がわが家に加わったとき、あなたはあの子を抱っこして「アバアバ」と呼び、両頬に接吻しましたね。

お義母さまとわたしは互いに目配せしましたが、口は閉ざしとりました。のちに、眠る寿々子を自分の腕に抱いて、お義母さまは、縁起が悪いと言うのでした〔幼児語の「アバ」は「あばよ」の語源とされる〕。

「一雄が最初に言った言葉ですよ」わたしはお義母さまに注意しました。

「そうだども――」と口を開きます。

「巌も清もそうでしたよ」とわたしはつけ足します。

「この国の赤子の最初の言葉はみなそうでしょうよ。それで心配しとるのではないことはわかっとるでしょう」

「ヘルンさんは早いうちに教えてやろうと寿々子に知恵を貸しとるだけです」とわたしは慰めました。「あのさんは教えずにはおれんから――」

「生まれたての子に『アバ』と言うとは教えじゃありません」とお義母さまが異を挟みます。

お義母さまの言うとおりです、八雲。赤ちゃん言葉で歌うように言っとっても、さようならと言うことは、自分に呪文をかけることです。

「ヘルンさんはどこかへ行かれるご予定はないから」とわたしはお義母さまに言いながらも、いちばんあなたらしい人生の終わりの姿を心に描こうとしました。

あなたがああ言った後も、わたしはお義母さまの言うことを信じとりませんでした。詮ない心配だと自分に言い聞かせました。

「早稲田大学です、可愛いママさん《スウイト・ワイフ》！」明治三十七年、西暦一九〇四年のはじめに知らせてきましたね。あなたの声からは、何ヶ月も喉の中に蛾が住み着いたような揺れは消えとりました。

「良き知らせですか、旦那さま？」とわたしは訊ねました。

「はい、良きです、そして、新しいです！」とあなたは答えました。

「教えてくださいませ」

「週に四時間、水曜日と土曜日に英文学の講義二回、それに早稲田の校舎、大久保から人力車、近いです」

「とても良き知らせです、旦那さま！」

「早稲田の学監さん、西田さんみたい、似ています。縁起良きです。家に招待します、そしてあなたも見ます、スウイト・ワイフ！」

この腕の中でむにゃむにゃ言っとった寿々子が、この瞬間に最初の言葉をあなたに聞かせようと決めたのです、お兄ちゃんたち三人と同じ言葉でした。ふたりとも聞きましたよね、八雲。あなたは喜んで、「アバアバ」と繰り返しあの子に話しかけ、自分の教えが完璧な実を結んだと思ったのでした。「小さい寿々子、名前を知りますね」と甘い声を出しました。

わたしはパパと娘が陽気に「さようなら、さようなら」と挨拶を交わす間、無言のままでした。

八月が訪れ、あなたと一雄と巌が焼津行きの汽車に乗りました。前の晩、あなたとお兄ちゃんたちが清と寿々子とわたしのために元気に「君が代」を合唱してくれました――その年のはじめに戦争が始まったときに、あなたが得意満面に子どもたち皆に教えた「君が代」でした。一雄と巖は各々竜舌蘭の葉の刀を手に、部屋の中を行進して、代わる代わるあなたに敬礼しとりました。戦争に行った同胞に劣らず勇ましくて度胸がある息子たちだとあなたは申しました。

「日本ついに真価を認められます。西洋も東洋もわが国を脅かすないです」とあなたは断言しました。

日本はまたもや外国と戦争をしていました。最初は清国が敵でした。今度はロシアでした。先立った小泉家の男たちと同じく、あなたも戦争に意義を見出しました。戦い、沈んだ船、奪った陣地の一覧に、人間の気骨、国の格、世代の気質を見出すのでした。八雲、わたしは違いました。十歳の一雄、七つの巖、四つの清を見て、この子たちを奪いに来る戦争が怖かった。

その晩一雄を脇へ呼んでママに毎日手紙を書くように頼みました。「パパサマに見せてはだめ。月の終わりに、一雄がどれだけ日本語の練習をがんばったかパパサマに見せてびっくりさせましょう。パパサマがお疲れだったり、ご機嫌斜めだったらママに知らせておくれ。ごはんを残したらママに知らせておくれ。夜眠れんご様子だったり、朝寝坊したら、ママに知らせておくれ」わたしは言いつけました。一雄は頼まれたことをきちんとやりとげるという真面目な面持ちで、頷きました。一雄を見てこの子がもっと年かさならばと思ったもんです。子どもが親の面倒を見ることがあってはならぬとわたしにはわかっとったからです。

その心配も、毎日一通どころか二通、あなたと一雄から手紙を受けとるようになり、間もなく収まりました。

あなたが日の出に書いた手紙。「ワタシ・スコシ・サビシ・ママノ・カワイ・カオ・ノチホト・

ミル・ト・ノゾミ」

西田さんでもこれほど見事な手紙は書けなかったでしょう、旦那さま。

あなたは焼津へ行くのを心待ちにしとったけれど、東京に戻るのも負けず劣らず心待ちにしとらいましたね。講義用に羽織袴を新調するようわたしに申しました。早稲田では年配の教授は洋装ではありませんでしたので、自分も洋服をほうってしまっていいと思ったのでした。「年取りました、充分」と言い張ります。もう充分に日本人だと言いたかったのでしょう、八雲。

大学から戻ってくると、両手を胸に当て、羽織の布をぎゅっと握りしめていました。うちの車夫を木澤先生の家に送ろうとしたら、あなたに止められました。ウィスキー一杯で痛みは消えると言い張るのです。まあそのとおりでしたが、次の週にまた痛みが戻ってきたときには、この大久保の家にかかりつけ医を呼ぼうと説き伏せるわたしに頷くほどの強い痛みでした。

「新しいの病です」とあなたが木澤先生にヘルンさん言葉で告げるのを、わたしが日本の言葉で繰り返します。先生が到着した時、あなたはまだ高机に座っていて、手紙を書こうとしていました。あなたは先生の顔を見ることもせずに、「心臓の病」と診断して見せました。木澤先生は、健やかなるときも病めるときも、あなたに会うのを楽しんでおられましたので、気分を損ねることもありませんでしたね、八雲。早稲田の学生さんはいかがですかな、と訊ねて、それが具合が悪い理由ではないかとほのめかしたのでした。先生の冗談をあなたに繰り返すと、あなたは目を上げ先生に微笑みかけました。先生はあなたに畳に横になるように告げ心音を聴きました。ずいぶん聴いとらいました。先生を脇に押しのけてわたしも聴きたいという気持ちに駆られました。木澤先生はわたしの方を見上げて、書斎の外の桜が満開だ、と仰いました。あなたは「桜」という言葉を聞き取って、先生が何の話をしているか悟りました。あなたもわたしも窓の外に目をやります。八雲、あなたは桜に気づいてさえいなかったのでした。

「雪降ります」とあなたが言いました。

「雪降りますね」とわたしが繰り返しました。

木澤先生は、ゆっくり休んで、食事は軽くお汁と柔らかい豆腐にして、ひと月ふた月講義を休みなさい、という指示を残していきました。わたしには、痛みが戻ってきたらすぐに人をよこすようにと仰りました。

「戻ったらですか?」先生を玄関へお送りする途中、訊き返しました。

「そうだ」と答える先生の顔は、あなたには隠しとった表情をわたしに見せるのでした。

八雲、わたしたちの物語はすべて死で結末を迎えるとはいえ、その訪れはそれでも、森の中の子どもの叫び声のように、不意を突いて心を乱すものです。

その七日後、明治三十七年、西暦一九〇四年九月二十六日、朝六時半、竹林から昇る鳥の歌にあなたはいつもより早く目が覚めました。浴衣と足袋に着替えるのをお手伝いしてから、書斎で朝ごはんを召し上がっとらいました。お汁をすすりながら、昨晩遠い遠い所を夢見たという話をしてくださいました。今まで行ったことのある国ではないが、それでも懐かしく感じられる所だったと。そこにはカラスがいて、集うように空をポツポツと黒く染めていたと。カラスを追ううちにそこにたどり着いたのか、カラスがあなたを追ってそこへやってきたのか。あなたは山腹にいて、そこは見たことのない海の近くで、背の低い木が緑に繁り、葉の裏側は銀色で、朝の光の色をした花々が咲き乱れていたと。そこではそよ風はバターと麝香草《タイム》と蜂蜜の香りを運んできたとあなたは言い、まるでここ大久保でも香りがするかのように、目を閉じると深く息を吸ったのでした。

わたしも息を吸いました。パンが焼ける匂いしかしませんでしたけど。

その日は一雄と巖も食卓でパパが一緒に朝ごはんを食べるのかどうかと待っとりました。お義母さまがパパサマなしで始めなさいと促すので、きっと明日になれば一緒に食べられるだろうと気を取り直して、子どもたちはそうしたのでした。その後、一雄が書斎にやって来て、学校に行く前に「グッド・モーニング、パパ」とあいさつをしていきました。

「プレゼント・ドリーム。ゼ・セーム・ツゥ・ユー」とあなたは応えて、まるで寿々子かわたしにするかのごとく一雄の両の頬に接吻しました。息子はあからさまな情にびっくりして身を引き、あなたの言葉と振る舞いの説明を求めてわたしの方を見やりました。わたしは何も言えず、もう行く時間ですよと目で合図することしかできませんでした。

あなたは書斎で庭を眺めて一日を過ごしました。桜は夜のうちに散ってしまい、大久保の小さな空間を銀世界に変えてしまいました。西インドへ一緒に歩いていきましょうとあなたが声をかけます。

「明日ね、旦那さま」とわたしは応えました。

「はい、明日」と同意します。「今日は寒いこと過ぎます、スウイト・ワイフ」

寒くはなかったのです、八雲。それでもわたしは震えがきました。

夕ごはんはみなで一緒に食べましたね、木澤先生の往診以来、子どもたちとごはんを食べるのははじめてでした。あなたは食事に手をつけずに脇へやると、代わりにウィスキーを小さなグラスに所望しました。「水を足しても構わないです、スウイト・ワイフ」と言いましたね。一雄が同級生がクリケットを覚えようと苦労する話をして、あなたは五十四歳の大人の男ではなく十歳の子どものように笑っとらいました。巖もパパを楽しませようとお話をしたのですが、かわりにやんわりと叱られてしまいました。生徒《ども》が吃るのをからかう先生のお話だったからです。「化け物です！」と巌の先生を罵りました。清は、太り過ぎた飼い猫のように、あなたのお膝に登っとりました。寿々子も、はじめに覚えたお気に入りの言葉を繰り返して、会話に加わりましたが、ついにお義母さまが追い出してしまいました。

わたしが手を貸してあなたが立ち上がったところで、「プレゼント・ドリーム、パパ」と息子たちが声をかけました。

夜、床に着く前にあなたは書斎でひとときひとりになりたがりました。「手紙、書きたいです」という説明でした。

「でもわたしはもうここにおりますけん、旦那さま」とわたしはからかいました。

「そうです、スウイト・ワイフ、そうです」と繰り返し、微笑みます。

わたしが手紙の捗《はかど》り具合を確かめようと戻ってきたとき、八雲、あなたは高机に突っ伏しとらいました。

手前にある紙はペン先が触れぬままの白紙でした。「病気戻ります」と申し訳なさそうな顔であなたはささやきました。

木澤先生が小泉家に着いたときには、聴診器を使うまでもありませんでした。八雲、あなたの心臓は霊魂とひとつになった後でした。

あなたの体は骨と灰になり、その行く先は雑司ヶ谷《ぞうしがや》墓地で、そこへわたしも行くことになるのです。あの死者の村が、最後にわたしたちが分かち合う国となるのです。神様に情けがあれば、そこで待つこと年を重ね、子どもたちもひとりまたひとりとやって来るでしょう。

そのときまで、八雲、あなたの思い出はここ大久保の家でわたしと共にあります。

あなたの手紙はすべて、あの最後のまっさらな便箋も、取っとります。わたしに向けて書くつもりだったのだ、あなたのペンの先が書きかけとった名前は「セツ」だったのだ、と自分に言い聞かせとります。ヘルンさん言葉に通ずるひとがひとり残らずいなくなるまで、失われたものが、決めつけや嘲りを受けることなく、あなたとわたしの言葉となるまで、手紙をしまい込んでおきます。何代かかるのでしょうね？

　この二度目の物語はその手紙のお供となるでしょう。八雲、わたしもあなたを見習わなければ。以前は事実だったことも——自分ひとりだけがそうだと言い張るがゆえに、その光沢を失い、表面が欠け落ちささくれてしまうのです。以前は意見でしかなかったこと、あるいは世間の風潮のこだまにすぎなかったことが、決定的な重みを増すことになるのです。好みの問題に過ぎなかったことが、生涯を通じての欠点や落ち度を明かしてしまうのです。情愛の表現だったものが、ひととなりの傷を暴いてしまうのです。愛情だったはずのものが、ただ近くにいたに過ぎなかったと見て取られることもありうるのです。

　ご安心ください、旦那さま。ラフカヂオ・ヘルンがいかにして小泉八雲になりしか、三度目の物語は、一雄、巖、清、寿々子の詮索、その子どもたち、そのまた子どもたちの詮索に持ちこたえることでしょう。小泉セツによる『思ひ出の記』として世に出て、わたしが十二の頃から目指したとおり、小泉家と稲垣家を養っていくことでしょう。

　八雲、今夜あなたにお見せしたこのお話は、まだまだ真実の強みが足りません。小骨をさらに取り除いて真実を支えることといたしましょう。

エリザベス・ビスランド（1861-1929）

1906年、ニューヨーク

ラフカディオは大橋川の橋のたもとの家に住んでいる頃、一八九一年一月に、上流武家出身の貴婦人小泉セツと結婚した。日本の革命で江戸幕府《ショーグン》が転覆して帝《ミカド》の世俗的支配が復権、日本社会の封建制度が崩壊し大名《ダイミョー》が没落したのに伴い……その配下の「大小」を差した男たち、侍《サムライ》もまた没落した。その多くは、フランス革命後の亡命貴族のごとく、困窮を極め、小泉家も全財産を失った武家であった。尋常中学校《ジンジョーチューガッコー》の教務長のような存在であったと思われる西田千太郎は、特に英語科を統括しており、下級武士の家系で、母親が没落前の小泉家と懇意にしていた。英語が堪能であり、またその独特に柔和で矜持《きょうじ》ある人格のために、すぐさま新任英語教師の通訳兼親友となった。彼の仲人により、結婚の手はずが整えられた。通常の境遇であれば、日本の貴婦人が外国人と縁組することは挽回不能の不名誉とみなされたが、小泉家の境遇は通常ではなく、二十二歳の娘の秘められた思いがどのようなものであったにせよ、セツはすぐさま夫を情熱的に慕うようになり、最後まで続いた結婚はきわめて円満であった。現地の儀式で婚礼を挙げたが、英国の法律上の結婚をすれば、当時の条約に基づくとセツから日本国籍を奪い、一家は開港都市への移住を余儀なくされることになる。当初から婚姻の合法性や妻の将来が不安であったハーンは、ついに英国への忠誠を放棄し、妻と子供たちがその立場を巡って決して障害や不安に煩わされることがないようにと帝の臣民になることを余儀なくされた。このためには妻の家に入婿する以外になかった。ハーンは「小さな泉」という意味の小泉姓を名乗り、号として選んだ八雲は出雲地方の古名〔正しくは出雲の枕詞〕で「八つの雲」あるいは「雲の出《いづ》る処《ところ》」を意味し、日本最古の詩に現れる最初の語でもあった。

美しい庭に囲まれ、廃址となった大名の城の陰の〔元武家の〕家で……ハーンと妻はとても幸せな一年を過ごした〔一八九一年の後半五ヶ月間〕。家賃は月四ドル〔家賃は三円、当時の二・三四ドル〕、中学校と師範学校の給与に自らのペンで稼いだ分を加えると、人生で初めて金銭的な余裕を持つことができた。県知事から床屋まで、どの階級でも極めて人望があり、身の回りの生活の魅力と驚きはいまだに新鮮なままで、ハーンはついに長年努力を積み重ねてきた美と力とを備えた文体の一部を実現することができるようになった。友人の殆どが自分より背が高くないという事実にさえ喜びを感ずるのであった。あらゆる点で彼の人生の最も幸せな時期であったろう。

・・・・

残念ながら、この牧歌的な幕間は健康状態の悪化によって中断されてしまう。冬に出雲を吹き抜けるシベリアの寒風が彼の肺に深刻な影響を及ぼし、日本の家屋を温める唯一の手段である小さな火鉢《ヒバチ》（炭を燃やす箱）では、長年温暖な気候に暮らしてきた者を守るには不足であった。さらに奇妙なことには、彼の視力は常に寒さで悪影響を受けるため、医者の強い勧めを請けてしぶしぶ温暖な地方に職を探し、内海の南端に近い熊本の……第五高等中学校に転勤することになる……。

松江は古き日本であった。熊本は移り変わりつつあった日本のはるかに不快な側面を象徴していた。ここにハーンは三年間滞在し、契約が切れたところで政府の仕事を捨て、しばらく記者業に戻ることになる。生活費ははるかに高額で、熊本の仕事上・つきあい上の雰囲気とは相容れず、以前のように孤独で隠遁がちの暮らしに戻ってしまい、童子や庶民を友とした……。

熊本に来て初めてハーンは日本人に獰猛さや厳しさを見出すようになった……。このような性格を斟酌《しんしゃく》あるいは理解したであろうが、彼の心根とは性に合わず、学校関係者との繋がりも殆どは形式だけのものになった。生徒が自分を訪ねてくることは滅多になく、同僚教師とも仕事中にしか顔を合わせなかった……。

高等中学校の教員人事の頻繁な変更に数多の迷惑を被ったハーンは、三年の契約終了時点で神戸に移り、『神戸クロニクル』に勤める決心をするに至る……。

一八九五年当時の神戸は開港都市で、それはすなわち、政府の特別許可なしに外国人が本国領事館の管轄下の治外法権で居住できる場所であった。この地でのハーンの社会生活については、ほぼ記録がないようだ。『クロニクル』紙の記者として働き——彼の社説はしばしばキリスト教伝道師らの怒りを招いたらしい——マクルア通信社に書簡を寄稿し、素材を求めて、フィリピンや琉球島への調査探検計画の話が盛んに持ち上がったが、実現しなかった。報道の仕事で深刻に目が悪くなり、時に健康状態は芳しくないようだった。知り合いは殆ど作らず、自宅の外での人付き合いはないに等しかった……。

・・・

ハーンが知的最盛期に達したのは神戸のことであったと思う。その後八年間の仕事はどれも彼が神戸で成し遂げた成果を越えることはなく、美的だが、その大半は価値的には劣る仕事である。自らの手法に完璧に精通し、さらに、言葉で表す前に自らの思考に完璧に通暁することを身に付けたのであり、これこそはるかに困難で重要なことなのである。

・・・・

文学と報道では十三人の所帯を維持するには不充分なことは明らかだった。というのは、ハーンは日本臣民になるにあたり、婿養子になった一族の年長者を扶養するという日本的義務を受け入れたからである……。彼はこの事実に時として冗談交じりの苛立ちで言及していたが、西洋的視点からすると過剰に思える嗣子の義務に、真剣に憤ることも反抗することもなかった。彼の目もまた無視できない危うい兆候を示し始めたので、収入を増やす必要性から、しぶしぶ教員として公職に舞い戻ったのだった。［バジル・ホール・］チェンバレン教授が再び手を貸して東京帝国大学の英文学教授職を確保し、給与は今まで受け取ったうちではるかに高額、教授法についても結構な自由を許されることとなった。

・・・・

大学と家庭の外の生活を［ハーンは］あまりに制限したがゆえに、彼についての伝説が巷間流布するほどで、それほどに人前に姿を現すことはなかった。彼を外に連れ出すことができる唯一の人物は友人のミッチェル・マクドナルドで、彼の優しさと懐の深さからハーンは常に逃げ続ける一方で、常に甘えることになる……。

働き詰めの苦労で視力が再び衰え始めると、一九〇二年にはアメリカの友人らに職を求める手紙を書いており、専門医の診察を求め、また溺愛して一日たりとも離れることができなかった一雄に英語教育を受けさせることを望んでいた。大学から研究休暇を貰う権利があったので、ハーンを快く思わぬ者どもの謀略が自分の職位を危うくするのではないかという心配から、休暇を利用して他の伝手《つて》を作ろうとした……。二千五百ドルの給与でコーネル大学で一学期講義をする手はずが整えられ、すぐさまその準備に取り掛かった。ところが、休暇を申請したところ却下され……彼を厄介払いするための当局による意図的な冷遇だと確信して、辞職することとなった……。

すぐさま、アメリカでの講義の仕事の準備に没頭したが、アメリカに出帆する直前に、コーネル大当局が、イサカ〔大学所在地〕で前年の夏に腸チフスが蔓延して自由に使える資金が枯渇したことを言い訳に契約を取り下げた。

アメリカの友人らは、他に仕事を探してやることでこの契約破棄を穴埋めしようと、すぐさま懸命な努力をしたが、結果は満足できるものではなく、しかもその努力も、過労と不安がもたらした肺の出血を伴う突然の凶悪な疾患により無駄に帰した。回復の後、コーネルのために準備した講義は書籍の形に練り直されたが、その仕事もすでに弱った生命力には絶望的な重荷となったのだった……。

筆者への書簡で……「お硬い社会学的な専門書を書く仕事は好きじゃない……鳥《ママ》に猫に虫に花々、そして風変わりな小さなものたちを私は研究し続けるべきで、帝国の命運といった題目は頭脳ある男たちに任せておくべきなのだ」と述べている。そういう意見ではあったが、その本は、自分の第二の故郷を世界に向けて解き明かす長年の努力の頂点となる業績だと見ていたのではないか。

本が仕上がってまもなく、早稲田大学からの英文学教授職の申し出に応じた……。その頃、ロンドン大学が集中講義を依頼し交渉に入り、オックスフォード大学も彼の講義に興味を示しているという話もあった。自分の国から評価を勝ち取ることは常に彼の切なる願いであったので、この申し出はおそらく彼が知る限り最大の達成感を与えてくれただろう。だが彼の生命力は完全に尽き果てていた。青年時代の向こう見ずな苦労、壮年時代の計り知れない努力が、生命の源を燃やし尽くしてしまったのだ。

一九〇四年九月二十六日、最後の手紙を……書き終えて間もなく……夕暮れに縁側《ヴェランダ》を歩いているところで、内なる生命の織地がすべて崩れてしまったかのように、突然くずおれ、しばし物が言えず痛みに苦しんだ後、長い探求の旅は終わりを迎えた……。

~エリザベス・ビスランド著『ラフカディオ・ハーンの生涯と書簡』
全二巻（一九〇六年）より

謝辞

　この小説は始まりから終わりまであしかけ八年の旅となりました。はじめは、ガイア財団の惜しみない援助により、シーチェンジ・レジデンシー（マサチューセッツ州プロヴィンスタウン）で自分ひとりの部屋どころか一軒家を、二〇一〇年三月から四月の二ヶ月もの間与えていただきました。大西洋が轟き砕けるそこで、この小説の最初の一行がはっきりと聞こえたのです。私が書こうとしている物語のライトモチーフは水と風になるだろうとわかりました。

　翌年、グッゲンハイム・フェローシップのおかげでギリシャのレフカダ島に旅して、ラフカディオ・ハーンが大人になって決して味わうことができなかったその生まれ故郷の恵み、イオニア海と満開の金雀枝《エニシダ》の香りを吸い込んだのでした。レフカダ中部の山スタヴロタ山頂への坂道で彼に感謝しました。ハーンは、どういたしまして、と言って、旅はまだこれからだと告げたのです。そのとおりでした。

　それに続く数年間、以下の場所で執筆のためのつかのまの家を得て、はかりしれぬほどお世話になりました——リグーリア芸術人文学研究センター（イタリア、ボリアスコ）、訪問作家として滞在したヘルシンキ上級研究コレギウム（フィンランド、ヘルシンキ）、パウダーケグ（ニューヨーク州ブルックリン）、チヴィテッラ・ラニエーリ財団（イタリア、ウンベルティーデ）、アカライ・レジデンシー（イタリア、シチリア島、パラッツォーロアクレイデ）、日米友好基金芸術家フェローシップ（日本、東京）、カーク・ライター・イン・レジデンスとして滞在したアグネス・スコット大学（ジョージア州ディケーター）、ハーマン・ライター・イン・レジデンスとして滞在したニューヨーク市立大学バルーク校（ニューヨーク市）、ヘッジブルック（ワシントン州ウィッビー島）、アカデミア・テデスカ・ヴィラ・マッシモ（イタリア、ローマ）、そしてジュラージ・レジデント芸術家プログラム（カリフォルニア州ウッドサイド）。二〇一八年五月、小説最後の一行を書き終えたのは、サンタクルーズの山肌にあって遠く太平洋の水平線がかすかに青く見えるジュラージでのことでした。このときはハーンだけでなく彼を通じて知り合いになれた女たち、ローザ・アントニア・カシマチ、アリシア・フォーリー、小泉セツ、そして彼の最初の伝記作家エリザベス・ビスランドにも感謝しました。女たちはハーンの秘密や自分たちの秘密をすべて明かすことはせず、ほんの少しのことしか漏らさなかった。ひとことひとことに苦労しました。彼女たちと時をともにできたのは光栄でした。すでにさびしい気持ちです。

私が執筆で放浪している間、家の明かりを絶やさずにすんだのは以下の方々のおかげです――米国芸術文学アカデミーのローゼンタール基金賞、ジャネット・シルヴァー、レスリー・シップマン、フェルラーク・C・H・ベック社のマルティン・ヒールシャー、それからヴァイキング・ペンギン社のポール・スロヴァク。

旅路は真っ直ぐではなく、ヘルシンキのようにハーンとは無関係で予想外の土地へも立ち寄ることになりました。二〇一二年の三ヶ月、ヘルシンキでふたたび深く呼吸ができるようになり、ふたたび読書を楽しめるようになり、ふたたび執筆の意欲を取り戻しました。バルト海のほとりのあの穏やかな街の友人たちに感謝――マルティ＝タピオ・クースコスキ、オウティ・J・ハコラ、ラウラ・リンシュテット、ソトカモのリンシュテット家のみなさん、ドナ・マコーマック、ケイ・エドワーズ、ホセ・フィリペ・シルヴァ、サイモン・ラビノヴィッチ、ターヴィ・スウンデル、アンティ・サディンマ、マイヤスティーナ・カハロス、ジン・ハリターウーン、エリザベス・〝殷莉〟・

L・エンゲブレットセン、マリャ・ウテラ（マリャをオンラインで紹介してくれたアナベル・ファンにも）、そしてとりわけオワン・ファムはヴェトナム系ディアスポラの北端での生活を垣間見せてくれました。

二〇一五年にブルックリンから東京へ出発する前に辛抱強く日本語を教えてくれたのは、ボイヤー美千子でした（しかも必要な単語が何かよくわかっていました——ダイガク、エキ、それにコンビニ）。東京の国際文化会館で日米友好基金芸術家フェローシッププログラムを細やかに心温かく運営していた中保佐和子と前田愛美。小林富久子と和氣一成は、早稲田大学での滞在にあたり惜しみなく援助してくれました。小林先生と旅した松江の小泉八雲記念館で、ついに私の納得のいく小泉セツに「出会う」ことができたのです。

以下の豪胆な東京人たちに、くりかえし乾杯——美しい迷路のような街で三ヶ月の逗留中、彼女たちが示してくれた親切と懐の広さ、ともに過ごした陽気な時間のおかげで、さびしい思いをせず、道に迷わずに（少なくともあれ以上は迷わずに）すみました。林美子（そして美子をオンライン紹介してくれたアンドレア・ルイも）、永井真理子、ジョン・ウー、ジェフ・キングストン、大沢真知子、リザ・ロウィッツ、松本知彦・智子夫妻にオンライン紹介してくれた（スペインのヴァレンシア在住にもかかわらず心は東京にいた）ロベルト・モリア、フランシスコ・シルバ、上村由美、浜辺真紀子、日米友好基金芸術家仲間だったポール・キクチ、彼が直接紹介してくれた高部友貴（いまでは石田友貴）、樋口由貴江、岩永紀子、オンラインですばらしい自己紹介をしてくれた井上間従文と彼が紹介してくれた仲宗根香織。

日本滞在の締めくくりは京都の立命館大学での講演でした。京都では、招聘してくれた吉田恭子に加え、中川成美、西成彦、新元良一、松本ユキ、下條恵子、中村仁美、ラファエル・ロンベールに出会えて光栄でした。

　歴史小説家の絶えることなき時間旅行の最良かつ真の旅の友は、歴史家と研究司書です。以下の方々が並外れた力を貸してくださいました。テンプル大学日本校図書館長トマス・ボードマン、シンシナティ公立図書館とハミルトン郡情報レファレンス局のトム・モスブラッガー（レファレンス司書）、アレックス・テンプル（図書館サービス上級補佐）、キース・グッド（図書館サービス上級補佐）。そしてスティーヴン・ヘドリー（レファレンス司書）は私が依拠したどの二次資料にも見つからなかった重要な事実、アリシア・フォーリーの死亡日を見つけ出してくれました。歴史家・著述家・文芸翻訳家の長谷川洋二の著作 *A walk in Kumamoto: the life & time of Setsu Koizumi, Lafcadio Hearn's Japanese wife*（Global Oriental、一九九七年）では、余すところなく実証されたセツと出会うことができました。また本書にはほかにも、小泉セツによる回想録『思ひ出の記』（一九一八年英訳）という貴重な宝物が収められていました。

　この小説の諸草稿に目を通してくれた大切な友人たちは、謝辞どころか表彰ものです。誤植、修飾のかかり違い、英語が第二言語の書き手だけが犯す文法ミスは言うに及ばず、隠れたプロットラインに、発達不十分のキャラクター、あらゆる局面で直線的展開を拒む物語の時系列の沼地を歩き抜けてくれました。バーバラ・トラン、デイヴィッド・L・エン、ジェフ・キングストン、吉田恭子、アラン・ブラウン、リジー・スカーニック、シェリー・サラメンスキー、そしてジェフリー・アングルス。

　非凡なイラストレーター清水優子は、本作の行間に海に浮かぶ鳥の巣のイメージを見出し、心を摑む英語版表紙デザインに取り入れ、写真家阪口悠は、私のことを真に見てとったと感じる肖像を提供してくれました。ふたりにも感謝します。

最後にダミヤン・サッチオへ――彼なしには最初の一行はなかったでしょう。国内外での二十九年間にわたる連れ合い。ずっと昔、エリオット・アーウィットの一九六三年の白黒写真、「はぐれた人エリア」という掲示のそばで待っている三人の女が写っている絵葉書を彼に渡したとき、あなたがいなければ私もここにいるだろう、と裏に書いたのでした。本当にそう思っていたのです。まだ今も。

訳者あとがき

小泉八雲とは何者か。

「耳なし芳一」や「雪女」などを収める『怪談』（一九〇四年）の著者。夏目漱石の前任者として東京帝国大学文学部で英文学講師を務める前は、松江、熊本で教壇に立った。現在ギリシャのレフカダ島に生まれ、パトリック・ラフカディオ・ハーンと名づけられ、ヨーロッパからアメリカへ、そして日本に渡り、松江の士族出身の小泉セツと結婚、小泉家に入婿し、『知られぬ日本の面影』（一八九四年）など日本を西洋に紹介する紀行記・随筆・物語集を著した。

日本語に育った人々ならこのようなことを思い浮かべることだろう。現在も小泉八雲の文学的功績を顕彰する旧居や記念館を松江をはじめ各地に訪れることができる。八雲は日本を愛し、日本も八雲のレガシーを大切に育んできた。日本中の図書館に今も第一書房版の小泉八雲全集が並んでいる。

そのせいだろうか、八雲の文学的功績は日本語文化に属するのだとわたしは長年思いこんでいた。アメリカ文学を学んでいるのにもかかわらず、である。それほど小泉八雲のイメージは日本の文化に馴染んでいるともいえる。彼はもちろんラフカディオ・ハーンとして英語で執筆したのだ。だから「作家・小泉八雲」は実は存在しない――いやむしろ、「作家・小泉八雲」とは、田部隆次《たなべりゅうじ》をはじめとするハーンの薫陶を受けた英文学者らの翻訳によって生まれた日本語文学の仮託された書き手、と考えるべきかもしれない。

だからこそ、ラフカディオ・ハーンのことを「わがもの」にしてしまうことに、その世界文学性を縮めてしまうことに、わたしたちは慎重であるべきだろう。あらためて見直してみれば、わたしたちはハーンを知っているようで、知らない。彼がフランス文学の翻訳者であったこと。英国陸軍士官であったアングロアイリッシュの父とヴェネツィアに先祖を辿る母の間に、一八五〇年、英国支配下にあったイオニア諸島のサンタマウラ島（ギリシャ名・レフカダ島、一八六四年に英国よりギリシャに割譲）に生まれたこと。カトリックに改宗した大叔母にアイルランドで育てられ、イギリスやフランスの寄宿学校で学んだこと。アメリカに上陸後はどん底暮らしから新聞記者として頭角を現し、最初に住みついた北部と南部の境界線であるオハイオ川河岸の都市シンシナティでは、奴隷として南部に生まれた女性アリシア・フォーリーと最初の結婚をしたこと。その後、ミシシッピ川河口の都市ニューオーリンズに移り、クレオール文化の渾淆《こんこう》が生み出す豊かさに触発されて作家活動を開始。西インド、マルティニーク諸島に滞在し、その風土や習俗を英語読者に紹介したこと。

モニク・トゥルンの長編第三作『かくも甘き果実』は、ハーンゆかりの三人の女たちが語る伝記的フィクションである。ハーン文学と女性性の強いつながりについては広く指摘されているが、本書はハーンを優れた「書き手」ではなく、秀でた「聞き手」として捕らえ、女たちを「語り手」に据えた小説だといえる。「耳のひと」ハーンの中にこだましていた女たちの声はどのようなものだったのか。

小説の狂言回し的に序幕と各章の幕間に語るのは、ジャーナリストのエリザベス・ビスランドで、彼女は一八八〇年代にニューオーリンズでハーンと出会って以来、生涯親交を結び、ハーンの没後に最初の伝記『ラフカディオ・ハーンの生涯と書簡』（一九〇六年）を出版した。本作の中のエリザベスのセクションは、すべて『生涯と書簡』からの引用であり、トゥルンの作によるものではない。引用の中には、ハーンの生涯についての真実だけでなく、ビスランドによる事実誤認やハーン自身の記憶違いから生じた誤情報、そしてハーンの人生を彼女が属する階級と人種の読書人にとって望ましい形にまとめあげようとする意識的・無意識的操作が働いている部分も含まれている。それは作者トゥルンの意図的・戦略的な選択であり、歴史が必ずしも正しい記録ばかりを伝えるものではないという暗示であり、活字化による歴史形成の特権のありかを指し示す。なぜなら三人の語り手は、その特権から遠く離れているからだ。

最初の語り手はハーンの産みの母ローザ・アントニア・カシマチである。イオニア諸島キティラ島（イタリア語でチェリゴ島）の支配階級に生まれたローザは、抑圧的な父と兄たちに一切の自由を奪われ軟禁も同然の状態で育つ。そんなローザにとって、英国駐留軍の士官チャールズ・ブッシュ・ハーンの肉体と身分は囚われの身から自分を解放し「どこか他の場所」へ逃亡するための媒介だった。けれども故郷をあとにしてレフカダ島、そしてダブリンへと移り住むにつれ、夫の親族には自分は「ヨーロッパ人」とは見なされず蔑みの対象であること、軍人として世界各地を転々とする夫にとっても面倒なお荷物となったと自覚していく。四歳の次男「パトリシオ」を嫡子のない夫の叔母に養子に出しイオニアへ去ることを受け入れたローザは、帰路、付添の少女エレサにこれまでの経緯を語って聞かせ、これを手紙として息子に渡してほしいと託す。

ふたりめの語り手アリシア・フォーリーは、南北戦争前の南部に奴隷として生まれた。北部南端の都市シンシナティの下宿で料理人として働いていたときにハーンと出会い、互いの物語を交換することで二人の距離は近づいていく。プランテーションという「他の場所」からやってきたアリシアにとって、黒髪で歌うような抑揚の英語を伏し目がちに話し、アメリカでの人種規範に無知な「パット」もまた「どこか他の場所」からやって来た不思議な男だった。ふたりは異人種婚を禁ずる当時のオハイオ州法に反して結婚する。アリシアはいわばハーン専任の料理人となるが、当初は互いの物語に耳を傾けあったふたりも、次第に夫が一方的に語り、妻はまるで物語を聞かせてもらった代償のように料理をするという非対称な関係に陥っていく。

味覚と料理はこれまでのトゥルンの小説すべてに一貫するモチーフだ。実はトゥルンがそもそもハーンに興味を抱いたのも、彼が残した料理本『クレオール料理』(一八八五年。日本語版は『ラフカディオ・ハーンのクレオール料理読本』河島弘美監修、鈴木あかね翻訳、CCCメディアハウス、二〇一七年)がきっかけだったそうだ。本章ではイギリス風料理とアメリカ南部の料理の違いがふたりのすれ違いを際立たせている。フライドチキンやバーベキュー、コーンブレッドやケールの煮込みなどに代表される南部料理は、アフリカ出身の奴隷たちが持ち込んだ食材(オクラやブラック・アイド・ピーズなど)や調理方法に特徴があり、魚介類や鶏肉、豚肉と豆類が主たるタンパク源で、牛肉はあまり用いない。南部料理を実際に味わってみたい方はぜひ、アンダーソン夏代著『アメリカ南部の家庭料理』(アノニマ・スタジオ、二〇一一年)を参照してほしい。

そして三人目の語り手は、日本の読者にとっては馴染みの深い松江出身の小泉セツである。ハーンとセツの馴れ初めは日本ではもはや伝説と化しているといってもよいだろう。だがセツが語るのは同僚を介して士族出身の婦人として紹介され結ばれるというおとぎ話ではない。小泉セツについては長谷川洋二による詳細な伝記『八雲の妻——小泉セツの生涯』(今井書店、二〇一四年)があり、本書も長谷川の研究が最大のよりどころとなっている。

とはいえ、作中でセツに声を与えているのは英語作家のトゥルンである。歴史上の小泉夫妻は互いを「パパさま」「ママさん」と呼び慕っていたことが知られているが、ここでのセツはまるで夫の右眼を真正面から見据えるように「八雲」と死んだ夫に呼びかける。セツは八雲の人生を三度語る、というのが本書の趣向となっている。一度目はビスランドの問い合わせに応じて建前を取り繕った話である。三度目は一九一四年に日本語で、一九一八年に英訳刊行されることになる『思ひ出の記』という回想録で、これが小泉八雲のレガシーを後世に伝える役割を負っているとすると、二度目の語り、小説でわたしたちが「耳にする」ストーリーは、公式の伝承を再話する前の、死んだ夫を唯一の聞き手として語られるもっとも私的な回想なのである。

三人の女たちは決して相まみえることはないが、この小説は、パトリシオ／パット／八雲から引き離された女たちが互いを知らずして図らずも交歓する百物語のようだ。雪や貝殻のモチーフ、カラスや鳥のイメージ、夜物語の雰囲気、どこからか聞こえて語り手たちを導く声、同性への恋心を秘める者たち、馴れ馴れしい肉屋の男たち、などなど、時空を越えて三人を結びつける細部がそこここに散りばめられている。そんな小さな宝物を隅々に探すのも、この小説を読む楽しみのひとつである。

そうして浮き上がってくるのは、語られるのにそこにはいない、まるで幽霊のようなラフカディオ・ハーンの不在である。この小説はハーンのことをわかった気持ちにさせてくれはしない。読み終えるとハーンのことをもっと知りたいと思うような、ひとりひとりがラフカディオ・ハーンの作品を手に取り（再）発見するようにと誘うような小説である。

作者のモニク・トゥルンは一九六八年、当時南ヴェトナムだったサイゴン生まれで、ヴェトナム戦争難民として一九七五年六歳のときに家族とともにアメリカに渡った。南東部ノース・カロライナ、中西部のオハイオ、南西部テキサスで少女時代を過ごしたのち、東部イェール大学で文学を学んだ。南部育ちの経験は、本書だけでなく、第二長編『口に苦い』（Bitter in the Mouth, 二〇一〇年、未邦訳）にも生かされている。その後、コロンビア大学法科大学院に進み弁護士資格を取得、知的財産権を専門とするが、現在はブルックリンを拠点に専業作家として活動している。トゥルンもまたハーンと同様、第二言語で執筆する移民作家であり、故郷喪失者であり、旅に生きる作家である。そのような作家にとって言葉、すなわち舌こそがよりどころであり、内なる故郷といえるかもしれない。

第一長編『ブック・オブ・ソルト』（二〇〇三年。日本語版は小林富久子訳、彩流社、二〇一二年）は、ヴェトナム人ディアスポラの物語を語るにあたり、一九三〇年代のパリを舞台に、帝国の歴史と文学史を交差させるブリリアントな着想が話題になった。フランスの植民地だったヴェトナムからパリに流れ着いた料理人の語り手ビンが、アメリカモダニズム文学の要であったガートルード・スタインとアリス・トクラスの家庭で雇われる。パリの家庭を転々としてきた経緯、サイゴンに残された母の思い出、愛し愛され騙された男たちへの想い、商船の下働きとして流浪の身にあったころの記憶が、思いつくまま非時系列的にメランコリックに語られる傑作小説である。本書はニューヨーク公共図書館若獅子賞、ＰＥＮ／ロバート・Ｗ・ビンガム賞をはじめ、数多くの文学賞を受賞し、十カ国語以上に翻訳されている。

トゥルンの生み出す一人称の語りの特異な点は、語り手には言語化が難しい葛藤や意識が翻訳性を内包する繊細な英語で表現されていることだ。『かくも甘き果実』の語り手たちもまた、さまざまな支配構造によって文字や言葉を奪われている。だが、社会的地位も金銭も文字も持ち合わせない人間にとって、ストーリーは最後に残された取引の手段である。ローザは読み書きはできないし、夫の母語である英語は話せないけれども、ヴェネツィア語とアテネ語を使い分け、いつの日か自分を探し求めて訪れると信じている息子へ口述筆記の手紙を残そうとする。本作で唯一英語を母語に生まれ育ったアリシアは、一見モノリンガルな環境に育ったかに見えるが、南北戦争前後の黒人にとって言葉の使い分けは死活問題であったから、彼女もまた複言語的な世界を生き抜いたことになる。アリシアは新聞記者に回想を語りながらも、活字化される記事は聞き手の恣意的な編集による物語になることをすでに予感している。そして日本語の読み書きができたセツでさえ、英語を習得したいという願いは結局叶えられることはない。ラフカディオ・ハーンはしばしば「越境的作家」と評されるが、ハーンほど身軽に国境を超えることができなかった三人の女たちは、複数の文化、複数の言語の境界線という隘路をときに譲歩し、ときに切り抜けたりやり過ごしたりしながら、ひと針ひと針を縫うように生きてきた。そんな三人のしたたかな語り手たちは、だから、すべての秘密を明かすことはしない。これはまたトゥルンの語り手たちのもうひとつの特徴でもある。嘘や沈黙もまた弱い語り手たちに残された数少ない戦略であり、みずからの尊厳を守るためには口をつぐむ。だからこそトゥルンの語り手は複雑な感情を喚起する。

今回の翻訳にあたっては作品の語り手たちと同じく多くの女性たちに力を借りることができて頼もしい思いだった。集英社編集部の羽喰涼子さんには、三人の女たちの個性を日本語で表現するにあたって細大漏らさぬ手助けをいただいた。校閲担当の日本アート・センターにはファクトチェックに至るまで本当にお世話になった。出雲地方の方言については編集部の岸優希さんに特別に協力をいただいた。鳴田小夜子さんと有村佳奈さんによる装丁は三人の女性の内に秘めた強さを鮮やかに表現している。また、本書の翻訳は、二〇一五年に日米友好基金芸術家プログラムで東京に滞在し執筆中だったトゥルンさんが京都を訪れ立命館大学で講演したことがきっかけとなって実現した。知的なばかりでなく情熱を兼ね備えた生身の作者に出会って、わたしたちはすっかりトゥルンさんのファンになったのだった。立命館での講演は、当時日米友好基金事務局勤務で現在ブラウン大学創作科助教の中保佐和子さん、近畿大学の松本ユキさん、上智大学の下條恵子さん、立命館大学で世界文学的視点から日本文学を研究してこられた中川成美さんの多大な協力で実現した。講演会ではゼミの学部生たちが果敢に作者に質問をしトゥルンさんは真摯に応えてくれた。作家との出会いが学生にとっても大きな刺激となることを実感する機会となった。学生たちに感謝。そして八雲の曾孫であり、小泉八雲記念館館長・島根県立大学短期大学部名誉教授の小泉凡さんには、セツの章に関して貴重なご指摘をいただき、問い合わせにも快くお答えくださり、感謝に堪えない。最後に、翻訳への後押しと助言を与えてくれた立命館大学大学院先端総合学術研究科の西成彦さんには特別の感謝を捧げたい。本書と併せて読むハーン論として、同氏の著作『耳の悦楽――ラフカディオ・ハーンと女たち』(紀伊國屋書店、二〇〇四年)にまさる本はない。

二〇二二年二月

吉田恭子

モニク・トゥルン *Monique Truong*

1968年南ベトナム・サイゴン（現ベトナム・ホーチミン市）生まれ。6歳のときに戦争難民としてアメリカに移住。イェール大学卒業（文学専攻）、コロンビア大学法学大学院修了（法学博士）。2003年刊行のデビュー作『ブック・オブ・ソルト』がニューヨーク公共図書館若獅子賞、PEN／ロバート・W・ビンガム賞などを受賞、14ヶ国で出版される。"Bitter in the Mouth"に続く第三長編となる本書は、ジョン・ガードナー小説賞を受賞、パブリッシャーズ・ウィークリーの2019年ベストフィクションにも選ばれる。2021年ジョン・ドス・パソス賞受賞。現在ニューヨーク在住。

吉田恭子 *Kyoko Yoshida*

1969年福岡県生まれ。京都大学大学院人間・環境学研究科修士課程修了。ウィスコンシン大学ミルウォーキー校英文科創作専攻博士課程修了。現在、立命館大学教授。著書に"Disorientalism"、共著書に『現代アメリカ文学ポップコーン大盛』、訳書にジェイムズ・M・ケイン『ミルドレッド・ピアース 未必の故意』、共訳書にレベッカ・L・ウォルコウィッツ『生まれつき翻訳 世界文学時代の現代小説』などがある。

装画　有村佳奈
装丁　鳴田小夜子（KOGUMA OFFICE）

かくも甘《あま》き果《か》実《じつ》

2022年4月10日　第1刷発行

著者　モニク・トゥルン

訳者　吉田恭子《よしだきょうこ》

発行者　徳永 真

発行所　株式会社集英社
〒101-8050
東京都千代田区一ツ橋2-5-10
電話 03-3230-6100（編集部）
03-3230-6080（読者係）
03-3230-6393（販売部）書店専用

印刷所　大日本印刷株式会社

製本所　株式会社ブックアート

定価はカバーに表示してあります。

ISBN978-4-08-773517-8　C0097